必讀精選

韓國古典文學

⑨

- 금오신화
- 금령전
- 화사
- 오유란전

明文堂

고전은 겨레의 문학적 뿌리

　고전은 절대로 골동품이 아니다. 고전은 시대의 흐름 속에 살아 있으며 서민대중과 호흡을 같이하는 데에 의의(意義)가 있다. 인류가 문자생활(文字生活)을 영위한 이래 수많은 문자의 기록이 생성 소멸되었고, 혹은 오늘에 이르도록 유존(遺存)되어 왔으나, 그 가운데서도 유독 문학유산(文學遺産)처럼 각 시대의 대중들과 더불어 희로애락을 함께 한 기록은 거의 없다. 이것은 문학이 딱딱한 지식이나 까다로운 도덕률을 전파하려 함이 아니라, 인간생활의 정서와 취미를 풍부하고 다채롭게, 그리고 아롱지게 하는 진정한 서민대중의 벗이기 때문이다. 그러므로 수많은 고전 중에서도 문학적인 소산(所産)만은 그 지닌 바 생명이 장구하며 무궁하다. 그러나 이와 같이 구원(久遠)한 생명을 지니고 있음에도, 고전문학은 동서양을 막론하고 현대의 독서층과는 오히려 먼 거리에 있었고, 오직 일부 식자층(識者層)의 독점물인 양 인식되어 왔던 것이다.

　그 이유는 고전문학이 각기 그 시대의 문자, 즉 고어로 씌어져 있으므로, 그러한 고어(古語)에 어두운 후세 사람들은 읽기도 어렵거니와 시대 상황의 차이에 따라 내용 자체를 이해하기조차 힘들었던 탓으로 고전 문학은 오직 고어(古語)를 알고 고전을 이해할 능력이 있는 고어파(古語派)들의 연구대상으로서만 겨우 그 명맥(命脈)을 유지해 왔던 것이다. 우리는 이와 같은 점에 느끼는 바 있어, 고전소설을 한시 바삐 오늘날의 독자대중 앞에 보이고자 하는 초조한 마음으로,

첫째, 고전의 원모습을 그대로 지니면서도 현대인의 독서에 편하도록 문체와 체제를 다듬었고,
 둘째, 일시에 고전을 조감(鳥瞰)할 수 있도록 전질(全帙)의 형식과 낱권으로도 읽을 수 있도록 편집하였으며,
 셋째, 가급적 많은 독서대중에게 보급하기 위하여 염가판으로 이루어 놓은 것을 무엇보다 자랑스럽게 생각하는 바이다.
 고전은 현대의 바탕이요, 이 현대는 다시 미래를 계시(啓示)해 주는 것이다. 따라서 고전에 무지할 때 현대는 우매해지고 미래를 기대할 수 없게 된다.
 고전의 생명과 가치는 바로 여기에 있다. 우리의 고전소설들은 조선 일대(一代)에 걸치는 선조들의 흥분과 정서와 감각이 서려 있는 주옥 같은 작품들이다. 이것을 읽을 때 우리는 선인들의 감정세계를 거닐게 되고, 또 그들의 숨결도 느끼게 된다. 이 얼마나 즐겁고 고상한 정신의 산책(散策)인가!
 고전을 읽자! 겨레의 문학적 뿌리인 고전을 읽어야 한다.

한국고전문학대계(韓國古典文學大系) 편집위원

代 表 張 德 順

必讀精選 韓國古典文學大系

○ 차례 ○

金鰲新話 …………………… 12
金鈴傳 ……………………… 105
花　史 ……………………… 149
烏有蘭傳 …………………… 179
解　說 ……………………… 208

金鰲新話

1. 만복사저포기(萬福寺樗蒲記)

　전라도 남원(南原)에 양생(梁生)이란 사람이 있었다. 일찍이 어버이를 여의었는데 아직 아내를 얻지 못하여 홀로 *만복사(萬福寺)라는 절간 구석의 동편에 방 한 칸을 얻어 외로이 살아가고 있었다. 그가 살고 있는 절간 방 앞에 배나무 한 그루가 서 있었는데, 바야흐로 봄을 맞이하여 꽃이 활짝 피어나서 온 뜰안이 찬란하여 은세계를 이룬 듯 아름다웠다. 그는 무시로 답답하고 외로울 때면 달밤에 배나무 밑을 거닐면서 시를 읊기를 즐겨하였다. 그가 읊은 시에 하였으되,

　　　한 그루 배꽃나무
　　　외로움을 벗삼으니
　　　시름도 한많은
　　　달밝은 이 밤에
　　　외로운 창가에
　　　홀로이 누웠으니
　　　어느 곳 고운 님이
　　　퉁소를 불어오나.
　　　비취는 외로운 것
　　　짝 잃고 날아가고
　　　원앙새 한 마리가
　　　맑은 물에 노니는데
　　　그 뉘집 아가씨께
　　　이 마음 붙여두고
　　　시름없이 깊은 생각
　　　바둑이나 둘거나
　　　등불 가물가물

───────────────────────────
*만복사(萬福寺)──── 남원 기린산에 있었는데 고려 문종 때 지었음.

이내 신세 점치는 듯.

양생이 시를 읊고 나니 문득 공중으로부터 소리가 있어 가로되,
"그대가 참말로 고운 배필을 만나고자 할진댄 그 무엇이 어려울 것 있으랴!"

이 소리를 듣고 양생은 크게 기뻐하였다. 그 이튿날은 곧 삼월 이십사일이었다. 그 고을 풍속에 해마다 이날을 맞이하여서는 많은 젊은 남녀들이 반드시 만복사를 찾아 향불을 피우고 저마다 소원을 비는 것이 관습이었다.

이날 양생은 저녁 예불이 끝나기를 기다리어 법당으로 들어가 자기 소매 깊숙히 간직해 가지고 갔던 *저포(樗蒲)를 내어 부처님 앞에 던지기에 앞서 스스로 바라는 바를 사뢰었다.

"오늘 제가 부처님을 모시옵고 저포 놀이를 해볼까 하나이다. 만약 소생이 지오면 *법연(法筵)을 베풀어 부처님께 보답해야 할 것이며, 그렇지 아니하여 만일 부처님께서 지신다면 반드시 아름다운 여인을 소생의 배필로 점지하여 주시옵기 간절히 바라옵니다."

그렇게 축원을 외운 다음 문득 저포를 던지었더니 과연 양생이 승리를 얻게 되었다. 곧 그는 부처님 앞에 꿇어 엎드려 사뢰어 가로되,
"저의 아름다운 인연은 이미 정하여졌사오니 원컨대 자비하신 부처님께서는 소생을 저버리지 마시기 바라옵니다."

하고, 양생은 불탁(佛卓) 밑에 숨어서 동정을 살피고 있었다. 얼마 안 되어 꽃같이 아름다운 화용월태(花容月態)의 아가씨가 들어왔다. 나이는 열대여섯밖에 되지 않았는데 검은 머리, 깨끗한 단장의 고운 자태는 채운을 타고 내려온 월궁의 선녀와 같아서 가만히 바라보니 그 아름답고 고운 모습은 이루 형용하기 어려웠다. 흰 손으로 등잔에 기름을 따라 등불을 켜고 향로에 향을 꽂은 뒤에 세 번 절하고 꿇어 엎드려 슬피 탄식하며 가로되,

---
*저포(樗蒲)──백제 때의 유희. 주사위 같은 것을 던져 그 사위로써 승부를 다툼.
*법연(法筵)──불도를 설하는 자리.

"인생이 박명하기 어찌 이와 같을 수가 있사오리까?"
하고, 품 속에 간직하였던 축원문을 꺼내어 부처님 탁자 위에 드리니 그 글에 하였으되,

'아무 고을 아무 동리에 사옵는 소녀는 외람됨을 무릅쓰고 부처님 앞에 사뢰옵니다. 이즈음 변방(邊方)이 허물어져 왜놈들이 쳐들어와 싸움이 쉬일 날 없사와 봉화불이 해마다 그칠 날이 없사옵니다. 그리하여 건물이 파괴되고 백성을 노략하오매 친척과 종들이 동서사방으로 피난하여 정처없이 유리걸식하였나이다. 수양버들과 흡사한 가냘픈 소녀의 몸이오라 먼 길에 피난키 여의치 않사와 깊은 안방에 들어 엎드려 금석 같은 군센 정절을 더럽힘이 없었건만 야속하온 우리 부모, 이 여식의 수절하옴이 마땅치 않다하와 궁벽한 곳에 옮겨두어 초야에 묻혀 사옴이 벌써 속절없이 삼 년이나 되온지라 달 밝은 가을밤과 꽃피는 봄 아침에 고단한 영혼 어이 위무할 길 있사오리까? 흐르는 흰 구름과 쉬임없는 물결 소리 들으며 무료한 세월을 보내옵노니 그윽히 깊은 골짜기에서 평생의 박명 박행(薄命薄幸)함을 탄식하오며 홀로 *공규(空閨)를 지키어 기막힌 밤을 보내오니 님 그리운 이내 정이 채란(彩鸞)의 외로운 춤을 홀로 슬퍼하였삽더니 세월이 흐르고 흘러 서러운 영혼 맘둘 곳 없사옵고 그럭저럭 날은 가고 밤은 와서 구곡간장 다 녹아 없어지나이다. 어지신 부처님이시여! 자비와 연민함을 베푸시옵고 부부의 백년가약 또한 피할 길 없사오니, 바라옵건대 하루바삐 꽃다운 인연과 배필을 점지해 주옵소서.'

여인은 축원문을 바치고 난 후 흐느껴 울기 시작하였다. 그 울음소리가 어찌 슬픈지 이루 말할 수 없는 중에 불좌 밑에 숨어서 이를 엿보던 양생은 그 아름다움에 황홀 난측하여 스스로 그 정을 가누기가 어려워 문득 뛰어나와 가로되,

"아가씨의 지금 읽은 글월은 대체 무슨 내용의 것이오니까?"
하고, 이윽히 여인의 글발을 한번 훑어보고 만면에 기쁜 빛을 감출 수

─────────────────
*공규(空閨) ── 오랫동안 남편없이 아내 혼자서 사는 방.

없어 여인에게 일러 가로되,

"그대는 누구시기에 이곳에 홀로 와 있습니까?"

여인은 아무런 놀라움과 두려움도 없이 대답하는 것이었다.

"저도 사람임은 분명하오니 의심을 푸시기 바랍니다. 당신은 아름다운 배필을 구하고 있는 중이시죠. 굳이 성명을 알아 무엇하시리이까?"

이때 만복사는 이미 퇴락하여 스님들은 절 한모퉁이에 옮겨 살고 있었는데 법당 앞에는 다만 쓸쓸한 행랑채가 남아 있었다. 행랑채 끝에 매우 비좁은 판자방이 한 칸 있었다.

양생은 여인을 눈짓하여 옆에 끼고 안으로 들어가니 여인도 이를 거절치 않고 따라가는 것이었다. 이에 양인은 *운우(雲雨)의 즐거움을 누리었다. 이윽고 밤이 깊어 달이 동산에 솟아오르며 그 황홀한 그림자가 창가에 비치는데 문득 어디서인지 사람의 발자국 소리가 나는 것이었다. 여인이 먼저 놀라,

"누가 왔느뇨? 아무개 아니냐?"

하는 말에 여아(女兒)가 대답하여 가로되,

"그렇습니다. 낭자께서 문 밖에 일보도 나가지 아니하시더니 오늘 어찌 이런 곳에 와 계시오니까?"

여인이 이에 대답하되,

"오늘의 가연(佳緣)은 실로 우연한 일이 아니다. 높으신 하나님과 자비로우신 부처님께서 고운 님을 점지해 주신 덕택으로 백년해로하게 되었으니 이만 다행한 일이 어디 있겠느냐? 비록 어버이게 말씀드리지 못하였음은 예의에 어그러진 일일지나 그러나 이렇듯 아름다운 인연을 맺게 되었음은 한평생의 기쁨이 아닐 수 없다. 너는 빨리 집으로 돌아가 주안상을 차려가지고 올지니라."

시녀가 명을 받듣고 물러간 뒤 얼마 후에 다시 돌아와 뜰 아래에서 합환(合歡)의 잔치를 베푸니 때가 이미 *사경(四更)에 임박하였다. 양

---

*운우(雲雨)── 남녀의 즐거움.

*사경(四更)── 새벽 두시 전후.

생은 가만히 그 주안상의 그릇들을 살펴보매, 기명(器皿)에는 아무런 무늬도 없으며 술잔에는 기이한 향내가 진동하는데 이는 인간의 것이 아닌 성싶었다.

양생은 속으로 은근히 의심해 마지아니하였으나 그 아가씨의 밝고 고운 음성과 몸가짐이 아무래도 어느 명문집 따님이 한 때의 정을 걷잡을 길 없어 이 어둠 속에서 담을 넘어 뛰어나옴이 틀림없으리라 생각하고 별달리 생각지 아니하였다. 아가씨는 양생에게 술잔을 권하며 시녀를 시켜 굳이 권주가(勸酒歌) 한 가락을 부르게 한 뒤에 양생에게 말하기를,

"얘는 옛곡조밖에 알지 못한답니다. 청컨대 당신께서는 저를 위하여 한 수의 노래를 지어 불러주도록 하여 주시오면 고맙겠습니다."

양생은 쾌히 허락한 다음 곧 만강홍(滿江紅) 가락으로 한 곡조 지어 시녀에게 부르게 하니,

> 봄 추위 쌀쌀한 바람에
> 명주 적삼 팔랑이고
> 애달파라 몇몇 번이나
> 향로에 불이 꺼졌던고.
> 저문 뫼 눈썹인 양
> 가물거리고
> 저녁 구름
> 양산모양 펴졌는데
> 비단 장막 원앙 이불에
> 뉘로 더불어 노닐는고
> 금비녀 반쯤 꽂은 채
> 퉁소 한 가락 불어볼까나
> 덧없는 저 무정세월
> 어이 흘러만 가느뇨.
> 봄밤 깊은 수심

둘 곳 한이 없는데
타오르는 등불 가물거리고
병풍 나지막히 둘러
한갓 헛되어 흘리는 눈물
뉘로 더불어 위로받으랴.
기쁠씨고 오늘의 이 밤
봄바람이 소식 전하여
중중 첩첩 쌓인 정한
봄눈 녹듯 녹았어라.
금루곡 한 가락을
술잔을 기울여서
한많은 옛 일
느꺼워 하노매라.

노래를 마치매, 여인은 슬픈 빛을 띠고 말하였다.
"그대를 진작 만나지 못하였음을 못내 한스럽게 여기는 바입니다. 그러나 오늘의 가연을 어찌 천행이라 하지 않사오리까. 당신께서 만일 소첩을 버리지 않으신다면 종생토록 당신의 *건즐(巾櫛)을 받들겠나이다. 만일 당신께서 저를 버리신다면 저는 영원히 이 세상에서 사라지겠나이다."
양생이 이 한마디를 듣고 한편 놀라우며 또 한편 고운 생각이 가슴에 뿌듯하여 말하였다.
"그대의 사랑을 어찌 저버릴 수 있으리요?"
그러나 아가씨의 일거일동이 아무래도 이상하여 그는 유심히 그의 동정을 살피기를 게을리하지 아니하였다. 그때 마침 서쪽 봉우리에 지는 달이 걸리고 먼 마을에서 닭의 홰치는 소리가 은은히 들려오며 먼동이 희끄무레 트기 시작하였다. 여인은 말하기를,
"너는 그만 술상을 거두어 가지고 돌아가거라."

---

*건즐(巾櫛)──수건과 빗. 낯 씻고 머리를 빗음.

인하여 시녀는 곧 안개 슬듯 어디로인지 없어지고 말았다. 여인이 말을 이었다.

"아름다운 인연이 이미 이루어진지라 낭군을 모시고 저의 집으로 돌아갈까 하여이다."

양생은 기꺼이 승낙하고 아가씨의 한 손을 잡고 길을 향해 걸어가는데 마을을 지날 때에는 울타리 밑에서 이미 이웃개들이 짖기 시작하였고 행길에도 사람들이 보이기 시작하였다. 그러나 사뭇 이상하기 짝이 없는 일은 아무도 양생이 여인을 데리고 돌아오는 모습을 본 이가 하나도 없었다.

이런 해괴한 일이 어디 있으랴. 다만 어떤 이가,

"총각, 식전 이른 새벽에 어디 다녀오는 거요?"

하고, 의아히 물었다.

"어제 저녁에 크게 취하여 만복사에서 누웠다가 방금 옛날 친구를 찾아가는 길입니다."

하고, 양생은 대답하였다.

양생은 그 아가씨를 따라 깊은 숲을 헤치고 가는데 이슬이 길을 적시어 *초로(樵路)가 막막하였다. 이에 그는 겨우 의아스러운 생각이 들어서 물었다.

"당신 사시는 곳이 어째 이렇게 황량하오?"

"말씀마십시오. 노처녀의 거처는 항상 이러하오이다."

이때 아가씨도 옛글을 외워 농을 걸었다.

    이슬 내리는 오솔길을
    저물기 전에 가고 싶건만
    어인 이슬 길가에 차
    내 소원 막히느뇨.

양생도 그냥 있지 아니하고 또한 옛글 한 구절을 외워 읊었다.

---
*초로(樵路) ── 나뭇길.

엉거주춤 저 여우는
다리 위로 건너가네.
정든 아가씨 노리는 마음
미친놈 멋없이 설렁대네.

둘이는 함께 웃으며 또 글을 읊기도 하면서 드디어 개녕동(開寧洞)으로 나아갔다. 한 곳에 당도하니 쑥밭이 들에 가득하고 한 채의 아담하고 고운 집이 수려히 서 있는데 여인은 양생을 데리고 그리로 들어갔다. 방 안에는 침구와 휘장이 드리워 있고 인하여 밥상을 드리며 어제 저녁의 만복사 차림새와 조금도 다를 것이 없었다. 그는 기쁨과 환락으로 연 사흘을 즐기었다. 그 즐거움은 한평생의 아름다운 추억됨에 손색이 없었다. 그리고 시녀도 얼굴이 아름답고 고우며 교활한 모습 또한 볼 수 없으며, 좌우에 벌여놓은 그릇과 가구들은 무늬가 없으니 필경은 인간 세상의 것이 아닌 듯하였다. 그는 가끔가끔 의아한 마음을 금치 못하였으나 아가씨의 은근하고 정다운 접대에 그만 그런 생각들은 봄눈 슬듯하는 것이었다. 그러는 동안에도 시간은 흘렀다. 어느날 아가씨는 갑자기 이렇게 말하는 것이었다.

"이곳의 사흘이 인간 세상의 삼년에 해당하는데, 이제는 그만 그대가 돌아갈 때가 되었으니 인간 세계로 돌아가시어 옛 일의 생업을 돌보심이 어떠하리이까?"

하고, 이별의 잔칫상을 차리어 한턱을 베푸는 것이었다. 양생은 슬픔이 갑자기 밀려와 가로되,

"대체 그게 웬말이오?"

하고 대어들 듯 말하였다. 여인이 말하되,

"오늘의 미진한 연분은 다시금 내생에 기필하리라고 굳이 믿는 바입니다. 그리고 이곳의 예절로 말하더라도 인간의 그것과 별로 다를 것이 없으니 저의 이웃 친척들과 만나보고 떠나심이 어떠하리까?"

양생이 대답하되,

"그렇게 합시다."

이에 여인은 시녀를 시켜서 친척과 이웃의 친구들을 초대하였다. 이날 초대된 사람으로는 정씨, 오씨, 김씨, 유씨가 모였는데 이들 네 아가씨들은 모두 귀족의 따님이어서 천품이 온순하고 풍류가 놀라우며 또한 총명하여 학문을 아는 것이 많아 능히 시부(詩賦)에 뛰어났다.

낭랑한 음성으로 시를 읊기 시작한 정씨는 쪽진 머리가 구름같이 귀밑을 덮은, 매우 활발 명랑한 여인이었다. 이에 노래를 읊으니 그 시에 하였으되,

    봄밤에 꽃과 달
    다함께 고울세라.
    이내 시름 그지없어
    저 달아 물어 보자.
    이몸이 죽어 가서
    비익조 될 양이면
    푸르른 하늘 아래
    님과 함께 나래 펴리.

    칠등이 캄캄하여
    밤은 깊어 적요한데
    북두성 가로 비껴
    달빛이 흐르는데
    슬플사 저승길에
    뉘 있어 찾아오리.
    푸른 적삼 쪽진 머리
    단장함도 아득할사.

    그대 어이 믿을쏜가.

백년 가약 뉘 지키리.
　　봄바람 스칠 적에
　　지난 일을 어이하리.
　　베개 위에 눈물 흔적
　　몇 번이나 스몄던고.
　　산비(山雨) 험하여라
　　뜰에 가득 배꽃진다.

　　꽃다운 젊은일레
　　속절없이 지내려니
　　적막한 빈 산에
　　그 몇 밤을 내 울었나
　　*남교(藍橋) 지나는 손
　　님일 줄 모르더니
　　어느 해 좋은 기약
　　그 님을 만날는고.

　오씨는 연약한 쪽진 머리와 요염하고 애교 띤 얼굴로 스스로의 넘치는 풍정(風情)을 이길 길 없어 계속하여 읊었으니,

　　절간에 향 피우고
　　돌아가던 밤일는가.
　　가만히 던진 저포
　　뉘 있어 중매했나.
　　봄꽃 가을 달에
　　다함 없는 긴긴 한은
　　그대 주신 한잔 술에
　　봄눈 슬듯 녹았어라.

*남교——중국의 땅 이름. 선인(仙人) 배항(裵航)이 운교부인을 만나던 곳.

복사꽃 붉은 볼에
새벽 이슬 적실 적에
깊은 골 봄은 깊어
나비조차 오지 않네.
기쁜지고 님의 집에
꽃다운 이 잔치를
새 곡조 다시 불러
이 술잔을 받으시라.

해마다 찾는 제비
이 봄에도 날건마는
님 그리는 이내 심사
애끊는 듯 허무해라.
부럽도다 저 연꽃이
일연 탄생 그 아닌가.
연못에 밤 깊으면
함께 즐겨 노는구나.

검푸른 높은 산 위의
높이 솟은 다락이 있어
연리지에 열린 꽃은
이제 붉게 피었건만
이 인생 한백년이
꽃나무만 못하여서
한 많은 이내 청춘
눈물 걷힐 사이 없네

이때 김씨는 그 용모를 단정히 하여 음전한 태도로 붓을 들어 앞에 읊은 두 사람의 시편이 너무 음탕함을 꾸짖어 말하였다.

"오늘의 일은 다만 이 좌석의 흥취를 돋울 뿐인데 어찌 각자의 방탕스런 정회를 베풀어 처녀의 정조를 잃으며 인간 세계의 손님에게 더러운 우리의 얘기를 퍼뜨리게 하랴."
하고, 말을 마치자 곧 낭랑한 음성으로 읊었다.

　　밤은 깊어 오경인데
　　귀촉도 슬피 울어
　　북두성 기울어져
　　은하수 멀고 멀사
　　애끊는 옥퉁소를
　　다시 정녕 불지마오.
　　이 고운 풍경일랑
　　속된 인간 알까 하네.

　　흐뭇이 부으리니
　　금술잔 하나 가득
　　취토록만 잡으시오.
　　술 걱정 아예 마소
　　내일 아침 저 봄바람
　　사나웁게 밀려 오면
　　한가닥 서리운 봄꿈을
　　어이하오 어이해.

　　초록색 엷은 소매
　　부드럽게 드리우고
　　풍류 무르익어 술잔 잡으니
　　한잔 한잔 또 한잔을
　　맑은 흥취 깨기 전에
　　님일랑 가지 마소.

다시금 새로운 말로
새로운 노래 지으리라.

구름인 양 쪽진 머리
몇해 후에 진토 되련고.
그리던 님을 만나
오늘에야 웃었나니
신기하다 자랑마라
운우(雲雨)의 미친 기쁨
풍류 짙은 이야기
저 세상에 알릴세라.

유씨는 얼굴과 모양이 호화롭지는 않으나 소복 단장하고 일찍이 규중의 법도 있는 집안에서 자라나 침묵을 지켜 말이 없더니 이때 살짝 웃으며 시를 읊기 시작하였다.

철석같이 굳은 정조
지켜온 지 몇몇 핸가.
구슬같이 고운 모양
구천에 묻혔구나.
그윽한 봄밤이면
월궁 항아 짝을 지어
계수나무 푸른 그늘
나 홀로 잠에 취해.

우습구나 도리화야
봄바람이 부는 즈음
무슨 일로 남의 집에
함부로 휘날리나.

한평생 이내 절개
가실 줄이 없건마는
흰 구슬 고운 무늬
티 묻을까 저어하네.

연지 찍는 이 습관이
쑥대머리 다북하고
향내 그윽한 경대 서랍
푸른 이끼 끼었구나.
오늘 아침 그대 님의
잔치에 참례하여
머리 위의 붉은 꽃
보기만도 부끄러워.

기쁘도다 아가씨여
백년 낭군 만났구나.
하늘이 정한 배필
꽃다울싸 이 인연을
*월로의 붉은 실에
금슬은 더욱 굳어
빌건대 그대 두분
양홍과 맹광 되시오라.

이때 아가씨가 유씨의 읊은 시편의 맨 끝장을 보고 문득 고마운 생각을 나타내어 자리로 나오더니,
"저도 또한 재주 없사오나 글자의 획은 겨우 분별할 줄 아오니 어찌 홀로 감회가 없으리까?"
하고, 곧 시부 한 장을 지어 읊었다.

─────────
*월로──월하노인. 부부의 인연을 맺어 준다는 전설의 노인.

개녕동 깊은 골짜기
봄의 수심 안은 채로
꽃은 지고 피고
일백 근심 더할세라.
아득한 *초협(楚峽) 구름 속에
님을 여의고는
*소상강 대밭 속에
눈물어린 눈동자야.
맑은 강 따뜻한 날씨
원앙새는 짝을 찾고
푸른 하늘에 구름 걷히자
비취새 노니는구나.
님이여! 맺사이다
굳고 굳은 동심쌍관
비단 부채 가지고
맑은 가을 원망마라.

　양생 또한 글에 능한 편이었건만 그들의 시법(詩法)을 감상하니 청고(靑高)하기 이를 데 없고 놀라운 신운(神韻)이 향양함을 보고 경탄하여 마지아니하였다. 이에 곧 자기도 시 한 수를 지어 답하여 읊으니 대개 다음과 같았다.

이 밤이 어인 밤인고
고웁고 고운 님을
기꺼이 맞이했네.
꽃처럼 아름다운 얼굴
앵두알같이 붉은 입술

＊초협——중국의 땅 이름.
＊소상강——순임금의 두 아내 아황과 여영이 놀던 곳.

그 위에 문장인걸 어쩌나.
그 재주, 그 문장
천고에 없으리.
직녀성이 베틀 던지고
인간에 내렸는가
월궁 항아 절굿공이 버리고
이 곳에 왔노메라.
희고 맑은 단장
술잔을 드리어라
운우의 즐거움이
익숙지 못하지만
술 붓고 시 읊으니
유쾌함 다시 없네.
기쁘구나 내 짐짓
*봉래섬을 찾아들어
신선이 여기 있네
풍류도를 만났구나.
이름 난 술잔에
금항 속에 안개는 서려
백옥상 솟은 앞에
매운 향내는 나부끼고
푸른 비단 부엌에
미풍은 불어오네.
정녕코 님을 보며
이 잔치를 열게 되니
하늘에 오색 구름
찬란코 아름답다.
님이시여 님이시여

──────────────────────────────

*봉래섬── 삼신산(三神山)의 하나로 신선이 사는 곳.

옛일을 돌아보라
문소는 채란을 사랑했고
장석은 난향을 만났어라.
인생의 어울림도
반드시 인연이어니
마땅히 술잔을 들어
해로하길 맹약하니
님이여 가벼이
말씀치 말라.
가을에 부채가 소용 없으리니
세세 생생에
그대와 부부되어
아침 꽃 저녁 달에
끊임없이 노닐려오.

이에 술이 다하자 서로 하직하지 아니할 수 없었다. 아가씨는 은잔 한 벌을 내어 양생에게 내어주면서 말하였다.

"내일은 저의 부모님께서 저를 위하여 보련사(寶蓮寺)에서 음식을 베풀 것입니다. 당신께서 저를 버리시지 않으신다면 청컨대 보련사 가는 도중에서 기다리셨다가 부모님을 함께 뵙는 것이 어떠하오리까?"

"그것 좋은 말씀이오."

하고, 양생은 다음날 아가씨가 이르는 말대로 은잔을 들고 보련사로 가는 길가에서 기다리고 있었더니, 과연 어떤 명가집 행차가 따님의 대상을 치르려고 수레와 말이 잇달아 보련사로 향하는 것이 보였다.

그 명가집의 종자인 듯한 사람이 길가에 은잔을 들고 서 있는 양생을 발견하고 그의 주인께 여쭙는 것이었다.

"마님나리! 우리 집 아가씨 장례 때 관 속에 묻었던 은잔이 벌써 인간 세상에 훔친 바 되어 나타났습니다."

"그게 무슨 말이냐?"

"네, 저 서생이 가지고 있는 것을 보고 말씀드린 것이올시다."

문답이 끝나자 주인은 곧 탔던 말을 멈추고 양생에게 가만히 다가와 은잔을 얻은 유래를 묻는 것이었다. 양생은 사실대로 대답할 수밖에 없었다. 주인은 한참이나 멍청히 있더니 입을 열었다.

"내 일찍이 팔자가 불행하여 슬하에 여식이 하나 있었더니 왜구의 난리로 그를 죽이고도 미처 정식으로 장례도 치르지 못하고 개녕사(開寧寺) 곁에 묻어 두고도 머뭇머뭇하다가 이제에 이르렀다. 그러다 보니 오늘이 벌써 대상날이라 부모된 마음에 어이가 없어 보련사에 가서 시식이나 베풀까 해서 가는 길일세. 자네가 정말 그 약속대로 하려거든 조금도 의아치 말고 여식을 기다려서 함께 오게나."

말이 끝나자 주인은 먼저 보련사로 가는 것이었다. 양생은 과연 홀로 서서 기다리니 약속한 시간이 되자 아가씨는 시녀를 데리고 그곳에 엄연히 나타나는 것이었다.

서로 기쁘게 맞이하여 손을 잡고 보련사로 향하였다. 아가씨는 절문에 들어가더니── 우선 부처님께 염불을 하고 곧 흰 장막 안으로 들어갔는데 스님들과 친척들 중 그를 본 사람이라고는 한 사람도 없었다. 다만 양생이 그 뒤를 따를 뿐이었다. 양생만이 아가씨를 본 것이었다. 아가씨가 양생에게 말하였다.

"진지 잡수시지요. 함께……."

하였다.

양생이 그 말을 그의 부모님께 하였더니 부모님도 이상히 여기어 이를 엿보고 있었다. 드디어,

"그럼 함께 밥이나 들게."

하였는데, 아가씨의 형상은 보이지 아니하고 수저 소리만이 달그락거리는 것이었다. 그것은 마치 인간이 하는 것과 흡사했다. 그들은 크게 놀라 드디어 장 속에 신방을 마련하고 양생으로 하여금 함께 자게 하였는데 밤중이 되어 낭랑한 음성이 들리어 왔다. 사람들이 가만히 그 이야기를 듣고자 귀를 기울이기만 하면 문득 아가씨의 이야기가 들리

지 아니하였다. 아가씨는 말하였다.
"이제부터 자세한 신세타령을 여쭙겠나이다. 제가 예법(禮法)에 어그러지는 일을 하고 있다는 것도 잘 알고 있습니다. 시경에 말한 *건상(蹇裳)과 상서(相鼠) 두 시의 뜻도 모르는 것은 아니옵니다. 하도 오래 들판 다북 속에 묻혀 있어 풍정이 한번 발하매 마침내 능히 이를 이기지 못하였습니다. 뜻밖에도 삼세(三世)의 인연을 만나 그대의 동정을 얻게 되어 백년의 높은 절개를 바쳐 술을 빚고 옷을 기워 평생 지어미의 길을 닦으려 하였나이다. 그러나 아깝게도 숙명적인 이별을 위반할 수가 없어 한시 바삐 저승길을 떠나야겠습니다. 운우(雲雨)는 *양대(陽臺)에 괴고 오작은 은하에 흩어지매 이제 한번 하직을 고하오면 뒷날을 기약할 수 없어, 헤어짐에 임하여 이 서럽고 아득한 정회를 무엇으로 말씀드려야겠나이까?"
이런 말을 하고 아가씨는 슬피 우는 것이었다.
이윽고 스님과 사람들이 혼백을 전송하니 영혼이 문 밖으로 나가는 것인지 알 수 없으나 여인의 얼굴은 보이지 아니하고 슬피 우는 소리만이 은은히 들려왔다. 그 속에 소리 있어 말하기를,

> 저승길이 바쁜고로
> 괴로운 이별 하건마는
> 비옵건대 내 님이여
> 저버리지 마옵소서.
> 애달프도다 어머니여
> 슬플진대 아버지여
> 내 신세 어이하나.
> 고운 님을 여의도다.
> 아득하다 저승길이
> 이 원한을 어이하나.

---
*건상(蹇裳)과 상서(相鼠)──남녀의 무례(無禮)함을 풍자한 시.
*양대(陽臺)──중국의 땅 이름. 초양왕이 미인을 꿈꾸던 곳.

사라져가는 가느다란 소리는 점점 없어져 그 소리를 확실히 분별할 수 없게 되었다. 부모도 아가씨의 일이 정말이라는 것을 깨닫게 되었으며 다시 의심치 아니하였고 양생 역시 그가 사람이 아니고 귀신이었음을 그제야 뚜렷이 알 수 있었다. 그리하여 슬픔은 한층 고조되어 그의 부모와 어울려 슬프게 통곡하였다. 이때 그의 부모가 양생을 향하여 말하기를,

"은잔은 자네의 소용에 맡기겠네. 그리고 내 딸이 지니고 있던 밭 두어 이랑과 여비(女婢) 몇 사람이 있으니 자네는 이로써 내 여식을 잊지 말아주게."

하였다.

이튿날 양생은 고기와 술을 가지고 아가씨와의 상봉의 터를 찾았더니 과연 하나의 빈장(殯葬)한 것이 있었다.

양생이 음식을 차려놓고 지전(紙錢)을 불사르며 조문을 지어 읽으니 다음과 같았다.

'오오, 그리운 님이시여! 님은 어릴 적부터 천품이 순하고 커서는 자태가 아름답기 *서시(西施)와 같으며 문장은 *숙진(淑眞)을 능가하여 규문 밖에 나가지 않았으며 항상 어머니의 교훈을 잘 받들었소. 난리를 겪어도 굳은 정조를 온전히 하더니 그만 왜적을 만나 목숨을 잃었구려. 황량한 쑥밭에 몸을 의지하고 피는 꽃 돋는 달에 마음만이 슬프다. 봄바람에 귀촉도 구슬피 울고 가을철의 비단부채 무엇에 쓰리까. 지나간 밤에 님을 만나 기쁨을 얻었으니 비록 유명이 다르다 할 것이나 운우의 즐거움을 님과 함께 하였구려. 장차 백년을 해로하렸더니 어찌 하루저녁의 기쁨으로 이별이 닥칠 줄이야 뉘 알았겠소. 고운 님이시여! 그대는 응당 달나라의 난새를 타시옵고 익산(益山)에 비가 되오리다. 땅에 암암하여 돌아올 길 바이 없고 하늘이 아득하여 그대를 뵐 길 끊겼어라. 다만 묘묘막막한 중에 그대 뵈올 길 가만히 기리며 님의 영혼 말 들어 내 구슬피 울었

─────────────
*서시(西施)──── 월나라의 미인 이름.
*숙진(淑眞)──── 선녀의 이름.

고 장을 헤칠 때마다 마음 찢기오리이다. 총명한 그대시여! 고운 그대시여! 그 음성 귓가에 쟁쟁하고 아아, 이 설움 내 어이하리이까. 그대의 삼혼이 없어졌다 하여도 하나의 영혼 길이 남을지니 여기 잠시 고운 모습 나타내실지어다. 비록 나고 죽음이 다르다 하나 그대의 총명으로 나의 글월에 어이 느낌이 없으리요.'

그뒤 양생은 이내 슬픔을 이기지 못하여 집과 농토를 전부 매각하여 저녁마다 제를 올리고 *시식(施食)을 하였더니 하루는 그 아가씨가 공중으로부터 양생을 불러 말하는 것이었다.

"당신의 은덕을 입어 이몸은 이미 딴 나라의 남자의 옷을 받아 태어나게 되었나이다. 유명의 한계는 더욱더 멀어졌다 하나 당신의 두터우신 은정을 어찌 길이 잊을 길 있사오리까. 그대도 마땅히 다시 정업(淨業)을 닦아 저와 더불어 함께 영원한 윤회(輪廻)를 해탈케 하여지이다."

양생은 그후 다시 장가들지 아니하고 지리산에 들어가 약을 캐면서 살았는데, 그가 어떻게 죽었는지 그 뒷일을 아는 사람이 없었다.

2. 이생규장전(李生窺牆傳)

개성에 이생이란 사람이 낙타교(駱駝橋) 옆에서 살고 있었다. 그의 나이는 열여덟 살이었다. 얼굴이 말쑥할 뿐 아니라 재주가 비상하여 배움에 뜻을 두었고 일찍이 국학(國學)에 다닐 때부터 길거리에서도 글을 읽는 취미가 있을 정도였다.

마침 선죽리(善竹里)에 살고 있는 양가댁 따님 최씨도 꽃다운 나이 열여섯쯤 되었는데 그 자태가 아름답고 자수를 잘 하며, 시부(詩賦)에 능하여 세상에서 일컫기를,

풍류재자 이총각과
아리따운 최처자의

---
*시식(施食)──음식으로 보시(布施)함.

그 재주 그 얼굴을
뉘라 아니 탐내리

  이생이 책을 옆구리에 끼고 서당에 갈 때에는, 항상 최씨집 북쪽 담 밖을 지나는 것이 상례였다. 줄줄이 드리운 수양버들이 그 집의 높은 담을 에워싸고 열을 지어 서 있었다.
  어느날 이생은 그 나무 그늘에서 쉬다가 우연히 그 담 안을 엿보았더니, 이름 있는 꽃은 봄을 만난 듯 만발하여 피어 있고 벌과 새들은 다투어 지저귀는데 그 곁에 조그만 다락이 있어 꽃숲 사이에 숨어 드러났다. 주렴을 반쯤 내렸는데 비단 장벽이 반쯤 드리워져 있었다. 그 속에 한 아름다운 여인이 수를 놓다가 바늘을 멈추고 턱을 고이고 앉아 시를 읊으니,

나 홀로 분벽사창에 앉아
수놓기도 또한 싫어지는데
백가지 꽃숲 속에
꾀꼬리 단정히 울고 있네.
무단히 원망하는 것은
동녘 바람이 불어옴이요
말없이 바늘을 멈춰
이내 생각 하염없어라.

길위에 뉘집 총각 고우신 님이
초록빛 긴 소매로
수양버들가지 스치는가.
이 몸이 식어지어
나는 제비 될 양이면
드린 주렴 살짝 넘어
높은 담 넘으리라

이생이 문득 이 소리를 듣고 기쁨과 흥분을 이기지 못해 견딜 수가 없었으나 그 담은 드높고 문이 굳어 어찌할 수가 없었다. 그는 서당에서 돌아오며 한 가지 계교를 생각해 내니 흰 종이 한 폭에 시 세 수를 써서 기왓쪽에 매어서 담너머 안으로 던졌다.

무산 육육봉에
첩첩 싸인 안개인가
보고자 하올 적에
볼 수 없는 이 괴로움.
그 님의 외로운 꿈을
번거롭게 하지 말자.
행여나 운우되어
양대 위에 내릴거나.

그리던 님이시여!
나의 진정 아시오리.
담 위의 부드러운 복사꽃도
님보다는 못하구나.
바람따라 흘러가서
어느 곳에 떨어졌나.

호연인가 악연인가
하염없는 이내 시름.
님과 맺을 높은 사랑
어느 날에 이룰거나.

아가씨가 시녀 향아(香兒)를 시켜 그것을 주워보니 곧 이생의 시였다. 펴서 두 번 읽고 스스로 기쁨을 이기지 못하여 종이쪽지에 또한 두어 자 적어 밖으로 던졌다.

'그대는 의심치 마소서. 황혼께 만나기를 약속하리.'

이생이 그 말과 같이 어둠이 짙어오는 황혼에 그 자리에 갔다. 문득 복사꽃나무 한 가지가 담 위로부터 뻗어 내려오며 하늘하늘하는 그림자가 나타났다. 이생이 가서 보니 그넷줄에 대바구니를 매어 드리운 것이었다. 이생은 곧 그 줄을 잡고 쉽사리 담을 넘어 안으로 들어갔다. 그때 마침 동산에 달이 떠오르고 꽃가지의 그림자는 땅 위에 비껴 있었다. 이생은 그지없이 기뻤으나 한편 비밀이 탄로날까 겁이 나서 머리끝이 솟구쳐 올랐다.

그가 좌우를 돌아볼 때 아가씨는 이내 꽃숲 속에서 향아와 더불어 꽃을 꺾어 머리에 꽂고 있다가 문득 이생을 보고 빙긋이 웃으며 시 몇 수를 읊었다.

　　복사꽃 가지 사이에
　　꽃은 피어 화려하고
　　원앙새 베개 위에
　　달님은 휘황해라.

이생이 곧 뒤를 이어 시를 읊었다.

　　어쩌다 봄소식을
　　행여 전치 마올 것을
　　비바람 무정함도
　　그 또한 슬프구나.

아가씨가 낯빛이 변하여 말하는 것이었다.

"내 본시 그대와 더불어 끝까지 부부의 즐거움을 백년까지 하고저 하거늘 그대는 무슨 심정으로 이런 말씀을 하시나뇨? 저는 비록 여인의 몸일지라도 이에 대하여 태연한 몸가짐을 하겠거늘 대장부의 의지로서 그게 당한 말씀이오니까? 다른 날 이 일이 누설되어 친정 어버이의 꾸중을 듣는 한이 있더라도 제가 전혀 책임을 질 터이니…… 방념하시기 바라나이다."

그리고 향아더러 방에 들어가 술과 과실을 가져오라 하였다. 향아는 명을 받고 사라졌다. 사방이 고요하여 사람의 소리라고는 전혀 없었다.

이생이 물어 가로되,

"여기가 어디메뇨?"

여인이 말하였다.

"여기는 우리집 북쪽 동산의 작은 다락이옵니다. 저의 어버이께서 무남 독녀인 저를 유달리 사랑하시어 따로이 연못가에 이 집을 지어 주시고 봄이면 백화가 만발한 속에서 향아와 함께 즐거이 놀게 하신 것입니다. 저의 부모님 계신 곳은 여기와는 상당한 거리가 있어 비록 웃음소리를 낸다 하더라도 그곳까지는 잘 들리지 아니 하옵니다."

최씨는 이에 향기 있는 술 한잔을 따라 권하면서 시 한 수를 읊는 것이었다.

연못 깊은 곳
꽃다발 뭉치 속에
애인들이 속삭인다.
향기로운 안개 솟고
봄빛은 화려할 제
새 곡조 지으려는데
*백저사를 읊는구나.
꽃그늘에 달 비끼고
털방석을 편 듯한데
긴 가지 잡고 보면
붉은 비 떨어지네.

＊백저사——악부의 이름. 오나라의 무곡(舞曲).

바람은 향내 끌고
　　향내는 옷깃에 스며
　　첫봄을 맞이하여
　　아가씨는 춤을 추네.
　　가벼운 옷소매로
　　해당화나 스쳐볼까.
　　꽃 밑에 졸고 있던
　　앵무새만 깨웠구나.

이생이 곧 그 시에 답하였음은 물론이다.

　　신선을 잘못 찾아
　　무릉도원에 왔어라.
　　한많은 이 정회를
　　무엇으로 속삭일꼬
　　금비녀채 나직하다
　　엷고 고운 초록 적삼
　　봄철이라 새로 지어
　　비바람 불지 마라
　　열지어 핀 꽃들에
　　선녀가 내리신다.
　　좋은 일엔 마가 있다
　　새 노래 따로 지어
　　앵무새를 가르치지 마라.

읊기를 마치고 아가씨가 이생에게 말하였다.
 "오늘의 우리의 만남이 반드시 적은 인연이 아니올시다. 당신께서는 저를 따라 운우의 즐거움을 서로 누리어 백년의 가약을 맺으심이 어떠하옵니까?"

말을 끝마치자 아가씨는 북쪽 창문으로 스며들어 안으로 들어가니 이생이 또한 그 뒤를 따라 안으로 들어갔다.

다락에는 사다리가 놓여 있었는데 사다리를 밟고 오르니 과연 매우 높은 그 다락이었다.

문방구와 책상들이 지극히 말끔하고 아름다웠다. 한쪽 벽에는 *연강첩장도(烟江疊嶂圖)와 *유황고목도(幽皇古木圖)의 두폭의 그림이 붙어 있었는데 다 명화였다. 화제(畫題)가 쓰여 있는데 첫째로 누구의 시인지 다음과 같은 것이 적혀 있었다.

저 강 위에 첩첩한 산
어느 님이 그렸관데
구름 속의 *강호산이
반봉우리 까마득타.
아득할사 몇백 린가
형세 또한 장할씨고.
가까이 바라보니
쪽진 머리 완연하고
푸른 물결 찰랑이는
하늘과 물 닿았어라.
저문날 하늘 멀리
고향땅 바라보네.
이 그림 구경할 때
그대 느낌 어떠하뇨.
소상강 비바람에
배 띄운 듯하여라.

그 둘째 번의 시에는 다음과 같이 적혀 있었다.

---
*연강첩장도(烟江疊嶂圖)──안개 낀 강 위에 첩첩이 둘러싸인 산을 그린 그림.
*유황고목도(幽皇古木圖)──깊은 대밭과 고목을 그린 그림.

바삭거리는 갈대잎에
가을이 깃들였고
고목 둥걸에도
옛정이 서리누나.
뿌리 깊어 이끼 끼었고
가지마다 뻗었는데
무궁한 조화 천지 조화
가슴 속에 서려 있네.
미묘한 이 경지를
뉘와 더불어 논할 건가.
위언, 여가 떠난 뒤에
이 묘리를 뉘 알더뇨.
개인 창 밝은 곳에
말없이 서로 보니
신기할쏜 님의 필적
사랑 않고 어이하리.

그 한쪽 벽에는 사시경(四時景) 각각 네 수를 써 붙였는데 어떤 이가 지었는지 알 수는 없고 글씨는 *조송설(趙松雪)의 것을 본받아 썼으므로 글씨체가 몹시 곱고 깨끗하였다. 그 한쪽에 쓴 것은 이러하였다.

연꽃 장막 속에 향내 풍겨
실바람에 흔들리고
창 밖의 붉은 행화
비뿌리듯 하는구나.
오경녘 종소리에
남은 꿈 깨었어라.

---

*조송설(趙松雪)—— 원나라의 서화가 조맹부의 호.

*신이화(辛夷花) 깊은 곳에
백설조가 우는구나.

기나긴 날 깊은 안방
제비도 쌍쌍 날아들고
졸음이 와 말이 없이
수놓던 바늘 멈췄어라.
꽃그늘 쌍쌍이
나비는 춤을 추고
낙화를 사랑하느뇨
여기저기 날아드네.

얇은 추위 살그머니
초록치마에 스며들 때
무정한 봄소식은
남의 간장 녹이는구나.
맥맥히 흐르는 이내 정분을
뉘라서 살뜰히 알아주리요.
백가지 꽃 만발한 속에
원앙새만 춤추도다.

봄빛 깊이 숨어
뉘집 동산에 간직했나.
붉고 푸른 빛깔들이
분벽사창 비치누나.
방초 우거진 곳
외로운 수심 위로하리.
수정발 높이 걷고

---

*신이화──── 개나리꽃을 이름.

낙화분분 보오리라.

그 둘째 폭에는,

밀대에 알 배이고
제비새끼 팔팔 난다.
남쪽 동산에
석류꽃 피었어라.
푸른 사창에 홀로 앉아
길쌈하는 저 아가씨
붉은 비단 베어내어
새치마를 장만하네.

매화 열매 익어가고
가는 비는 오락가락
꾀꼬리 울고 나서
제비도 드나드네.
이 봄은 간곳 없고
풍경 또한 낡았구나.
나리꽃 떨어진 후
피리 소리 안 들리네.

살구가지 휘어잡아
꾀꼬리나 때려볼까.
남쪽 창가 바람 일고
햇빛마저 더디구나.
연꽃잎새 향내 풍겨
연못의 물은 찬데
푸른 물결 깊은 곳에

원앙새 노는구나.

푸른 등 대방석에
물결인 양 이는 바람
소상강 그린 병풍
한 봉우리 구름뿐
낮 꿈 깨련마는
고달픈 채 그냥 누워
반창에 비낀 햇발
서쪽으로 기우네.

그 셋째 폭에는,

소슬한 가을바람
이슬을 머금었네.
달빛도 곱다마는
물결조차 푸르고녀.
기러기 돌아갈 제
구슬픈 그 목소리
다시금 들으련다
금정에 지는 오동잎 소리를.

상 밑에 우는 벌레
그 소리 처량토다.
상 위의 아가씨는
눈물겨워 하는고야.
머나먼 싸움터에
몸을 버린 님이시여
옥문관 오늘 저녁

달빛 또한 희고 희리.

새 옷을 마르려니
가위조차 서늘하이.
낮은 소리 아이 불러
다리미 가져오라
불 꺼진 다리미라
쓸 곳이 전혀 없어
가만히 피릿대로
꺼진 재를 헤쳐보네.

연꽃은 다 피었나
파초잎도 싯누렇다.
원앙 그린 기와 위엔
새 서리가 사뭇 젖어
새 원한 묵은 수심
애달프다 어이하랴.
동방은 깊고 깊어
귀뚜라미 왜 우느냐.

그 넷째 폭에는,

한 가지 매화가지
창을 향해 비꼈거늘
서랑에 바람 불고
달빛 더욱 밝을씨고.
화롯불 헤쳐보라
삭아지지 않았느냐.
아이야 이리 오라

차 좀 달여 오려무나.

밤서리에 놀란 잎새
자주 자주 펄럭이고
돌개바람 눈을 불어
골방으로 들어올 때
속절없는 한 생각이
님 그리움뿐이로다.
빙하가 어디메뇨
멀고 먼 옛 전쟁터.

창 앞에 붉은 해는
봄빛처럼 화창하고
수심에 잠긴 눈썹
졸음 구태 따르누나.
화병에 꽂은 매화
필락말락 하였고나.
부끄럼 머금고서
말없이 원앙 수를 놓다니.

소슬한 서리바람
북쪽 숲을 스치는데
처량한 찬 까마귀
달맞아 슬피 우네.
가물거리는 등불 앞에
님 그리는 눈물이야
님생각 솟는 눈물
바늘 귀에 떨어지네.

한편에 따로 별당 한 채가 있는데 매우 깨끗하고 장막 밖에는 사향을 태우는 냄새가 풍겨오고 찬란한 비단 이부자리가 펴져 있었다. 촛불이 휘황하여 대낮처럼 밝았다. 이생은 아가씨와 인생의 가장 즐거운 운우의 재미를 마음껏 즐기면서 며칠이나 거기 머물러 있었다. 어느날 이생이 여인을 향하여 말하였다.

"성인이 말씀하시기를 부모를 모신 이가 밖에 놀더라도 반드시 일정한 처소에서 해야 할 것인데 나는 이제 집나온 지 사흘이나 경과한지라 어버이께서 문을 여시고 매일 내가 돌아올 것을 기다리고 계실 것이니 이것이 어찌 아들된 도리리요."

하니 여인도 측연히 여기며,

"그러하오이다."

하고, 담을 넘겨주어 보내었다.

이로부터 이생은 그곳에 가지 않는 날이 없을 만큼 매혹당하였다. 그러던 어느날 저녁, 이생의 부친이 꾸지람을 내리는 것이었다.

"네가 항상 아침에 나가서 저녁에 돌아옴은 성인의 참된 말씀을 배우려 함이지만 이제 너는 저녁에 나가서 아침에야 돌아오니 마땅히 무슨 일을 하관데 그러하냐? 아무래도 경박한 자의 행실을 배워 남의 집 담을 뛰어넘어 다니는 것 아니냐. 이런 일이 만일 세상에 알려지면 남들도 모두 내 자식 교훈함이 엄하지 못하다 할 것이요, 그리고 또 그 처녀도 양반의 딸이라면 너 때문에 문호를 더럽힌 것이니 남의 집에 누를 끼침이 적지 아니할 것이다. 빨리 영남 농막으로 일꾼을 데리고 내려가서 다시 돌아올 생각을 하지 말아라."

그리하여 이튿날 경상도 *울주(蔚州)로 내려보내었다. 여인은 매일 저녁 꽃동산에서 기다리었으나 두어 달이 지나도록 낭군이 다시는 돌아오지 아니함에 드디어 상사의 일념은 낭군이 병에 걸려 몸져 누운 것이 아닌가 하고 향아를 시켜 몰래 이생의 이웃집 사람에게 물어보게 하였더니 그 사람은 다음과 같이 대답하였다.

"저런, 이도령은 그 아버지께 죄를 얻어 영남으로 내려간 지가 몇

─────────────
*울주(蔚州)──── 지금의 울산.

달이나 되었지요."

이 소식을 전해들은 최씨는 병이 나서 자리에 쓰러져 누워 전연 일어나지 못하고 물 한 모금 입에 대지 아니하였고 말조차 끊었으며 형모는 초췌하여갔다. 그의 부모는 크게 놀라 병의 증세를 물었으나 최씨는 여전히 아무런 대답이 없었다. 하루는 슬며시 옆에 있는 대바구니 속에 든, 이생과 함께 주고 받은 시를 읽어보고 그제야 무릎을 치면서 또 한 번 놀라지 아니할 수 없었다.

"여보, 잘못했다가는 귀여운 딸을 그냥 잃어버릴 뻔하였구려!"
하고는 그 딸에게 물었다.

"애 아가, 이생이란 자가 누구냐? 모든 것을 솔직히 나에게 다 말하여라."

이쯤 된지라 여인은 숨기지 못하고 목소리를 겨우 내어 이생과 사귄 전말을 모두 털어놓았다.

"아버님, 어머님! 깊으신 은덕 앞에 어찌 추호인들 숨길 수 있으리까. 가만히 생각해 보니 남녀의 교제는 인정의 흐르는 바이므로 이에 대한 경계의 말씀이 한두 가지가 아닌 것도 알고 있습니다. 저와 같이 가냘픈 몸으로서 뒷일을 생각함이 없이 남에게 웃음을 살 방탕한 행실이 나타났사오니 죄가 이미 크오며 죄는 저의 집 문호를 더럽힐 것이오나, 이생을 한번 여읜 뒤로 원한이 쌓여서 쓰러지게 된 나약한 이몸이 맥없이 홀로 있어서 그이 그리운 생각이 날로 깊어가고 병세는 나날이 위중하여 죽을 지경에 이르렀사오니 아버님과 어머님께서는 소녀의 소원함을 좇으시와 저의 나머지 목숨을 보전케 하여 주옵소서. 만일 그렇지 않사오면 비록 죽을지라도 이생을 지하에 따르겠사옵고 맹세코 다른 이의 문중에 시집가지 않겠나이다."

부모님은 이에 딸의 뜻을 알고 다시는 병의 증세를 묻지도 아니하고 또한 경책하고 또 달래어 그 마음을 흐뭇하게 하여놓고, 한편 중매의 예를 갖추어 이씨 집에 보내었다. 이씨는 우선 최씨의 문벌을 물은 뒤에 말하는 것이었다.

"우리 아이가 비록 나이는 어리고 바람이 났다 하더라도 학문에 정통하고 풍채가 유다르니 장래에 대과에 출세하여 이름을 세상에 날릴 것을 바라고 있으니 어찌 함부로 빨리 혼사를 이루리요."

중매쟁이가 곧 돌아와 이 말을 전하였다. 이에 최씨는 다시 중매를 보내면서 일러주었다.

"한때 여론에 의하건대 귀댁 도령님의 재화는 향리에 뛰어났다 하오니 지금은 비록 묻혀 있다 할지라도 장래에는 반드시 현달할 날이 있으리니 하루 속히 만복(萬福)의 날을 가리어 이성(二姓)이 합하여 즐김이 있기를 바라오."

중매인이 또한 이 말을 이생의 부친에게 고하니 이생의 부친이 말하기를,

"나도 젊을 때부터 학문을 즐기기는 하였으나 늙어도 이루지 못하여 노비들은 흩어지고 친척의 도움도 없어 살림이 곤궁하오니 양반댁에서 무엇을 보고 빈한한 선비의 자식을 취하리요. 아마 일 좋아하는 이가 나의 문벌을 속이어 귀댁의 총명을 어둡게 함이 아니리까?"

중매인이 돌아와 고하니 최씨는 또 중매인을 보내었다.

"모든 예물과 의복은 저희쪽에서 전부를 판출할 것이오니 다만 길일을 가리어 화촉의 예를 올리심이 어떠하오리까?"

이씨로도 이 간절한 뜻을 꺾을 길이 없어 곧 사람을 울주에 보내어 아들을 돌아오게 하였다. 이생은 속으로 터질 듯한 기쁨을 이기지 못하여 시 한 수를 읊었다.

    깨진 종이 둥글다더니
    만날 때가 있는 건가.
    은하의 오작인들
    이 가약(佳約)을 모를 건가.
    이제사 월로 홍삼
    굳게 굳게 매어지어

봄바람 불어댈 제
두견새를 원망하랴.

참으로 오랫동안 이생을 그리워하며 거의 상사의 꿈에 지쳤던 최씨는 이 소식을 듣고 병도 점차로 나아서 기쁨의 시 한 수를 지으니,

악인연이 호인연인가
옛 맹세 이루려네.
어느날 님과 같이
꽃가마를 타고 가랴.
시녀야 나 일으켜라
비녀 챙겨 보리라.

이에, 길한 날을 가리어 드디어 혼례를 정하여 부부 환락케 되었다. 그로부터 두 부부는 서로 사랑하고 공경하기를 나그네를 대접함과 같이 하였으니 비록 옛날의 양홍(梁鴻)과 맹광(孟光)과 같은 사람일지라도 그 절개를 따를 수 없었다. 그 다음 해에 이생은 대과에 급제하여 높은 벼슬길에 오르니 그의 명성이 일세에 날렸다.
  이윽고 *신축년이 되자 홍건적(紅巾賊)이 서울을 점령하게 되었는데, 상감께서는 *복주(福州)로 파천하신 뒤 오랑캐들은 서울의 건물을 파괴하고 인축(人畜)을 전멸하여 가족과 친척이 동서로 유리이산 하였다. 이때 이생은 가족과 함께 산골짜기로 숨었더니 오랑캐 한 놈이 칼을 가지고 쫓는지라 그는 도망하여 겨우 죽음을 면하였으나, 최씨는 오랑캐에게 잡혀 정조를 빼앗기려 함에 크게 꾸짖어 가로되,
  "이 창귀놈아! 나를 범하겠다고…… 내 차라리 죽어서 *시랑(豺狼)의 밥이 될지언정 어찌 개새끼같은 놈의 짝이 될 수 있을까보냐."

＊신축년──고려 공민왕 10년. 서기 1761년.
＊복주(福州)──지금의 경북 안동.
＊시랑(豺狼)──승냥이와 이리.

놈들은 대로하여 최씨를 죽여 버렸다.

이생은 황야를 헤매다가 근근히 여명(餘命)을 보전하여 살아 있다가 도적들이 이미 멸망해 돌아갔다는 말을 듣고는 드디어 부모의 옛 집터를 찾으니 자기의 집은 병화에 타버리고 황폐하여졌으며 또한 처갓집에 가서 보니 그 집 역시 가옥이 황량하고 쥐와 새의 울음만이 들리어 올 뿐이었다. 이생은 슬픔을 이기지 못하여 작은 다락에 올라가 눈물을 거두고 탄식하며 날이 저물 때까지 쓸쓸히 홀로 앉아 옛 일을 생각해 보니 그것은 한낱 구슬픈 꿈이었다.

거의 이경이 되어가매 달빛이 희미해 오고 집안이 희끄무레 밝아오는데 점차로 복도에서 무슨 사람의 인기척과 가느다란 발자국 소리가 들려왔다. 말소리는 먼데서부터 점차로 가까이 들리어 오더니 가까이 이른지라 누군가 하고 바라보니 그는 죽은 최씨가 분명하였다.

이생은 이미 그가 세상 사람이 아닌 것을 알았지만 그를 사랑하였으므로 다시 의심할 여지가 없었다. 얼마 후 반가움을 진정하고 물었다.

"어느 곳으로 피신했길래 목숨을 온전히 할 수 있었소?"

여인은 이생의 손을 덥석 잡으며 한바탕 크게 통곡하더니 이에 정이 어린 음성으로 말하는 것이었다.

"저는 본시 양반의 집 딸로 태어나 어머님의 자애어린 훈도를 받고 수놓기와 침선에 힘썼으며 시서와 인의를 배워 자못 규문 안의 일만을 알 뿐 어찌 외방 세계의 일을 알 수 있으리요. 마침 당신께서 복사꽃 핀 담장 위를 엿보실 제 저는 스스로 벽해(碧海)의 구슬을 드려 꽃 앞에서 한 번 웃고 평생 해로의 은혜를 맺어 깊은 장막 속에서 거듭 만날 때에 또한 정분은 백 년이 넘치는 것이었습니다. 말이 이에 미치자 슬프고 부끄러움을 어찌 이길 수 있겠나이까. 장차 백년해로의 날을 누리려 하였더니 불우의 횡액을 만나 마침내 정조를 도적놈에게 잃지는 아니했으나 육체는 사방에 찢기어 흩어지게 되었사오니 절개는 중하고 목숨은 가벼워 해골을 황야에 던졌으나 혼백을 의탁할 곳이 없었습니다. 고요히 옛 일을 돌아다 볼 때 한탄한들 무슨 소용이리까. 그대와 그날 깊은 골짜기에서 이별한 뒤 저야말로 한 마리 짝잃은 새가 되었던 것입니다. 이제 봄빛이 깊은 골에 돌아오고 인생은 이승에 다시 태어나서 맺은 인연을 거듭 맺어 전날의 굳은 맹세를 헛되이 않으려 하오니 만일 잊지 않으셨다면 저와 함께 해로하심이 어떠하오리까?"

이생은 기쁨이 가슴에 넘쳐 말하는 것이었다.

"그것은 내가 진실로 원하는 바이오."

하고, 서로가 막혔던 회포를 풀고 재미있게 수작하였다. 이야기가 양가의 가산이 도적에게 약탈되고 그 유무(有無)에 미치자 여인은 말하였다.

"한 푼도 잃지 아니하였습니다. 아무 산 아무 골짜기에 묻어두었으니 무슨 염려가 있으리까."

"그러면 양가 부모님들의 시체는 어디에 있소."

"할 수 없이 아무 곳에 버려 두었습니다."

두 사람은 이날 밤 이야기에 깨가 쏟아지다가 밤이 깊으매 함께 동침하니 부부의 재미가 예전과 조금도 다를 것이 없었다.

이튿날 이생은 아내를 데리고 그 재물을 묻어둔 골짜기로 가서 파보니 과연 금은보화가 그대로 있었고 또한 양 부모님 해골도 수습하여 각각 오관산(五冠山) 모퉁이에 합장하여 드리고 나무를 심고 제사를 지내고 모든 예식을 다하였다. 그후로 이생은 벼슬에 흥미가 없고 다만 최씨부인을 극진히 사랑하매 함께 사는 것으로 낙을 삼았다. 그러는 사이에 집안에서 부리던 종들도 다 돌아오고 이로부터 이생은 인사(人事)에 게으르며 비록 친척과 친구도 접하지 않으며 길흉간에 두문불출하고 항상 최씨로 더불어 시구(詩句)를 주고 받으며 금슬의 화락을 즐겼다.

그럭저럭 수년이 흘러갔다. 어느날 저녁 최씨가 이생에게 말하였다.

"삼생의 인연이 이제 장차 끝나게 되었으니 슬픈 생각을 어찌 하리요."

하고, 구슬피 우는 것이었다. 이생은 놀라 묻기를,

"그게 웬 말이오?"

여인이 말하였다.

"저승의 일이 가히 거역할 수 없어 그러하오이다. 옥황상제께서 저를 특별히 어여삐 여겨 당신과의 인연이 아직 남아 있을 뿐 아니라 또한 아무런 죄과가 없었음을 동정하시어 거짓 환체(幻體)로써 당신의 그 애끓는 가슴을 잠시나마 메워 드리고자 한 것이니 인간 세상에 더 이상 오래 머물 수는 없는 노릇입니다. 더구나 산 사람을 어찌 유혹하오리까?"

하고, 여종을 불러 술을 가져오게 하여 이생에게 권하더니 옥루춘(玉樓春) 한가락을 읊으며 이생을 위로하였다.

> 난리 풍상 몇몇 핸가
> 피비린내 절로 나네.
> 구슬 깨지고 꽃은 떨어져
> 짝잃은 원앙이여.
> 남은 해골 뒹구는데
> 묻어 줄 이 어이 없네.
> 피투성이 변한 혼백
> 뉘와 함께 하소연하리.
> 슬프도다 이내 신세
> 비구름 된단 말가.
> 깨뜨린 종이지만
> 이제 다시 나뉘려니
> 이제 한번 이별하면
> 님뵈올 날 아득하다.
> 망망한 천지 사이
> 소식조차 끊길 것을.

노래 한 소리에 눈물은 몇몇 줄기인지 곡조를 거의 이루기 어려웠다. 이생 역시 그 구슬픈 정경을 견딜 수 없어 말하되,
"내 차라리 낭자와 더불어 함께 죽어 저승으로 갈지언정 어찌 가히 무료히 홀로 살아 남아서 구질구질한 목숨을 유지하리요. 요즈음 난리를 치른 뒤에 친척과 노복이 흩어지고 돌아가신 어버이 해골이 들판에 버려졌을 때 그대가 아니더면 누가 가르쳐 주었으리까. 옛 성인의 말씀에 어버이 계실 적에 예로 섬길 것이오며 돌아가신 뒤에도 예로 장사할 것이라 하였는데, 이제 당신이 모두 실천하였사오니 내 감사의 뜻을 마지않는 바이오. 아무쪼록 당신은 인간 세상에 오래 남아 백 년 낙을 누린 후에 함께 진토가 되어 묻힘이 어떠하오."
"네! 당신 수명은 아직 남음이 있사오나 저의 목숨은 이미 끝장이 났나이다. 만일 굳이 인간에 미련을 갖는다면 법령에 위반되어 제게만 죄책이 내려질 뿐 아니라 당신께까지도 누가 미칠까 염려되옵니다. 다만 저의 깨진 해골이 아무 골짜기에 흩어져 있사옵니다. 만일 은혜를 거듭하시와 저의 유골을 거두어 주신다면 더욱 고맙겠나이다."
서로 부여안고 울기 얼마 후에 이생이 최씨를 바라보니 그 말소리는 점점 가늘어져 가고 그 형체는 점차로 자취가 없어지는 것이었다. 이에 이생은 할 수 없이 아내의 지시대로 그 골짜기로 가서 여인의 흩어진 뼈를 주워 어버이 묻힌 곁에 묻어 주었다. 이미 장사가 끝나고 이생은 하루같이 아내를 생각하다가 병을 얻어 두어 달 만에 일어나지 못하고 죽으니 듣는 이마다 그들을 감탄치 않는 사람이 없으며 그 의(義)를 중히 여기었음을 사모치 않는 이 없었다.

3. 취유부벽정기(醉遊浮碧亭記)

평양은 옛 조선의 서울이었다. 주무왕(周武王)이 은(殷)을 이기고 기자(箕子)를 방문했을 때 기자는 홍범구주(洪範九疇)의 법을 말하였

으므로 주무왕은 기자를 이땅에 봉하였으나 특별히 우대하여 신하의 대우를 하지 아니하였다.

이곳의 명승지로는 금수산(錦繡山), 봉황대(鳳凰臺), 능라도(綾羅島), 기린굴(麒麟窟), 조천석(朝天石), 추남허(楸南墟) 등의 고적이 있는데 영명사(永明寺) 부벽정(浮碧亭)도 그중의 하나임은 다시 말할 것도 없다.

영명사는 곧 고구려 창시자인 동명성왕의 구제궁(九梯宮)이었다. 성 밖으로 동북쪽 이십 리쯤 되는 곳인데, 대동강을 내려다볼 수 있으며 백리 평야를 바라볼 수 있어 일망무제한 경개는 참으로 제일 강산이 아닐 수 없겠다. 그림 같은 상선(商船)들은 저문 날이면 대동문(大同門) 밖 유기(柳磯)에 닿아 으레 강물을 따라 올라 이곳을 구경케 되어 있었다. 부벽정 남쪽에는 돌로 쌓은 사닥다리가 있는데 왼편은 청운제(靑雲梯)라 돌로 글자를 새겼고 오른쪽에는 백운제(白雲梯)라 돌에 새겨 화주대(華柱臺)를 새겨 구경꾼의 흥미를 돋우었다.

*정축년(丁丑年)에 개성 사는 부잣집 아들 홍생(洪生)은 나이 젊으며 얼굴이 아름답고 그 외에 글을 썩 잘하였다. 팔월 한가윗날을 맞이하여 친구들과 함께 포백과 면사를 평양 저자에다 팔려고 배에 싣고 강가에 대었다. 성중에서 구경나온 기생들은 홍생을 보고 아양을 떨며 농짓을 하였다. 그때 성중에는 이생(李生)이란 친구가 있어 홍생을 위하여 크게 술자리를 벌이었는데 술이 상당히 취하여 배를 되돌리게 되매, 밤의 날씨 대단히 서늘하여 잠들 수가 없었다. 그때 문득 옛날의 당나라 시인 장계(張繼)가 지은 '풍교야박(楓橋夜泊)'의 시를 생각하매 맑은 흥취를 진정할 수 없어 조그만 배를 잡아 타고 배에 그득 달빛을 싣고 노를 저으며 대동강 물을 따라 거슬러 올라가니 이내 부벽정 아래에 당도하였다. 배를 갈대밭에 매어두고 사닥다리를 밟으며 올라가 난간을 비껴 낭랑히 시를 읊는 것이었다.

때에 달빛이 휘황하여 흐르는 빛이 마치 큰 바다와 같았다. 물결은 흰 자치와 같고 기러기는 모래사장에서 울고 두루미는 송로(松露)에

---

*정축년(丁丑年)──세조 2년. 단종이 승하한 해.

서 우는데 늠름한 기상이 옥황상제 계신 곳에 나온 듯한 느낌이었다.
그리하여 옛 도읍을 돌아다보니 내 낀 외로운 성에 물결만 찰싹거릴
뿐이라 고국의 흥망을 탄식하여 시 여섯 수를 지어 잇달아 읊었다.

    못내 부벽정에 올라
    시를 읊으니
    강물 소리는 흐느끼어
    애끓는 듯하여라.
    고국은 어디메냐
    영웅호걸 자취 없고
    거친 성터 아직까지
    봉황의 형상을 띠었고녀.
    모랫가에 달빛이 흰데
    돌아가는 기러기 울고
    풀 속엔 내 걷히어
    반딧불이 날고 있다.
    세상 일은 변하고 갈리어
    쓸쓸한 풍경뿐.
    한산사 깊은 곳에
    은은한 종소리뿐.

    님 계시던 구중 궁궐
    가을 풀만 쓸쓸하다.
    갈수록 아득하다
    높은 바위 구름길을.
    청루는 어디멘고
    자취 없이 쓸쓸하고,
    담 너머 남은 달에
    까마귀만 우지지네.

풍류는 간 곳 없고
진토만 남았도다.
적막하고 외로운 성에
가시덤불 무성하이.
물결 소리만이
옛인 양 울어 댈 제
밤낮으로 쉬임 없이
바다로만 향하니라.

대동강 푸른 물이
쪽빛보다 더 푸른데,
천고의 흥망성쇠
한탄한들 무엇하랴.
금정에 물 마르고
담장이만 둘러쳤네.
타향의 좋은 풍광
품에 그득 한아름 시(詩),
고국의 옛 정회가
술만 더욱 마시게 하네.
밝은 달 난간 위에
잠 못드는 이 한밤을,
계수나무 밤 깊어라
매운 향기 풍겨난다.

오늘이 한가위라
달빛은 휘황하다.
외로운 옛 성터를
바래느니 슬픔일 뿐.
기자묘 옛 무덤에

키 큰 나무 늘어서고,
단군 모신 사당 벽에
담장이 얽혀 있네.
영웅호걸 자취 없다
어디로 갔다던고.
초목만 의희한데
몇몇 해나 되었던고.
그 속에 옛모양 고운 달이
맑은 빛만 흘러내려
손의 옷에 비치네.

동산에 달 떠온다
까마귀 나는구나.
밤 깊어 차가운 이슬
남의 옷을 적시누나.
천년의 문화 예술
그 모습 간 데 없고
산천은 벽해되어
성 자취 바이 없네.
님은 어이 안 오시나
하늘로 오르셨나
인간에 끼친 이야기
뉘와 함께 의논하리.
누른 수레 기린 타고
가신 흔적 바이 없고
풀 우거진 옛길 위에
스님 홀로 돌아가네.

찬 이슬 내리누나

산천초목 시들겠다.
청운교 백운교가
우뚝우뚝 서 있어라.
수나라 병졸들이
우는 여울 구성지네.
임금님 남은 영혼
가을 매미 되었던가.
그 님 다니던 길
자취마저 없어졌네.
행궁에 나무 서고
저녁종이 처량해라.
높은 다락 올라서서
뉘와 함께 시를 읊나.
맑은 바람 밝은 달에
이는 흥취 가이 없다.

 홍생은 시 읊기를 마치고 손바닥을 치면서 춤을 추기 시작하였다. 매양 한 수를 읊고는 슬픔을 이기지 못하여 소리내어 탄식할새 비록 퉁소와 노래의 유창한 화답은 없다 하더라도 그 마음 속의 감개는 족히 써 깊은 산골짜기의 용을 춤추게 할 만하였으며, 외로운 배 위에 쓸쓸한 여인의 간장을 울릴 만하였다. 읊기를 다 마치고 돌아오려 할새, 밤은 이어 깊어 사경에 임박하였다.
 그때 문득 가벼운 발소리 있어 서쪽으로부터 나는데, 홍생은,
 '내 시 읊는 소리를 듣고 절의 스님이 찾아오는가보다…….'
하고 예사로이 앉아서 기다렸는데 가만히 바라보니 한 사람의 곱고 아름다운 여인이 나타나는 것이었다. 여인을 모신 아이가 좌우로 따르는데, 그중 한 아이는 옥으로 만든 파리채를 가지고 있었고, 한 아이는 비단부채를 가져 위의가 단정하고 행동이 귀갓집 처녀와 흡사하였다. 홍생은 뜰 아래로 피하여 담 틈으로 그들의 행동을 감시하고 있

었다. 그때 아가씨가 남쪽 난간에 의지해 흰 달을 쳐다보면서 가만히 시를 읊는데, 그 풍류의 태도가 엄연하여 조금도 문란하지가 않았다. 그때 시녀가 비단방석을 펴드리니 여인은 다시금 명랑한 음성으로 말하였다.

"여기서 방금 시 읊는 소리가 나더니 어디로 가시었나? 나는 무슨 요물 따위도 아니요, 다만 아름다운 저녁을 맞이하여 구름없는 긴 하늘에는 달이 솟고 은하수 맑은 물에 백옥류 차가운데, 계수 그림자 비낀 이때 한 잔 마시고 한 번 읊어서 그윽한 정회를 펴보며 좋은 이밤을 보내는 것이 어떠하오리까?"

홍생은 그 말을 듣고 한편 두려운 생각도 있고 기쁘기도 하여, 어찌할까 주저주저하다가 기침소리를 에헴하고 내었다. 여인은 시녀를 시키어 홍생에게 말을 전했다.

"아가씨의 명을 받들어 모시고자 하옵니다."

홍생이 시녀의 뒤를 따라 나와 절하고 또한 꿇어앉으니 아가씨는 공손한 태도도 없이,

"그대도 이리 오르시라."

하고는, 시녀를 시켜 낮은 병풍으로 앞을 가리우고 다만 반쯤 얼굴을 서로 보고 조용히 말하였다.

"그대가 지금 읊은 시는 무슨 시인가요? 나를 위하여 한 번 읊어주실 수 없겠소?"

홍생이 일일이 외워 읊으니 아가씨는 웃으며,

"그대와 더불어 가히 시를 의논할 수 있겠도다."

하고는, 시녀를 시켜 술을 드리게 하니 그 산해진미가 인간세계의 그것이 아니었다. 먹으려 하나 너무 딱딱하여 먹을 수가 없으며 술맛도 써서 마실 수가 없었다.

여인은 빙긋이 웃으며,

"이 세상의 사람이 어찌 *백옥례(白玉醴)와 *홍규포(紅虯脯)를 알 수

───────────────
*백옥례(白玉醴)── 선인이 마시는 술.
*홍규포(紅虯脯)── 용의 고기로 포를 만든 것.

있으리요. 애야, 빨리 신호사(神護寺)에 가서 절 밥을 좀 얻어가지고 오너라."

시녀가 명을 받아 가더니 눈깜짝할 사이에 절밥을 지어 가지고 돌아왔다. 반찬이 없으므로 또한 시녀에게 명해 주암(酒巖)에 가서 반찬을 얻어오라 하니 시녀가 간 지 잠깐 후에 또다시 돌아오는데 잉어적을 갖고 왔다. 홍생이 그것을 먹는 사이에 여인은 이미 홍생의 시에 화답하여 계전(桂箋)에 써서 시녀를 시켜 홍생에게 주었다. 그 시에 하였으되,

동쪽 정자 오늘 밤에
명월도 교교할싸
그대와의 맑은 이야기
슬기도 많사외다.
의희한 나뭇잎새
푸른 일산 편 듯하고
강 물결 흐르는 양
흰 자치를 둘렀는 듯.
세월은 흘러가서
나는 새와 같이 빠르고
세상 일 허무하여
흐르는 물 흡사하다.
이날 밤의 쌓인 정한
그 뉘 있어 알아주랴
깊은 숲에 종소리는
은은히 들려오네.

옛성에 올라 보니
대동강이 어디메뇨
물 푸르고 맑은 모래

기러기떼 우짖는다.
기린은 오지 않고
고운 님 여읜 뒤에
퉁소 소리 끊어지고
빈 무덤만 남았구나.
개인 산에 비 오려나
내 시는 이루었네.
외로운 절간 고요한데
술에 건들 취해 있어
숲속에 빠진 동타
가련할쏜 참아보라
몇천년 흥망성쇠
뜬 구름 되단 말가

풀 밑에 슬피 우는
쓰르라미 소리인데
이 다락 오른 날에
님생각 아득하다.
그친 비 남은 구름
지난 일이 슬프구려
떨어진 꽃 흐르는 물
이 시절을 느껴우네.
가을이라 조수 소리
더욱 더욱 쓸쓸코녀
물에 잠긴 저 다락이
달빛마냥 처량해라.
아서라 이곳이 정녕
한 옛날의 번창턴 곳
거친 성터 늙은 나무가

남의 간장 녹이느니.

금수만 앞이러냐
아름다운 이 강산을
단풍잎 고울세라
옛 성터 비치는데.
가을 밤 다듬이 소리
유난히도 들리누나.
고깃배 돌아오네
어기여차 한 가락에
바위에 비낀 고목
담장에 얽혀 있고
숲 속에 누운 비석
푸른 이끼 끼었구나.
말 없이 난간 비껴
옛 병사 돌아보니
달빛도 물소리도
모두다 처량해라.

성긴 별 몇몇 개냐
하늘나라 비추이고
은하수 맑고 엷고
달은 정녕 밝을세라.
알괘라 그 옛일이
한바탕 꿈이려니
저승을 기약하랴
이승에서 만나보세.
술 한 잔 가득 부어
취해본들 어떠하리

풍진에 삼 척 칼을
마음에 어이 두랴.
만고의 영웅호걸
한 줌의 진흙인걸
세상에 남긴 것은
헛된 이름뿐이로세.

이 밤이 어이 됐나
밤은 정녕 깊었구나.
담장 위에 걸린 저 달
오늘 밤도 둥글건만
이 세상을 떠나려네
님은 어이 하시려오.
한없는 즐거움을
나와 함께 누리리라.
강 위의 다락에서
사람들은 흩어지네.
섬돌 아래 나무들은
이슬 담겨 기뻐할 제
묻노라 어느 때에
님을 만날 기약 있나.
봉래산 복숭아 익고
벽해가 마른다네.

    홍생은 그 시를 보고 무한히 기뻤으나 그가 되돌아갈까 저어하여 이야기로써 만류코자 하였다.
    "감히 묻노니 그대의 성명과 족보를 알려주실 수 없사오리까?"
    아가씨가 탄식조로,
    "아아, 이몸은 그 옛날 은왕(殷王)의 후예요 기자의 딸이러니, 우리 선조를 이곳에 봉하여 모든 예법과 정치를 한결같이 성탕(成湯)님의 유훈을 따라 팔조(八條)의 금법을 세웠으므로 문화의 빛이 천여 년 뻗치었더니, 하루 아침에 멸망하기 시작하여 재앙과 환난이 겹치어 아버지는 필부의 손에 죽는 바 되어, 드디어 나라를 잃어 위만(衛滿)이 그 틈을 타서 임금의 지위를 도적질하매, 저와 같은 약질로도 그때에 절개를 잃지 않으려고 죽기로써 맹세하였더니, 때마침 한 거룩한 선인이 나타나 나를 어루만지시며 말하기를,

'내 몸이 이 나라의 시조로서 부귀를 누린 뒤에 바다섬에 들어가 선인이 된 지 이미 수천년이라, 그대는 곧 나를 따라 상계(上界)에 올라 즐거이 노는 것이 어떠하냐?'

하기로, 나는 곧 그 말을 허락하였더니 그 분은 나를 이끌어 자신이 살고 있는 곳에 이르러 별당을 지어 나를 대접하고 또 나에게 삼신산(三神山)의 불사약(不死藥)을 주시었다. 이 약을 먹은 뒤 여러 달 만에 몸이 가벼워지며 기운이 샘솟아 공중에 높이 떠서 우주를 굽어보며 세계의 명승지를 빠짐없이 유람할 제, 어느날 가을 하늘이 깨끗하고 달빛은 유달리 밝은지라, 홀연 어디 멀리 가고 싶은 생각이 나서 드디어 달나라에 올라 광한루와 청허의 집을 구경하고, 항아(姮娥)의 수정궁(水晶宮) 안에 방문하였더니 항아는 내 절개가 곧고 글월에 능하므로 꾀어 말하기를,

'인간 세상에도 명승 경개가 없는 것은 아니나 풍진이 어지러우니 어찌 청천에 한번 솟아 흰 난새를 타고 맑은 향내를 계수에 받으며 옥경에 어정대고 은하에 목욕함만 같을 수 있느냐?'

하고 곧 *향안(香案)의 시녀를 삼아 좌우에 모시게 하니 그 즐거움을 무엇으로 형용하리요. 문득 오늘밤에 고국 생각이 간절하여 하계의 인간을 굽어보니 산천은 옛 같으나 인물은 자취 없고 명월은 내를 덮고 백로는 티끌을 씻은지라. 이에 옥경을 간직하고 가만히 내려와서 조상의 무덤에 성묘하고 부벽정에 거듭 올라 시름을 보내고 있었더니, 마침 그대를 만나 한없이 기쁜 한편 또 부끄럽기도 하

───────────
*향안(香案)──── 제사 때 향로나 향합을 올려놓는 상.

오. 더욱 둔한 재주에 좋은 시를 화답하니, 시라 일컫기 곤란하나 대강 품은 뜻을 폈을 따름이오."

홍생은 두 번 절하고 머리를 조아려 말하였다.

"인간의 선비가 우매하여 초목과 함께 썩음이 마땅하오나 어찌 가륵하신 선녀님과 시부를 응수할 수 있을 줄이야 꿈엔들 뜻하였으리까? 인간 세계 모든 것을 청산치 못한 이 사람은 주시는 주식도 먹지 못하고 대강 글자를 알 정도로 내리신 시를 보오니, 다시금 '강정추야완월(江亭秋夜玩月)'로써 제목을 삼아 사십 운(四十韻)을 지어 제게 가르쳐 주심이 어떠하오리까?"

여인은 허락하고 붓을 들어 한번 쓰매 마치 구름과 내가 한데 어울리듯 막힘이 없었다.

　　부벽정 달 밝은데
　　높은 하늘에 옥로는 내려
　　맑은 빛 흐르는 양
　　은하에 잠겼어라.
　　희고 맑은 삼천 리에
　　아름다운 십이루를
　　가는 구름 한 점 없고
　　맑은 하늘 눈에 닿네.
　　흐르는 강물 위에
　　배는 홀로 떠서 가고
　　다북과 풍석 갈꽃 물갓
　　짝지어 찾아오네.
　　예상곡을 들으려나
　　옥도끼로 깎았던고
　　금조개로 집을 짓고
　　탑 그림자 잠겼어라.
　　지미와 구경할까

*공원과도 놀아보자
까치는 놀라 날고
한소조차 헐떡이네.
은은한 곳 청산이요
둥글둥글 창해 위에
님과 함께 거닐리라.
주렴 고리 높이 걸곤
이태백 술잔 멈춰
*오강(吳剛)은 계수 깎다.
찬란한 비단 병풍
수놓은 휘장 치고
보배 거울 걸어 놓고
얼음 바퀴 구를 제
금물결은 묵묵한데
은하수도 유유하네.
금두꺼비 베려나
옥토끼를 사냥할 제
먼 하늘 활짝 개고
인간에는 내 녹았네.
숲에 솟은 남목 나무
깊은 못물 굽어보고
먼 길에 갈 길을 잃고
고향 친구 만났어라.
좋은 시절 좋은 때에
좋은 술을 주고 받아
아껴 보세 이 세월을
취토록 마셔 보자.

＊공원──나공원(羅公遠)을 이름.
＊오강(吳剛)──늘 옥토끼로 계수나무를 깎는다고 함.

화로 속의 까만 숯불
게 끓이는 냄비여라
용미봉탕 맛을 보나
항아리에 그득하네.
외론 솔에 학은 울고
사벽에는 귀뚜라미
높은 상에 말 끝나자
먼 물가에 노닐 것을.
거친 성은 희미하고
우는 잎도 쓸쓸코나
푸른 단풍 누른 갈대
황량키도 그지없네.
선경은 가없이 넓고
인간 세상 세월 빨라
벼 익은 옛 궁터요
고목 우거진 들 사당에
남은 자취 비석인가.
흥망성쇠 물어보자
저기 나는 저 백구야
맑은 빛이 몇번 찬고
인생이란 하루살이
옛님 살던 높은 궁전
절터로 바뀌고
고운 님 찾을 길 없어
깊은 숲 가린 휘장
반딧불만 번득인다.
옛일이 슬프다만
오늘 수심 어이할꼬
목멱산은 단군 터요

기자 여기 오단 말가.
굴 속에 무엇 있나
기린 자취 분명코나
들판에서 주운 물건
숙신씨의 화살이라.
직녀는 용을 타고
문사 또한 붓을 멈춰
고운님 가시려나
곡조 끝나 흩어지네.
바람은 고요한데
놋소리만 쓸쓸코나.

  여인은 쓰기를 마친 뒤에 붓을 던지고 공중에 높이 솟아 간곳이 없고 다만 그의 시녀를 시켜 홍생에게 말을 전하였다.
  '옥황상제님의 명령이 지엄하셔서 나는 곧 노새를 타고 돌아가니 다만 그대와 더불어 청담(淸談)을 더하지 못함이 한이 될 뿐이오.'
  얼마 되지 아니하여 갑자기 돌개바람이 일더니 홍생의 앉은 자리를 걷어치우며 여인의 쓴 시를 날려 버려 간 곳이 없게 하였다. 이러한 일은 그들이 인간 세상에 자기들의 일을 선전하기 싫어하기 때문이다. 홍생은 얼이 빠진 듯 우두커니 서서 가만히 생각해보니 꿈도 생시도 아닌 이상한 일이었다. 다만 난간에 의지하여 지나간 일을 생각하며, 그가 남기고 간 말을 더듬어 생각하여 보았다. 기이한 인연이라 아니할 수 없으나 정회를 다하지 못하여 이에 못다한 회포를 들어 시를 읊었다.

구름도 비도 아닌
하염없는 허망한 꿈
어느 해 어느 날에
가신 님 다시 뵐꼬.

대동강 푸른 물결
무정하다 말 말아라.
님 여읜 곳으로만
슬피 울며 예는구나.

읊고 나니 절간의 종이 울고 여러 마을의 닭이 노래하매, 달은 서녘 하늘에 걸렸으매 샛별만 반짝이고 뜰 아래 쥐와 땅 밑의 벌레소리가 들려올 뿐이었다.

홍생은 초연히 구슬픈 생각을 금할 수 없어 빨리 배로 돌아오니 그의 벗들은 서로 다투어 묻는 것이었다.

"어젯밤은 어디서 자고 오나?"

홍생은 아무 일도 없었다는 듯이 대답하였다.

"엊저녁 낚싯대를 가지고 달빛을 따라 장경문(長慶門) 밖의 조천석까지 이르러 고기를 낚으려 하였으나 밤이 서늘하여 물결이 차가운 까닭인지 붕어 한 마리 물리지 아니하였소."

그 말에 벗들은 의심치 아니하였다.

그 뒤 홍생은 그 아가씨를 생각하다가 상사병에 걸리어 병상에 누운 지 오래되었으나, 정신이 착란하고 해서 오래 일어나지 못하였다. 어느 날 꿈 속에 소복한 여인이 와서 홍생을 보고 말하였다.

"우리 아가씨께서 상황께 그대의 재주를 아뢰어서 견우성의 부하로 종사(從事)의 벼슬을 제수하려 하오니 빨리 가는 것이 어떠하오."

홍생은 놀라 깨어 하인을 시켜 목욕 재계한 뒤 향을 피우고 집안을 깨끗이 한 후, 뜰에 자리를 깔고 턱을 고이고 앉아 잠깐 누웠다가 엄연히 세상을 떠나니, 곧 구월 보름날이었다. 빈소에 안치한 지 며칠 후에도 얼굴빛이 산 사람과 조금도 다름없고 해서 사람들이 모두 말하기를,

"신선을 만나 시체가 선화(仙化)해 간 것이다."

라고 말했다 한다.

4. 남염부주기(南炎浮洲記)

　성화연간(成化年間) 경주(慶州)에 박생이란 사람이 살고 있었다. 박생은 유학(儒學)으로서 대성할 것을 기약하여 힘쓰던 중 태학관(太學舘)에 보결생으로 천거되었으나 시험에 급제하지 못하여 항상 *앙앙불락(怏怏不樂)이었다. 그는 뜻이 매우 높아 웬만한 세력을 좇지 않을 뿐 아니라 굽히지도 아니하였다. 그러한 그의 성질을 보고 남들은 거만한 위인이라고 했으나 그가 남들과 교제할 때마다 태도가 대단히 온순하고 후하였으므로 여러 사람의 칭송이 자자하였다.
　그는 일찍이 불교, 무당, 귀신 등 모든 것에 대하여 이심을 품는 한편, 이에 중용(中庸)과 주역(周易)을 읽은 뒤 더욱 자신을 얻게 되었다. 그의 성격이 순진하여 불교 신자들과도 친밀히 지내게 되었다.
　어느날 그는 절간의 스님과 불교에 대한 질의를 전개하게 되었는데 스님은 다음과 같이 말하였다.
　"천당과 지옥이란 것에 대하여 그대는 어떻게 생각하시오."
　"그야 천지는 한 음양(陰陽)일 것인데 어찌 천지밖에 또 그런 세계가 있을 것이오?"
하고 말하자, 스님도 또한 능히 결단하여 말하지 못하였다. 그리고 스님은 말했다.
　"명확히 말하기는 어렵소이다마는 악인 악과 선인 선과의 화복(禍福)이야 어찌하리요."
　그러나 박생은 그 말을 믿지 아니하고 일리론(一理論)이라는 책을 만들어 스스로의 경책을 삼았다. 그리하여 불교의 이단적(異端的)인 데에 빠지지 않으려고 하였다. 그 책의 내용은 대개 이러하였다.
　'일찍 옛말을 들으매 천하의 이치는 오직 한 가지가 있을 뿐이라 하였으니, 한 가지라 함은 둘이 아니라는 말이요, 이치란 것은 천성을 말함이라. 천성이란 것은 하늘을 이름이라. 하늘이 음양과 오행

＊앙앙불락(怏怏不樂)──우울하여서 불쾌한 마음.

으로 만물을 낳을새, 기운(氣運)이 형상을 이룩하고 이(理)도 첨가된 것이다. 이치란 것은 일용(日用)과 사물(事物)의 사이에 각각 조리(條理)가 있어서 부자(父子)에는 친(親)을 다할 것이며, 군신(君臣)에는 의를 다할 것이며, 부부와 장유(長幼)에도 마땅히 행할 길이 있을 것이니 이것이 이른바 도(道)라는 것이다. 이 이치가 우리의 마음에 갖춰져 있는 것이다. 그 이치를 좇으면 어디로 가나 합당하여 편안치 아니함이 없고, 그 이치를 거스르면 성품을 떨치는 것이 되리니 곧 재앙이 미칠 것이다. 이치를 궁구하고 성품을 *연찬하는 것이 곧 이것을 궁구함이다. 어떤 사물이라도 거침없이 연구하여 자신의 지식을 넓힐 일이다. 대개 인간으로 태어나서 이 마음 없는 이가 드물 것이매, 또한 이 성품 갖추지 않은 이가 없을 것이다. 또한 천하의 물건이 이치가 갖추어 있지 아니함이 없을 것이니, 마음의 허령(虛靈)함으로써 성품이 그러한 것을 좇는 것이 사물에 파고들어 이치를 궁구하는 것이다. 사물로 인하여 그 근원을 추궁하고, 그리하여 그의 궁극의 길을 탐구하는데 이르는 것이 곧 천하의 이치이니 이것이 사물에는 나타나 있지 아니함이 없으며, 이치의 지극한 자가 *방촌(方寸)의 안에 들지 아니함이 없으리라. 이로써 추측건대 천하 국가를 포괄치 않음이 없고 끌어안아 합하지 않음이 없으매, 여러 하늘에 참예하여 위반함이 없으매 여러 귀신에 물어봐도 혹(惑)하지 않으리니 고금의 역사에 떨어지지 아니함이 유가(儒家)의 일이니 이에 그칠 따름이라. 천하에 어찌 두 가지 이치가 있으리요. 저들 스님들의 허무적멸(虛無寂滅)을 위주로 한 이단(異端)의 이야기는 내 족히 믿을 바 아니다.'

박생이 이러한 책을 저술한 뒤에 하루는 자기 방에 앉아서 등불을 돋우고 책을 읽고 있다가 베개를 베고 잠깐 졸고 있더니, 문득 한 나라에 이르니 창망한 바다 한 가운데의 섬이었다.

---

*연찬──깊이 연구함.
*방촌(方寸)──마음. 가슴 속.

그곳에는 초목도 모래도 없고, 밟고 가는 것이 구리쇠가 아니면 쇠〔鐵〕였다. 대낮에는 불길이 하늘을 뚫을 지경이어서 대지가 다 녹아 없어지는 듯하고, 밤이면 처참한 바람이 서쪽으로부터 불어 와서 사람의 살과 뼈를 에는 듯하였다. 또한 쇠로 된 벼랑이 마치 성벽과 같이 되어 있어서 해변에 연이었고, 다만 한 개의 철문(鐵門)이 있어 굉장한데, 그 자물쇠가 어마어마하게 컸다. 문을 지키는 자는 그 꼴이 영악하기 그지없고 창과 철퇴를 가져 외적을 방어하고 그 가운데서 사는 백성들은 쇠로써 집을 지었는데 낮이면 더워 죽을 지경이며 밤이면 얼어죽을 지경이었다. 오직 아침 저녁으로 꿈틀거리는 모양이, 웃으며 말하는 듯한 모습이 별로 고통도 없는 듯하였다.

박생은 크게 놀라 주저하는데 문지기가 부르는지라, 당황하면서 앞으로 나아갔다. 수문장은 창을 세우고 박생에게 일렀다.

"그대는 어떤 사람이오?"

박생은 떨면서 또한 대답하였다.

"아무 나라의 아무 땅에 사는 한낱 유생(儒生)이올시다. 영관(靈官)께서는 널리 용서하여 주소서."

하고, 엎드려 절하며 두 번 세 번 빌었다. 수문장은 말하였다.

"유생이란 본시 마땅히 위엄 앞에서도 굴하지 않는 것인데 그대는 어찌하여 굽힘이 이와 같으뇨? 우리들은 이치를 아는 유생을 만나고자 한 지 오래였으며 우리의 국왕께서도 그대와 같은 사람을 만나 할 말을 동방에 선전하고자 하던 터였소. 조금만 기다리고 앉아 계시오. 내 국왕께 장차 고하고 뵙게 해드리리다."

말이 끝나자 어디론가 들어가더니 얼마 후에 나와서 말하는 것이었다.

"국왕께옵서 당신을 편전(便殿)에서 맞이하려 하오니 당신은 마땅히 위엄에 공포를 느끼지 말고 정직한 말로 대답하되 이 나라의 백성으로 하여금 옳은 길을 걷도록 하여 주시기 바라오."

말이 끝나자 흑의(黑衣)와 백의(白衣)를 입은 두 동자가 손에 두 권의 문권을 가지고 왔는데, 한 책에는 흰 종이에 푸른 글자를 썼고 한 책에는 흰 종이에 붉은 글자로 쓴 것이었다. 동자가 그 책을 박생의 좌우에 펴놓아 보이는데 그의 성명은 붉은 글자로 적혀 있었다.
 '현재 아무 나라의 박아무개는 전생의 죄가 없으니, 이 나라의 백성 됨이 마땅치 않다.'
 박생이 글을 읽고 동자에게 물었다.
 "나에게 이 문권을 보이는 것은 어떠한 이유이뇨?"
 동자가 대답하였다.
 "그것은 검은 문권은 악질의 명부이고 흰 문권은 착한이의 명부요. 좋은 명부에 실린 분은 국왕께서 예법으로 맞이하시고, 악한 명부에 실린 이는 노예로서 대우합니다. 이러한 내용을 당신께 알려드립니다. 왕께서 만일 알현을 허가할 때에는 마땅히 예로써 진퇴에 어그러짐이 없도록 하시오."
 하고, 말을 마치자 안으로 들어가 버리는 것이었다. 잠깐 사이에 빨리 구르는 보배수레 위에 *연좌(蓮座)를 설치하고 어여쁜 아이들이 *파리채(拂子)와 일산(日傘)을 가지고, 무사와 나졸들은 창을 휘두르며 오는데 그 호령이 추상과도 같았다.
 박생이 머리를 들어 바라보니 앞에 철성(鐵城)이 세 겹으로 되어 있는 궁궐이 드높기 한이 없는데, 금산(金山)의 아래에 있으며 불꽃이 충천하여 무섭게 타오르고 있었다.
 길 옆에 다니는 사람들을 살펴보니 그 불꽃 가운데서 구리쇠와 쇠를 밟고 다니되 마치 진흙을 디디고 다니는 것과 흡사하였다. 그러나 박생의 앞 수십 보쯤 되는 곳에 평탄한 길이 있어 인간 세상과 다름없으니 아마 신력(神力)으로 이루어진 것 같았다.
 그 나라의 왕성에 이르니 네 문이 활짝 열리어 있고, 못과 다락과 대(臺)가 한결같이 인간 세계와 조금도 다를 것 없는데, 두 사람의 아름다운 아가씨가 나와 절하며 손을 맞잡아 인도하여 들어가니, 왕이

---

*연좌(蓮座)──연꽃을 그린 불좌(佛座).
*파리채(拂子)──말꼬리, 얼룩소꼬리털을 묶고 자루를 단 것. 번뇌, 장애를 물리치는 표지로 씀.

통천관(通天冠)을 쓰고 *문옥대(文玉帶)를 띠고 뜰아래에 내려와 맞이하니 박생은 황급히 엎드려 능히 왕을 쳐다보지도 못하였다.

  왕이 말하였다.

  "토지가 달라 서로 통성치 못하는 터에 이치를 아는 선비를 어찌 가히 위력으로 굴복하랴."

하고는, 곧 박생의 소매를 잡아 대궐에 오르게 하여 편전 위에 따로 앉을 자리를 마련하니 곧 옥으로 난간을 만든 금상(金床)이었다.

  좌정하니 왕이 시종을 명하여 차를 들이게 하니, 박생이 보매 차도 구리쇠와 같고 과실인즉 철환(鐵丸)과 다름이 없었다. 박생은 또한 놀라고 또한 두려워하나 능히 피할 곳이 없으며, 그들의 하는 짓을 보고 있을 따름이었다. 다과를 들이매 향내가 온 방에 가득 찼다. 차 마시기를 마친 다음 왕은 박생에게 말하였다.

  "선비는 여기가 어딘지 모르실 것이오. 이곳은 속세에서 말하는 염부주(炎浮洲)요. 대궐 북쪽 산의 이름은 옥초산(玉焦山)인데, 이 땅의 남쪽에 있으므로 이름하여 남염부주라 하오. 염부(炎浮)라는 이름은 염화(炎火)가 혁혁하여 항상 허공중에 떠있는 관계로 그렇게 칭하게 되었소. 나의 이름은 염마(炎摩)라고 부르니, 불꽃이 나의 육신을 마찰하는 까닭이오. 내가 이곳의 왕이 된 지 이미 만 일년이 된지라 오래 살다보니 내 스스로 영험스러워 마음 가는 바에 신통변화를 부리지 못할 일이 없으며, 하고자 하는 일에 내 뜻대로 되지 않는 일이 없소. *창힐(蒼頡)이 글자를 만들매 나의 백성을 보내어 울게 하였고, *구담(瞿曇)이 부처가 되매 나의 부하를 보내어 보호해 주었소. *삼황(三皇)과 *오제(五帝)와 주공(周公)과 공자(孔子)에

---

*문옥대(文玉帶)——임금이 허리에 두르는 띠의 이름.

*창힐(蒼頡)——황제(黃帝) 때의 사관(史官) 이름.

*구담(瞿曇)——성도(成道)하기 전의 석가모니의 이름.

*삼황(三皇)——중국 고대 전설속의 세 임금인 천황씨(天皇氏)·지황씨(地皇氏)·인황씨(人皇氏) 또는 수인씨(燧人氏)·복희씨(伏羲氏)·신농씨(神農氏).

*오제(五帝)——고대 중국의 다섯 성군(聖君)인 소호(少昊)·전욱(顓頊)·제곡(帝嚳)·요(堯)·순(舜). 사기(史記)에는 소호 대신에 황제(黃帝)로 되어 있음.

이르러서는 곧 스스로의 도를 지키니, 내 어찌 할 수 없어 아무런 관계도 없었던 것이오."

박생은 물었다.

"주공·구담은 어떤 인물이옵니까?"

왕이 대답하기를,

"주공(周公)은 중화문물(中華文物)의 성인이요, 구담은 서역(西域) 간흉(姦兇) 가운데서의 성인이라, 문물에 비록 밝으나 성품이 복잡하고도 순수하여 주공 공자께서 이것을 통솔하였으며, 간흉한 민족이 비록 몽매하기는 하나 기운이 이둔(利鈍)함이 있어 구담이 이를 경책하셨고, 주공의 가르침은 바름으로써 사(邪)를 버리게 함이니 그 말이 정직하며, 석가의 법은 사도(邪道)로써 사도를 물리쳤으므로 그 말이 *황탄(荒誕)함이니 정직한 고로 군자가 좇는 것이며, 황탄한 고로 소인이 믿는 것이니 이것이 양가의 극치라 할 것이다. 곧 군자 소인으로 하여금 마침내 정리(正理)에 돌아가게 함이니 후세 부언하여 이도(異道)를 제창하고 세상을 속이고저 함이 아닌 줄로 아오."

박생은 또한 물었습니다.

"귀신이란 어떤 것입니까?"

왕이 말하였다.

"귀란 음(陰)의 영(靈)이요, 신(神)이란 양(陽)의 영이니 대개 조화의 자취이니 곧 이기(二氣)의 *양능(良能)이라 하고 살았을 때는 인물이라 하며 죽으면 귀신이라 하니 그 이치야 다를 것이 있사오리오."

"세상에서는 귀신에게 제사하는 예가 있는데 제사의 귀신과 조화의 귀신과는 어떻게 다른 것이옵니까?"

왕이 말하되,

"다를 것이 없소. 선비는 어찌 보지 못하였소. 선유(先儒)가 말하

───────
＊황탄(荒誕)──── 언행(言行)이 허황함.
＊양능(良能)──── 배우지 않아도 능한 것.

되, 귀신이란 형상도 없고 소리도 없으며 물건의 시종(始終)이 모양의 합산(合散)에 따르는 것이오. 또 천지에 제사함은 음양의 조화를 존경하는 것이고, 산천에 제사함은 기화(氣化)의 승강(昇降)을 보답하는 것이며, 조상께 제사함은 근본을 보답하려는 것이며, *육신(六神)에 제사함은 화를 면코자 함이니, 다 사람 사람으로 하여금 그 공경함을 다하게 하고저 함이오. 형질(形質)이 뚜렷이 있어 망령되이 인간에게 화복을 더하게 하는 것이 아니오. 다만 인간들이 귀신이 있다고 생각하는 것뿐이라오. 그러므로 공자는 귀신을 공경하여 멀리하라 하였으니 아마 이런 이치를 말함일 것이오.."
박생이 말하되,
"그렇다면 세상에서 일종의 사귀(邪鬼)와 요물이 있어 실지로 사람을 해친다고 하는데 이것 역시 귀신이라고 이름하는 그것일까요?"
"귀란 것은 굴(屈)을 의미하고 신이란 것은 펴는 것을 말함이니, 굴하여 신(伸)하는 것은 조화의 신을 말함이고 굴(屈)하고 신(伸)치 못하는 것은 이것이 *울결(鬱結)의 요귀(妖鬼)를 가르침이라, 조화에 합치는 고로 음양 시종으로 더불어 자취가 없으며 울결인 체하는 연고로 인물과 혼돈되어 산에 있는 것은 초(魈)라 하고 물에 있는 것은 역(魊)이라 하여 수석(水石)의 요물은 용망상(龍魍象)이요, 목석(木石)의 요물은 기망양(夔魍魎)이요, 물건을 해치는 요귀는 여(厲)라 하고, 남을 괴롭게 하는 것은 마(魔)라 하여, 물건에 의지하는 요귀를 요(妖)라 하며, 물건을 혹(惑)하게 하는 것은 매(魅)라 하니, 이는 모두 귀(鬼)라 할 것이며 음양불측의 신을 신이라 이름하나니라. 신이란 묘용(妙用)을 말함이요 천인(天人)이 이치가 같고 현미(顯微)에 사이가 없이 그 근본에 돌아감이 정(靜)이요, 천명을 회복함을 상(常)이라 하여 조화종시를 같이하되, 조화의 자취를 알 수 없음을 도(道)라 함으로 귀신의 덕이 크다라고 한 것이니라."

*육신(六神)──오방(五方)을 지킨다는 여섯 가지 신. 청룡은 동, 백호는 서, 주작은 남, 현무는 북, 구진(句陳), 등사(螣蛇)는 중앙을 각각 지킴.
*울결(鬱結)──억울하게 맺혀서 풀리지 않는 것.

박생이 또다시 묻기를,

"제가 일찍이 들으니 스님들이 말하기를 하늘 위에 천당이란 쾌락처가 있고 지하에는 지옥 고초 당하는 곳이 있다는데 명부(冥府) *시왕(十王)을 배치하여 *십팔옥(十八獄)의 죄인을 다스린다 하오니 이것이 사실인지요? 사람이 죽은 지 칠일 후에 부처님께 제를 올리어 그 영혼을 천도하옵고 대왕께 지전(紙錢)을 바치어 그 죄악을 청산한다하오니, 인간이라도 대왕께서는 그를 용서할 수 있을까요?"

왕이 크게 놀라 말하였다.

"그게 무슨 말이오. 금시초문이오. 고인이 이르기를 일음(一陰), 일양(一陽)을 도(道)라 이름이니 한번 열리고 한번 닫힘은 변(變)이라 하고 생생(生生)함을 역(易)이라 하였으니, 그렇다면 어찌 하늘과 땅 밖에 다시금 하늘과 땅이 있으며 천지 밖에 또 다른 천지가 있으리오. 그리고 왕이라 함은 만인이 귀의(歸依)함을 이름이니 옛적 *삼대(三代) 이상 억조의 임금이 다 왕이라 일컬을 것이오. 달리 불리울 것이 없으나 부자(夫子)와 같은 이는 춘추(春秋)에 백왕(百王)이 바뀌지 아니하는 대법을 세운다 하였으며, 주실(周室)을 존숭하여 천왕(天王)이라 한 것은 곧 임금의 이름이지 더 무엇을 보탠 것은 아니오. 그런데 진(秦)이 *육국을 멸하여 자기의 덕은 삼황(三皇)을 겸하고 공훈은 오제(五帝)보다 높다 하여 왕을 황제로 고친 다음 참람히 왕이라 칭한 자 많고 위와 양과 형과 초의 임금과 같은 것이 다 그러한 것이오. 이로부터 이후로 왕자의 명분이 어지러워졌음은 다시 말할 것도 없겠고, 문무성강(文武聖康)의 존후가 이에 권위가 없어졌소. 또 세상이 무지하여 인간의 실정은 이야기하지 않고 신도(神道)만 엄숙하다 하니 어찌 한 개의 지역 안에 왕이라 일컬음이 이리 많을 것이겠소. 그대는 어찌 듣지 못하였소. 하늘에

---

*시왕(十王)──염라·지장 등 저승에 있다는 십대왕.
*십팔옥(十八獄)──땅 밑에 있다는 열여덟 개의 지옥.
*육국──춘추전국시대의 초·제·연·한·위·조의 여섯 나라.

는 두 해가 없고 나라에 두 왕이 없을 것이라 하였으니 그 말을 가히 믿을 수 있으리요. 제를 지내 영혼을 천도한다든지 지전을 사르어 제사 지낸다든지 함에 이르러서는 나는 그 소위를 알 수가 없소. 그대는 아는대로 얘기하여 주구려."
박생이 자리에 물러가 옷깃을 펴며 말하였다.
"세상에서는 부모가 가신 지 사십구일 만에 양반이거나 상인이거나 장사지내는 예를 돌보지 아니하고 오로지 영혼 천도를 위주하오나 돈많은 이는 부의(賻儀)를 많이 내어 큰 제를 올리고, 가난뱅이도 논밭과 집을 팔아 전곡을 마련하고 종이를 오려 번개(幡蓋)를 삼으며 비단을 끊어 꽃을 만들어 여러 스님들을 불러 *복전(福田)을 닦고 불상을 뫼셔 주문을 외우되, 새와 쥐가 지절거리는 것과 흡사히 하여 아무런 뜻이 있을 리 없으며 상주가 처자권속을 모아 남녀가 혼잡하와 대소변이 낭자하오며 극락 정토(淨土)를 더럽히고 또 시왕을 초대한다 하여 주찬을 갖추어 제사하는데 지전을 사르어 속죄한다 하오니 시왕을 위한다는 자들이 이렇듯 예의를 돌아보지 아니하고 탐욕을 내어 받으리요. 또 법을 따라 중벌에 처할 수 있으리까? 이에 대하여 저는 매우 못마땅하게 생각하옵니다."
"슬플진저…… 인간이 이 세상에 나매 천명으로써 성(性)을 삼고 땅이 곡식을 길러 주시며 임금은 법으로써 다스려 주시며 스승은 도(道)로써 가르쳐 주시고 어버이는 은혜로써 키워주시니 이로 말미암아 *오전(五典)이 차례가 있고 *삼강(三綱)이 문란치 않으니 이를 좇으면 상서롭고 이를 거스르면 재앙이 있으리니 그것은 사람이 지어받는 것이요, 사람이 죽으면 정신과 기운이 이미 흩어져 오르락

---

*복전(福田)── 삼보(三寶)와 부모를 공양하고 빈자(貧者)를 불쌍히 여기는 선행의 결과로 복덕이 생긴다는 뜻에서, 그 원인이 되는 삼보·부모·빈자 등의 일컬음.

*오전(五典)── 오륜(五倫). 곧 부의(父義)·모자(母慈)·형우(兄友)·제공(弟恭)·자효(子孝).

*삼강(三綱)── 유교 도덕에서 기본이 되는 세가지 강(綱)인 군위신강(君爲臣綱)·부위자강(父爲子綱)·부위부강(夫爲婦綱).

내리락하여 근본으로 돌아갈 뿐이다, 어찌 다시금 캄캄한 속에 멈춰 있으리요. 다만 일종의 원통한 혼백과 비명(悲命)에 쓰러진 원귀들이 억울한 죽음으로 기운을 펴지 못하여 혹은 쓸쓸한 싸움의 벌판에 울기도 하며, 혹은 원한에 맺힌 가정에 나타나기도 하려니와 또는 무당에 의탁하여 뜻을 발표하며 혹은 사람에 의지하여 슬픔을 하소연하는 것은 비록 정신은 흩어지지 않더라도 결국 아무것도 없는 것에 귀일(歸一)함이라, 어찌 형체를 저승에 빌려서 지옥의 고통을 받으리까? 이것은 물리를 연구하는 학자로서 짐작할 바요, 부처에 재들이고 시왕에 제사함은 더욱 한탄할 일이오. 또 제를 지낸다 함은 정결함을 뜻함이니 제 지내고 제 지내지 아니함은 그 정성에 있음이지 별 뜻이 없을 것이오. 부처란 청정(淸淨)하다는 뜻이요, 왕이란 존엄하다는 뜻이니, 수레로 금을 구함은 춘추에서 편한 바요, 돈으로써 비단을 삼는 한위(漢魏)에서 비롯하였음이라. 어찌 청정의 신으로서 세속의 공양을 맛보며 왕의 존엄함으로 죄인의 뇌물을 받을 수 있으며 명멸(溟滅)의 귀(鬼)로서 세상의 형벌을 용서할 수 있으리요. 이것이 또한 이치를 궁구하는 선비가 마땅히 생각할 바 아니겠소."
"그러면 윤회(輪廻)의 설에 대하여는 어떻게 보아야 하겠나이까?"
"정신이 흩어지지 않았을 때 마치 윤회의 길이 있을 듯하나 오래 되면 소멸되고 마는 것이겠지요."
박생이 또 물었다.
"왕께서는 어쩐 연고로 이런 세상에 살고 계시어서 임군이 되셨나이까?"
"내가 세상에 있을 때에 왕께 충성을 다하여 발분하여 도적을 없애며 맹세하기를 죽어서라도 마땅히 여귀(厲鬼)가 되어 도적을 죽이리라 하였더니, 그 나머지 원이 다하지 아니하고 충성이 없어지지 아니하여 그런 까닭으로 이 나쁜 나라에 의탁하여 군장이 되었소. 이제 여기 살면서 나를 우러러 좇는 자는 다 전세(前世) 인간에서 흉악의 무리가 여기에 태어나 나의 절제함을 받게된 것이오. 그릇

된 마음을 고치고저 함인데 그러므로 내 정직을 지키며 사리사욕을 청산하지 못하고는 아무도 이 땅의 군주가 되지 못할 것이오. 내 일찍 들으매 선생의 정직 불굴한 성격은 천고의 달인(達人)이라, 그러나 선생의 높은 뜻은 세상에 편 바 없으니만치 형산(荊山)의 백옥이 티끌에 묻혀 있고 밝은 달이 깊은 못에 빠진 것같아 만일 슬기 있는 공장(工匠)을 만나지 못한다면 어찌 그 지극한 보배임을 알아주겠소. 어찌 아까웁지 아니하랴. 내 또한 이제 시운이 다하여 이 자리를 떠나야 할 판이오. 선생도 명수(命數)가 끝난 것같으니 이 나라의 백성을 맡아주실 분은 선생이 아니고 누구라 하겠소."

염마는 말을 마치자 크게 잔치를 베풀어 즐길새 삼한흥망(三韓興亡)의 잔치를 열기도 하거늘 박생이 일일이 얘기하다가 고려의 건군에 얘기가 미치매 염마는 수차 감탄하여 마지아니하였다. 그러면서 다시 말하였다.

"나라를 맡은 이는 폭력으로써 백성을 다스리지 못할 것이며 덕이 없이 지위를 차지할 수 없을 것이라, 하늘이 비록 묵묵하여 영원히 말은 없을지라도 그 명령은 엄한 것이오. 그리고 대체 국가는 백성의 것이요, 명이란 하늘에 달려 있으니 천명이 가 버리고 민심이 떠나면 비록 몸을 보전코저 한들 어찌 될 수 있겠소?"

박생은 다시 역대 제왕의 이도(異道)를 믿다가 재앙을 입은 얘기를 하매 염왕은 문득 이맛살을 찌푸리면서,

"백성들이 기쁘게 노래를 부르되 수재와 한재가 이르는 것은 하늘이 임금으로 하여금 일에 삼갈 것을 암시함이요, 인민이 원망하되 상서가 나타남은 임금으로 하여금 더욱 교만하고 방종케 함이니, 역대 제왕이 재앙을 입을 때 인민들은 안락하였소? 원망하였소?"

"그것은 간신이 벌떼처럼 봉기하여 큰 난리가 일어나되 임금은 인민을 눌러 정치를 하게 되었으니 인민이 어찌 안락할 수가 있었으리까?"

"아마 선생의 말씀이 옳소이다."

문답이 끝난 뒤 염마는 잔치를 거두고 박생에게 왕위를 전코자 하여 곧 손수 *선위문(禪位文)을 지어 박생에게 내려주는 것이었다. 그 선위문에 하였으되,

'염주(炎洲)의 땅은 실로 야만의 나라이라. 옛날의 하우(夏禹)의 발자취 이르지 못하였고 주목왕(周穆王)의 말굽이 미친 적이 없었던 것이다. 붉은 구름이 햇빛을 덮고 추한 안개가 공중을 막아 목이 마를 때는 녹은 구리쇳물을 마시며 배가 주리면 뜨거운 쇠끝을 먹고 *야차(夜叉)와 *나찰(羅利)이 아니면 그 발 붙일 곳이 없고 *이매망양(魑魅魍魎)이 아니면 능히 그 기운을 펼 수가 없는 것이다. 화성(火城)이 천리요 철산(鐵山)이 만첩(萬疊)이라, 민족이 *한악(悍惡)하니 정직하지 아니하여 그 간사함을 판단할 수 없고, 지세(地勢)가 험악하니 신성한 위엄이 없으면 그 조화를 베풀기 어렵도다. 이제 동국(東國)에 사는 박 아무개로 말하면 정직무사하여 강의하고 결단력이 있으며 문장에 대한 재질이 크며 발몽의 재주가 있어 모든 인민의 기대에 어그러짐이 없을지니, 경(卿)은 마땅히 도덕과 예법으로써 인민을 지도할 것이오며 온누리를 태평하게 해주시오. 내 이제 하늘의 뜻을 받들어 요순(堯舜)의 옛일을 본받아 이자리를 사양하노니, 아아 경은 삼가 이 자리를 받을지어다.'

박생이 선위문을 받들어 예식을 마치고 두 번 절하고 물러나온 뒤 염마는 다시금 신하들에게 명령하여 축하를 드리게 하였고 박생을 고국으로 잠깐 돌려보낼새 거듭 칙령을 내리었다.

"머지 않아 이 곳에 돌아올 것이니 나와 함께 문답한 전말을 인간에 퍼뜨리어 황당한 전설을 남게 하지 마시오."

박생이 또한 다시 절하며 치사하여 말하였다.

---

*선위문(禪位文)──── 왕위를 다음 임금에게 물려주는 선언문.
*야차(夜叉)──── 가장 추악한 괴물.
*나찰(羅利)──── 사람을 잡아먹는 지옥에 사는 괴물.
*이매망양(魑魅魍魎)──── 온갖 도깨비 귀신.
*한악(悍惡)──── 성질이 사납고 악함.

"감히 명령을 어길 길이 있사오리까?"
하고, 대궐 문을 나와서 수레에 올라 탔다. 진흙이 말굽에 묻자 수레를 잡아넘어뜨리었다. 박생이 깜짝 놀라 일어나 깨니 그것은 한갓 허무한 꿈이었다. 눈을 뜨고 주위를 보니 책들은 상에 던져져 있고 등불은 깜박거리고 있었다. 박생은 마음이 산란하여 스스로 생각하되,
 '이제 죽을 날이 멀지 않았다.'
하고 날로 집안 일을 처리할 것이 걱정이었다. 몇달 후에 병이 들어 누웠는데,
 '이제는 다시 일어나지 못하겠구나!'
하고, 생각하게 되어 의원과 무당들을 다 물리치고 고요히 죽어갔다.
 그가 가던 날 저녁 꿈에 신인(神人)이 이웃에 고하여 말하였다.
"그대 이웃의 아무개가 장차 염라왕이 될 것이다."
 이런 내용이었다.

5. 용궁부연록(龍宮赴宴錄)

 송도에 천마산(天磨山)이란 산이 있는데 그 산이 높이 뻗어나서 공중에 솟아 있기 때문에 천마산이라고 했다. 그 산 가운데 용추(龍湫)가 있으니 이름을 표연(瓢淵)이라 하였다.
 표연의 주위는 얼마 되지 않으나 깊이는 몇길이나 되는지 알 수 없으며 넘치는 물이 백여길이나 되어 폭포를 이루었다. 경치가 청려(淸麗)하여 유람객들이 반드시 찾아와서 이를 구경하였다. 옛날부터 여기에는 용신(龍神)이 있다는 전설이 역사에 실려 있거니와 조정에서도 때맞추어 이곳에 소 잡아 제사를 지냈던 것이었다.
 그 옛날에 한생(韓生)이란 자가 있어 젊어서 글에 능하여 조정에서까지 명성을 드날리게 되어 문사(文士)로 일컫게 되었다.
 어느날 자기 방에서 해가 저물도록 앉아 있었는데 푸른 옷을 입고 두건을 쓴 *낭관(郞官) 두 사람이 하늘로부터 내려와서 뜰 앞에 엎드

─────────────
*낭관(郞官)── 관아의 당하관(堂下官)의 총칭.

려 말하였다.

"표연(瓢淵)에 계신 용왕님의 분부를 받들어 선생을 맞이하려고 왔나이다."

한생은 크게 놀라 얼굴빛이 변하여 말하였다.

"신(神)과 인간이 서로 길이 막혔는데 어찌 능히 서로 볼 수 있으리요. 또한 물길이 멀고 물결이 험한 터에 어찌 가히 평안히 갈 수가 있으리요."

두 사람이 말하였다.

"문 밖에 천리준마(千里駿馬)가 있사오니 그것은 염려치 마시옵소서."

그들이 한생의 소매를 잡고 문을 나오니 과연 준마 한 마리가 황금 안장에 훌륭한 옥굴레를 했는데, 붉은 비단을 안장 옆에 달았다. 밖에는 또 붉은 수건으로 이마를 질끈 동이고 비단옷을 입은 자 십여명이 한생을 부축하여 말 위에 태우는 것이었다. 일산(日傘)을 앞세우고 기악(妓樂)을 뒤에 따르게 하여 두 사람이 홀(忽)을 잡고 이를 따라가게 하였다. 깜짝할 사이 이내 궁문 밖에 이르기에 말에서 내려 있으니 문을 지키는 사람들이 대개 방게, 새우, 자라의 갑옷을 입고 창과 칼이 삼엄하고 눈이 길게 째어졌는데 한생을 보더니 다 머리를 낮추어 서로 절하며 자리에 올라 쉬기를 청하는 것이었다. 그 두 사람이 들어가더니 얼마 안되어 청의동자(靑衣童子)들이 나와서 한생을 인도하여 안으로 들게 하였다. 한생이 발을 옮겨 나아가며 궁문을 우러러 보니 현판에 쓰기를 '함인지문(含仁之門)'이라 하였다.

한생이 계속하여 겨우 문으로 들어가니 용왕(龍王)이 *절운관(切雲冠)을 쓰고 칼을 차고 홀을 가지고 뜰아래 내려와 맞이하여 대궐 위에 올라앉기를 청하니 곧 수정궁(水晶宮) 안의 백옥상(白玉床)이었다. 한생은 엎드려 사양하며 말하였다.

"하토우민(下土愚民)은 초목과도 같이 썩을, 변변치 않은 존재이온데 어찌 감히 신위(神威)를 범하여 외람되이 곁에 모실 수 있사오리

---

*절운관(切雲冠)──갓 이름.

까?"

용왕이 말하였다.

"높으신 성화(聲華)는 들은 지 오래였고 이제 다행히 존안을 뵈옵게 되니 별로 의아히 행각하실 것은 없소이다."

드디어 손을 이끌어 자리에 앉게 하니 한생은 세 번 사양하다가 앉았는데 용왕은 남향하여 칠보(七寶)의 화려한 상에 걸터앉고 한생이 서향하여 앉으려고 할 즈음에 문지기가 여쭈오되,

"손님이 또 오시나이다."

하니, 용왕이 문을 나와 맞이하였다. 세 사람의 손이 오는데 붉은 도포를 입고 채색 수레를 탄 그 위의(威儀)와 행차가 마치 군왕과 흡사하였다. 한생은 들창 밑에 은신하였다가 그들이 좌정하기를 기다리어 뵙기를 청하였다. 용왕은 세 사람을 권하여 동향하여 앉게 하고 앉아서 말하였다.

"마침 문사 한 분이 양계(陽界)에서 오셨기에 맞이하였으니 당신들은 의아치 마시오."

하고, 좌우에 명령하여 한생을 들어오게 하고, 상좌에 권했으나 앉기를 사양하여,

"여러분은 존귀하신 신(神)들이시고 저는 한 사람의 가난한 선비이온데 감히 높은 자리에 앉으리까? 진실로 사양하는 바로소이다."

여러 사람이 일시에 말하였다.

"음양의 길이 비록 달라 서로 통제할 권리도 없거니와 또 용왕님의 위엄이 중하시고 사람을 보심이 밝사오니 선생은 반드시 양계의 문학 대가이실 것이라 왕께서 명하시는 대로 좇는 것이 어떠하리까?"

용왕은,

"모두 앉으시오."

하여, 세 사람이 일시에 자리에 앉으니 한생은 끝까지 겸양하여 말석에 꿇어앉았다. 용왕이 말하기를,

"편히 앉으시오."

이제 자리가 완전히 좌정이 된 뒤 차가 한번 돌고 난 다음 용왕이 말하였다.

"과인이 다만 무남독녀 외딸 하나 홀로 있는데 벌써 혼인할 시기가 되어 미구에 예를 치를 작정이긴 하나 집이 누추하여 화촉을 밝힐 곳이 없으므로 방금 별당 한 채를 지어 가회각(佳會閣)이라 명명하고 목수들이 모여 건축재를 다 갖추게 되었는데 거기 모자라는 것이 있으니 그게 *상량문(上樑文)이라. 소문에 의하면 선생은 고명이 삼한에 드날렸고 재주가 백가(百家)에 으뜸한다 하기로 특별히 멀리서 초청하였으니 과인을 위하여 상량문을 지어 주기 바라오."

그 말이 채 끝나기도 전에 푸른 옥벼루와 소상(瀟湘) 반죽(班竹)으로 만든 붓대와 이름난 비단 한 폭을 받들어 앞에 꿇어앉는지라 한생은 곧 일어나 붓에 먹을 찍어 줄줄 써내려가니 구름과 내〔水〕가 얽힌 듯하였다. 그 글월에,

'가만히 생각하건댄 이 세상 안에서는 용신이 가장 영검하시어 인물의 사이에서도 배필이 가장 중하시니라. 이미 물건을 윤택하게 하신 큰 공이 있으니 어찌 복받을 터전이 없으랴. 이러므로 관저(關雎)는 시경(詩經)에 읊었었고 나는 용은 주역에 말함이라. 이리하여 새로 집을 세우고 아름다운 이름을 높이 불러 힘을 내고 조개를 모아 재목을 삼으며 수정과 산호로 기둥을 세우고 용골(龍骨)과 *낭간(琅玕)으로 들보를 하고 주렴을 거두면 산빛이 푸르르며 구슬 들창을 열 때 골구름은 둘렸어라. 부부화락하여 백년 복록을 누리고 금슬(琴瑟) 상화(相和)하여 *금지(金枝)가 만세에 뻗게 해다오. 풍운(風雲)의 변화를 도우며 조화의 공덕을 나타내어 하늘에 오를 때나 낮에 잠길 때나 상제(上帝)의 어지신 마음 돕고 백성들의 목마름을 소생케 해주며 위풍이 천지에 높고 공덕이 원근에 풍족하여 검은

＊상량문(上樑文)──들보를 올릴 때 축하하는 글월.

＊낭간(琅玕)──옥 같은 돌의 이름.

＊금지(金枝)──임금의 자손이나 집안을 일컫는 말.

거북과 붉은 잉어는 뛰며 소리치고 나무 귀신과 산도깨비도 모두 치하할지라. 마땅히 짧은 노래를 지어 들보를 들어보리라.'

  들보 동쪽에
  예물을 던지오니
  드높은 산봉우리
  저 하늘에 솟았구나
  어느날 우레소리
  시냇가에 들려올 제
  만길 푸른 벼랑
  구슬같이 빛나도다

  들보 서쪽에
  예물을 던지오니
  높은 바위 그윽한 길
  산새들은 조잘대고
  깊고 맑은 저 용추는
  몇길인지 모를레라
  푸른 유리 한 이랑이
  봄빛 깊이 어리우네

  들보 남쪽에
  예물을 던지오니
  십리 뻗은 송림
  남기(嵐氣)는 서려오고
  뉘 있어 알아주리
  굉장할쏜 이 신궁을
  푸른 유리 맑은 모양
  그림자만 잠겼구나

들보 북쪽에
예물을 던지오니
새벽 빛 치솟을 제
못물은 거울인 양
흰 베자치 짤렸는 듯
삼백 길 높은 공중
하늘 위 은하수가
여기 편듯 의심쿠나

들보 위에
예물을 던지오니
푸르고 흰 무지개
손 뻗혀 매만질듯
발해와 부상 땅이
천만리나 된단 말인가
인간세계 굽어보니
손바닥만하게 보이누나

들보 아래에
예물을 던지오니
가련타 봄밭 이랑
아지랑이 삼삼할 제
원컨대 영원비를
이곳에 가져다가
온 누리에 단비되어
흩뿌려 주리로고

　원컨대 이 집을 지은 뒤 첫날 밤을 치른 뒤에 만복이 찾아와 온갖 상서 모두 모여들어 요궁(瑤宮) 옥전(玉展)에 구름이 찬란하고 원앙이 불과 봉황베개에 즐거움이 비할 데 없으리로다. 그 덕을 굳이 나타내지 않사오나 그 영검스러움을 빛내 주옵소서.

한생은 쓰기를 마치고 용왕께 바치자 용왕은 크게 기뻐하여 세 사람 손님에게 보이니 모두들 탄상(嘆賞)치 않는 이가 없었다. 용왕은 곧 *윤필연(潤筆宴)을 열었다. 한생이 꿇어앉아 말하였다.

"모든 신께서 이 자리에 모였사오니 높으신 존함을 알려주셨으면 합니다."

용왕이 말하였다.

"선생께서는 양계(陽界)의 사람이라 모르실 테지요. 한 분은 *조강신(祖江神)이요, 두번째 분은 *낙하신(洛河神)이요, 세번째 분은 *벽란신(碧瀾神)이오며 선생과 함께 즐기며 놀게 하기 위하여 초대한 것이오."

이어서 술이 들어오고 풍악을 울리며 아름다운 여인 십여 명이 푸른 소매를 떨치며 꽃을 머리에 이고 나왔다 들어갔다 하며 춤추며 벽담(碧潭)의 가락을 노래하였다.

청산이여! 창창하고
푸른 못이여! 출렁이도다
나는 폭포는 우렁차서
은하수에 닿은 듯하고
저 가운데 님 계신 곳
환패 소리 쟁쟁코나
빛나는 위풍이요
거룩하신 얼굴이라
좋은 때와 길한 날에

---

*윤필연(潤筆宴)── 문인의 작품에 대해 감사의 뜻을 표하기 위해 베푸는 잔치.
*조강신(祖江神)── 한강이 바다로 들어가는 곳의 신.
*낙하신(洛河神)── 낙하는 한강의 속칭이며 이곳의 신.
*벽란신(碧瀾神)── 예성강의 중류에 있는 벽란도의 신.

봉황새 울음 울 제
이 집 지어 나는 듯이
천가지 상서 다 모이네
선비를 모셔다가
이 글월 지으시니
높은 덕 노래하여
긴 들보를 올리누나
향기로운 술을 빚음이여
우상을 날릴까나
가벼운 제비처럼
봄볕 향해 뛰노느니
화로엔 매운 향내
냄비에 옥장 끓여
어고를 칠까나
용적으로 행진곡을
용왕님 높이 앉아
위엄이 장엄하다
높으신 덕 우러러
길이 잊지 못할레라

춤이 끝나매 다시 총각 십여 명이 왼쪽에서 피리를 가지고 오른쪽에서는 일산을 들고 회풍곡(回風曲)을 불렀다.

높은 언덕에 오르시어
온갖 향초 옷을 입고
날은 저물고
맑은 물결 이는도다
물결의 잔주름일랑
비단결 고운 무늬

바람이 쌀쌀함이여
살짝 위를 스치어라
구름이 너울거림이여
춤추는 양소매 같아라
수의 자락 휘날림이
뱀의 혀놀림 같구나
곱고 예쁜 웃음
하냥 몰래 지나가고
나의 홑옷일랑
여울 위에 벗어놓고
둘러찼던 옥환조차
모래밭에 풀었다네
금잔디에 이슬 젖고
높은 산에 안개 아득
높고 낮은 저 산봉우리
멀리서 바라보니
강 위의 푸른 소라
그와 정녕 같을씨고
울려온다 우렁차게
그윽한 동라소리
취한 꿈 너울너울
술은 익어감이여
강물처럼 넘치고
안주는 쌓임이여
저 언덕과 흡사해라
손님도 취하셨네
새 노래 불러볼까
손잡고 서로 안고
어깨 치며 웃음 웃고

옥항아리 치는 소리
무진무진 먹사이다
흥겨운 이 날이여
슬픈 마음 복받친다

춤이 끝나니 용왕은 기뻐 술잔을 다시 부어 권하여 스스로 옥룡적(玉龍笛)을 불었다.
그리고, 수룡음(水龍吟) 한 가락을 노래하여 그 기쁜 흥취를 더하게 하였다.

풍악소리 유랑한데
또 한 잔을 그득 부어
기린 그린 항아리에
이름난 술 토하도다
처량한 저 피리로
비껴 쥐고 한번 불어
하늘 위에 푸른 구름
쓸어본들 어떠하리
우렁찬 산울림은
물결을 충동이고
가락은 풍월을 띠어
한가로운 경치
인생은 늙어가네
애달프다 빠른 세월
풍류 또한 꿈이런가
기쁨도 간 데 없네
시름도 많았구나
서산에 끼인 안개
언뜻 선뜻 사라지고

동녘 산봉우리에
둥근 달이 솟아오네
술 한 잔 높이 들어
저 달에 물어보세
티끌 세상 온갖 것을
몇 번이나 보고 왔나
*금준(金樽)에 술을 두고
님은 벌써 취했고나
옥수가 무너진들
뉘 있어 밀어젖혀
고우신 님을 위해
십년진토 근심 잊고
푸른 하늘 높은 곳에
유쾌하게 놀아보세

노래를 마치고 좌우를 돌아보고 말하였다.
"이 고장의 놀음놀이도 인간 세상과 같지 아니하니 너희들은 귀중하신 손님을 위해 가진 재주를 다 부려봄이 어떠하냐?"
그 중 한 사람이 스스로 일컬어 *곽개사(郭介士)라 하고 발굽을 들며 비낀 걸음으로 나와 말하였다.
"저로 말씀하면 바윗굴 속에 숨어 사는 은사(隱士)요, 모랫구멍에서 사는 한가한 사람이 오라, 팔월 바람이 맑고 동해 가에 도망(稻芒)을 운수하고 구천(九天)에 구름이 흩어지면 빛을 남정성(南井星) 곁에 토하였거니와 속은 누르고 밖은 둥글며 굳은 갑옷을 입고 날카로운 창을 가졌었소. 재미와 풍류는 가히 장사(壯士)의 얼굴을 좋게 하며 *곽삭(郭索)한 꼴은 부인들의 웃음을 끼치었소. 조륜(趙倫)이

─────────────
*금준(金樽)──금으로 만든 술통.
*곽개사(郭介士)──게를 말함.
*곽삭(郭索)──게의 걷는 모습.

비록 물 가운데서 싫어하나 전비(錢毘)가 항상 외군(外郡)을 생각하였고, 죽으매 이부(吏部)의 손에 마치었으나 신기하여 한진공(韓晋公)의 붓을 의탁했도다. 제 장소를 만나서 작희(作戱)하였고, 다리를 희롱하여 춤추리이다."

곽개사는 곧장 그 자리에서 갑옷을 입고 창을 잡아 침을 흘리며 눈을 부릅뜨고 사지를 흔들면서 앞으로 나아갔다 뒤로 물러섰다 하며 팔풍(八風)의 춤을 추는데 그의 동류가 수십 명이요, 춤추는 태도는 모두 법에 맞추어 추었다. 이에 노래를 불러 읊었다.

  강과 바다 의지하여
  구멍에서 살망정
  기운을 토할시면
  범과 함께 다투리라
  이 몸이 아홉자라
  임군께 조공하고
  겨레는 열 종류니
  이름이 호화롭다
  용왕님을 기쁘게 한
  구름같은 이 모임에
  발굽 들고 비낀 걸음
  깊이 잠겨 있었더니
  강나루에 등불 놀라
  은혜를 갚으려고
  슬피 옮이 아니런가
  원수를 갚기 위한
  빗긴 창이 아니런가
  *무장공자 웃지 마소
  쌓인 덕이 군자라니

*무장공자 —— 기력이 없는 사람의 별명.

온 몸에 배어 있어
그윽할손 그 향기여
오늘밤은 어인 밤인가
*요지(瑤池) 잔치 내왔더니
님이여 노래하세
손은 취해 오락가락
황금전 백옥상에
잔을 들어 마시면서
풍악소리 쉴새없이
이름난 술 취하도다
산귀(山鬼)도 춤을 추고
물고기도 뛰놀도다
메 개암과 들 복령은
님 생각이 절로 난다

이에 왼쪽으로 돌고 오른쪽으로 꺾이어 앞과 뒤로 달리고 뛰고 하는 꼴을 본 만좌 사람들은 실소를 금할 수 없었다. 춤추기가 끝나자 그 중의 한 사람이 스스로 현선생이라 일컬으며 꼬리를 끌며 턱을 늘이고 눈을 부릅뜨고 나와서 말하는 것이었다.

"저는 시총(蓍叢)에 숨은 자로 연잎에서 노는 사람이오라 낙수(洛水)에서 글을 지고 나오매 성스러운 하우(夏禹)의 공로를 나타내고 송원군(宋元君)의 꾀를 나타내었소. 신기한 점은 세상의 보배되고 삼엄한 무기는 장사의 기상이라, *노오(盧敖)도 나를 바라 위에 걸터앉게 하고 *모보(毛寶)는 나를 강물에 내쳤소. 살아서는 보배요, 죽더라도 영도(靈道)의 보배가 되오리다. 마땅히 한가락의 노래를

＊요지(瑤池)──── 선인이 살았다는 중국 곤륜산에 있는 못. 주목왕이 서왕모를 만났다는 이야기로 유명함.
＊노오(盧敖)──── 진(秦)나라 때의 은사(隱士).
＊모보(毛寶)──── 진(晋)나라 때의 예주자사(豫州刺使)

불러 천년이나 쌓인 회포를 풀어보오리다."
하고, 현선생은 여럿 앞에서 기운을 토하매 실오리 모양 길이가 백여 척이나 되며 그것을 마시며 자취가 없어지는 것이었다. 혹은 그 모가지를 뽑기도 하고 줄이기도 하고 물러갔다가 흔들기도 하며 갑자기 뛰기도 하고 천천히 하기도 하다가 이에 구공(九功)의 춤을 추는데 홀로 나왔다 홀로 물러가기도 하면서 노래를 읊으니 그 노래에 하였으되,

  산과 못을 의지하여
  호흡으로 길이 살아
  일천년 긴 세월에
  다섯번 모이것다
  꼬리는 열인데
  흔들어 멋있을사
  내 비록 긴 꼬리를
  진흙 속에 끌지라도
  묘당에 두어 둠은
  내 소원이 아니라
  약 없어도 오래 살며
  배움없이 영장이라
  성스러운 님을 만나
  온갖 상서 풀어내며
  수국에서 어른인데
  숨은 이치 연구하여
  문자 그려 등에 지고
  길흉 화복 점치것다
  지혜 비록 많다 해도
  곤액이야 어이 하랴
  기능을 믿지 마라
  못 미칠 일 있으리라

어하(魚蝦)들과 벗을 삼아
함께 놀며 지낸다네
목을 뽑고 발을 들어
높은 잔치 참례하고
님의 조화 변화무쌍
그것을 진히〔譽〕노라
무서운 붓의 힘을
완상하여 마지 않고
술 들이자 풍류 지어
기쁨일랑 그지 없네
도롱뇽이 춤을 추네
산 도깨비 물 신령들
강과 내의 어른들이
빠짐없이 다 모였다
앞뜰에서 춤을 출 때
혹은 웃고 손뼉 치네
날 저물고 바람 불어
고기 뛰고 물결 찬데
좋은 때를 늘 얻으랴
내 마음이 감개로워

 곡조가 끝이 나매 황홀한 그들의 춤은 뛰고 놀고 춤추고 이루 형용할 수 없는 것이었다.
자리에 앉아 이를 구경턴 이들이 웃음을 참지 못하였다. 그 뒤를 연이어 숲속의 도깨비며 산에 사는 괴물들이 각각 그 기능을 자랑하여 휘파람과 노래로써 불고 읊으며 혹은 글을 외우는 자도 있어 그들의 꼴은 다르나 음률은 비슷하여 노래를 읊으니 그 노래에,

　신기한 용왕님이

하늘을 나실 때에
천만년 긴 세월에
복락을 누리시라
귀한 손을 맞이하여
음전키가 신선같네
새 곡조를 노래하니
구슬처럼 구을도다
옥석에 깊이 새겨
길이 길이 전하고저
님께서 돌아갈 제
이 잔치를 벌였구나
채련곡을 불러볼까
예쁜 춤이 너울대네
쇠북소리 둥기당당
거문고 줄 고르네
배 저어라 큰 한 소리
고래인 양 숨을 쉬네
예식 모두 갖췄건만
풍악 또한 그지없네

　노래를 마치자 이에 강과 내의 어른들인 세 손님도 꿇어앉아 각각 시 한 수씩을 지어 드리었다. 첫째 자리에 앉았던 조강신이 노래를 읊으니,

푸른 바다 조종이라
장한손 그 기세여
힘찬 물결 이는 속에
가벼운 배 띄웠것다
구름이 흩어진 뒤

달은 둥실 솟는고야
조수는 일려 하고
건들바람 섬에 그득
날씨가 따사로우니
고기가 출몰한다
물결이 맑노라니
오명가명 해오라기
해마다 험한 파도
시달리던 이 몸인데
기쁘도다 오늘 저녁
근심 걱정 다 녹았네

둘째로 낙하신이 읊기를,

오색 찬란한 꽃
그림자 가리우고
대그릇과 악기들은
질서 정연 벌여 있네
운모 휘장 둘린 곳에
노래 가락 흘러나고
수정 주렴 드리운 곳
춤추는 양 더디어라
영검하신 용왕님이
이 못에만 계실건가
아름다운 문사 양반
자리 위의 보배로세
어찌하여 긴 끈 얻어
지는 해를 잡아매어
이 좋은 봄날씨에

취토록 놀고 가세

셋째 벽란신은 읊기를,

님께서 취하시와
금상에 의지했네
산 안개 자욱하여
해는 이미 저녁이라
고운 춤 묘한 가락
비단 소매 나부낄 때
맑은 노래 가늘어져
새긴 들보 안고 도네
몇몇 해 외론 삶이
이 섬 속에 보내졌나
오늘에사 기쁠씨고
힘껏 취해 잔을 드네
흐르는 세월일랑
뉘라서 알 것인가
고금의 세상 일이
속절없이 바쁘구나

용왕은 그 시를 읽고 적이 웃으며 한생에게 주는 것이었다. 한생이 받아 꿇어앉아 읽어 세 번 다시 완상하고 용왕의 앞에 나아가 이십운(二十韻)을 제목한 긴 시를 지어 성대한 잔치를 묘사하였으니 그 노래에 하였으되,

천마산 높은 위에
나는 폭포 뿌리놋다
바로 솟아 골을 뚫고

쏜살같이 흐르는 물
시내를 이루었다
물 복판에 달은 잠겨
못 밑에는 용궁이라
변화 무쌍 신변 난사
님의 자취 신기하고
높이 올라 공을 세워
가는 안개 향내 일고
상서로운 바람 일어
상제 앞에 명령받아
푸른 나라 보살필 제
구름 탄 채 조회 받고
말을 달려 비 내리네
금대궐에 잔치 열고
옥뜰 앞에 풍악 잡혀
흐르는 실안개를
이름난 술잔에 띄우고
맑은 이슬은
연꽃 잎새에 젖네
예법은 더욱 높아
거동은 찬란하고
환패 대홀 의관들이
성세(盛勢)를 자랑컷다
어별(魚鼈)은 축하오고
물신령들 모였세라
조화 황홀하다
숨은 덕이 높을씨고
북을 치니 꽃이 되고
술잔 속에 무지개라

천녀는 옥적 불고
서왕모는 거문고를
술 한 잔 다시 부어
만만세를 축수하리
얼음같은 과실이요
소반 위에 수정과라
온갖 진미 배부르고
깊은 은혜 뼈에 스며
바닷물을 마신 듯이
봉래산에 구경 온듯
즐거웁자 이별이라
풍류도 꿈인 것을

시를 지어 보이니 만좌가 탄복지 않는 이 없었다. 용왕이 사례하면서 말하였다.
"마땅히 이 시편을 돌에 새기어 길이 후세에 전하리로다."
한생은 사례한 뒤 용왕께 청하였다.
"이번 용궁의 좋은 일을 잘 구경하였나이다. 또한 궁전의 광활함과 강역의 웅장함을 한번 구경할 수 있겠나이까?"
"그렇게 하시오."
한생이 명을 받고 나오니 다만 옥색 구름이 주위에 둘려 있어 동서를 가리지 못하겠는데, 용왕이 명하여 구름을 쓸어 없애게 하자 한 사람이 뜰에 서서 입을 오므리고 공중을 향해 한번 부니, 천지가 별안간 명랑해지고 산과 바위들도 없어지며 다못 세계가 보일 뿐인데 평평하고 넓기가 마치 바둑판과 흡사하였다. 거기 온갖 화초가 널려 있으며 금모래가 펼쳐 있고 뜰이 가이없이 넓은데 다 푸른 유리로 깔아 놓았다. 빛과 그림자가 얼룩이며 번쩍이는데, 용왕이 두 사람에게 명하여 지휘하여 관람케 하니 한 다락에 이른지라. 그 다락의 이름이 *조원지

*조원지루(朝元之樓)──하늘에 조회하는 다락.

루(朝元之樓)라 하였는데 그 전체가 *파려(玻瓈)로써 이루어져 있다. 구슬과 옥으로 꾸민 뒤에 금벽(金碧)을 올린 것이었다. 그 위에 올라가매 마치 공중을 밟는 것 같고 층대는 십층이라, 한생이 여덟째 층대에 오르려 할 때 사자는,

"그만 오르시지요. 용왕님의 신력(神力)이 아니시면 오르실 수 없습니다. 저희들도 아직 그 위는 보지 못했습니다."

이 다락의 위층은 구름 위에 솟아 보통 사람으로는 도저히 오르지 못하는 곳이다. 한생은 할 수 없이 내려와 또 한 곳에 당도하니 곧 능허지각(凌虛之閣)이었다.

"이 건물은 무엇하는 곳인가요?"

"상감께서 하늘에 조회하실 때 그의 의장을 정제하여 그 의관을 장식하시는 곳입니다."

한생이 또 물었다.

"이것이 무슨 물건인가요?"

"그것은 운모(雲母)로 된 거울입니다."

또 북이 있는데 크고 작은 것에 한번 두드려 보고 싶었다. 사자가 한생의 행동을 제지시키면서 말하였다.

"만약 한번만 칠 양이면 백가지 물건이 다 놀라는 벼락귀신의 북입지요."

또 하나의 물건이 있었다. 한생이 한번 흔들어 보고 싶어하니 사자가 제지하면서 말하였다.

"만약 한번 흔들면 산의 바위가 다 굴러 떨어질 것이며 큰 나무도 뽑혀질 것입니다."

또 한 가지 물건이 있는데 빗자루와 같은 것이 항아리 옆에 놓여 있었다. 한생이 그것을 뿌려보고자 하니, 사자가 제지시키면서 말하였다.

"만약 한번 뿌리면 크게 홍수가 나서 산이 무너지고 물난리가 날 것입니다."

---

*파려(玻瓈)──유리.

"그럼 어찌하여 구름을 불러 일으키는 기계를 마련하지 아니하였소?"

"그것은 상감께서 신력으로 그렇게 만들 수 있는 것이지 무슨 기계가 필요하겠습니까?"

"그러면 우레, 번개, 바람, 비를 맡은 분들은 어디 있는 것이오?"

"네 그것은 옥황상제께서 그들을 은근한 곳에 숨겨 두었다가 왕께서 나오시면 한 곳에 모이게 하지요."

그 밖에 남은 기구가 많으나 능히 다 알 수 없었다. 또한 긴 복도가 있었는데 길이가 수리(數里)나 되고 문에는 튼튼한 자물쇠가 잠겨 있었다. 한생이 물었다.

"예가 어디오?"

사자가 대답하였다.

"이곳은 용왕님의 칠보(七寶)를 간수해 둔 곳입니다."

얼마 동안을 두루 구경하였으나 다는 볼 수 없었으므로 한생은 그냥 돌아갈 수밖에 없었다. 그런데 돌아가려 하매 문이 겹겹이 닫혀 있어 어디가 어딘지 알 수가 없었다. 사자에게 길을 인도하라 하고 본래 있던 곳에 이르러 용왕께 감사의 뜻을 표하였다.

"대왕의 덕택으로 좋은 경치를 유감없이 구경하였나이다."

한생은 곧 하직하고 인사를 교환하였다. 이에 용왕은 산호반 위에 깨끗한 구슬 두 개와 빙초(氷綃) 두 필을 담아서 노자로 준 뒤에 나와 전송할새 그 세 손님도 일시에 다 하직을 고하였다. 용왕은 다시 두 사자를 시켜 산을 뚫으며 물을 헤치는 기구로 한생을 환송하였다. 한 사람이 한생에게 말하기를,

"저의 등에 타십시오. 그리고 눈을 감으시고 반식경만 계십시오."

한생이 그 말대로 하였더니 한 사람이 기구로써 선도하는데 흡사 허공 위로 나는 듯하였다. 오직 바람과 물소리 뿐이었다. 그러나 옮기는 소리는 들리지 아니하였다. 이윽고 소리가 끝나매 멈추어 눈을 뜨니 자못 자기의 방에 드러누워 있을 뿐이었다. 한생이 부르기에 나가 보니 별은 드물며 동방이 장차 밝으려 하였고 닭이 세 홰나 쳤고 오경

때가 되었다.

　급히 그의 품속을 뒤지니 아까의 그 구슬과 빙초가 있었다. 한생은 그것을 깊이 간직하여 남에게 보이지 아니하였다.

　그 뒤 한생은 이 세상의 명리(名利)같은 것은 꿈에도 생각지 아니하며, 명산에 들어가니, 그 마친 바를 알지 못하였다.

金鈴傳

대원(大元) 지정말(至正末)에 장원(張源)이라 하는 자가 있었는데, 벼슬이 겨우 한원(翰苑)에 있더니, 원나라가 망하고 대명(大明)이 중흥하매, 시절을 염려하여 태안국의 동산에 숨어 있었다. 하루는 장공이 꿈 하나를 꾸었는데, 남전산 산신령이 말하기를,

"시운이 불리하여 조만간에 큰 화가 있을 것이니 바삐 떠나라."
하고, 간 데 없었다.

공이 깨어 그 부인에게 몽사를 이르고, 부인과 한가지로 옛길을 찾더니, 문득 풍우가 일어나며 홍의동자(紅衣童子)가 앞에 나아와 급히 빌기를,

"소자의 목숨이 시각에 달렸사오니 부인은 구하여 주소서."
한다. 부인이 크게 놀라,

"선동의 급함을 내 어찌 구하리요."
하자 동자 발을 구르며,

"소자는 동해 용왕의 셋째 아들이온데, 남해 용왕의 부마가 되어 부부 친영하여 오다가 동해호상에서 남선진주 요괴(妖怪)를 만나 용녀를 앗아가려 함에, 두 내외가 합력하여 싸우다가 용녀는 기운이 다하여 죽고, 소자는 어린 연고로 신통을 부리지 못하고 달아나다가 미처 수부(水府)로 들어가지 못하고 기력이 핍진하여 달아날 길이 없었습니다. 바라옵건대 부인이 잠깐 입을 벌리시면 소자가 피하겠사오니 부인은 어여삐 여기소서. 후일 은혜를 갚으리이다."
하였다. 부인이 하릴없이 입을 벌리니, 용자는 몸을 흔들어 붉은 기운이 돼 입으로 들어갔다. 공의 부인이 꿀꺽 삼키고 나니 천지가 아득하고 광풍이 크게 일며 기이한 소리가 진동하였다. 공의 부부는 급히 돌틈으로 은신하였다.

이윽고 바람이 자며 햇빛이 밝아졌다. 겨우 길을 걸어나오니 그곳은 태안 땅이고 장주 경계였다. 비록 산세 험하나 인심이 후하고 민가는 부유하였다. 그 가운데 모사와 절사의 유들이 많으며, 살신성인하는 자가 있으니, 백성들이 의지없는 사람을 붙들어 구할새, 공이 기지가 단아하고 언사가 온공함을 보고 애중히 여겨, 집터도 빌리고 혹 농

업을 분작하여 자식있는 사람은 다투어 수학(受學)하기를 원하니 인하여 생계가 유족하여지고 산인이라 불리었다. 이즈음 공(公)이 *사속(嗣續)이 없어 매양 슬퍼하더니, 하루는 꿈 하나를 얻으니, 문득 천지가 *혼혹(昏惑)하며 구름 속에서 푸른 용이 내려와, 현갑(玄甲)을 벗고 변하여 선인이 되어 앞에 나와 이르되,

"자식의 급한 것을 구하여 주니 은혜를 잊을 수 없노라. 능히 갚을 바를 알지 못하여, 옥제(玉帝)께 올라가 원억(怨抑)함을 주달코저 했더니, 마침 옥제가 조회를 받으시고 천상천하에 원억(怨抑)한 일을 처결하실새, 옥제께 나아가 조알하고 나올 즈음에, 문득 보니 나의 며느리가 되었다가, 요괴에게 죽은 남해 용왕의 필녀가 옥제께 발원하는지라 옥제 원정을 들으시고 애창히 여기사 금세의 미진한 정을 맺으라 하시고 부부를 보내라 하심에, 내 옥황께 청하여 그대에게 전하노라."

하고, 말을 마치고 간 데 없었다. 공이 놀라 깨어보니 침상일몽이었다. 부인을 대하여 몽사를 말하고 암희(暗喜)하였더니, 과연 그 달부터 태기가 있어 십삭이 차 옥동을 낳으니 얼굴이 남전산에서 보았던 선동과 흡사하였다. 비록 강보의 아이이기는 하지만 용모가 웅위(雄偉)하고 기질이 준일하니 이름은 해룡(海龍)이라 하였고, 자(字)는 음천(飮泉)이라 하였다.

호사다마는 고금의 상사(常事)라, 이때 천자(天子)가 명을 하늘에서 받으시니, 해내가 평안치 못하여 혹은 위왕이라 하고 혹은 국왕이라 하며 남·서로 노략하니 일경이 진동하여 피난하는 자 무수하였다. 장공이 그 가운데 섞여 피란할새, 추병(追兵)이 정히 위급한지라, 부부 서로 해룡을 둘러업고 달아나더니, 운이 다하매 부인이 울며 말하기를,

"아이를 보전코자 할진대 우리가 다 죽을 것이니, 상공은 우리 모자를 잠깐 버리시고 피란하였다가 모자의 해골이나 거두어 주십시

─────────────────────
＊사속(嗣續)──대(代)를 이음.
＊혼혹(昏惑)──사리에 어둡고 분별을 가리지 못함.

오."

하였다. 장공이 아내의 이 말을 듣고 차마 혼자 떠나지 못하여 서로 붙들고 도망하더니, 도적이 점점 가까이 따라오는 것이어서, 처사 부부는 울며 *망지소조(罔知所措)하다가 해룡을 버리고 가자 하거늘, 부인이 할 수 없이 길가에 앉히고 달래어 말하였다.

"우리 잠깐 다녀올 것이니 이 실과를 먹고 앉아 있어라."

그러나 해룡은 울며 한가지로 가자하였다. 장공이 좋은 말로 달래고, 부인을 재촉하여 달아날 때, 한 걸음에 돌아보고 두 걸음에 돌아보며 걸음마다 돌아보니, 해룡이 부모를 부르며 우는 소리를 차마 들을 수가 없었다. 이때 도적이 오다가 해룡을 보고 죽이려 하다가 그 중에 장삼이란 도적이 말리었다.

"어린 아이가 부모를 잃고 우는 것을 무슨 죄가 있다고 죽이겠느냐?"

하고, 업고 가다가 내심 생각하되,

'내 일찍이 위세의 핍박 아래 군오(軍伍)에 몰입함이 어찌 나의 본심이리요. 또 이 아이를 보니 후일 반드시 귀히 될 기상이라, 이때를 타고 달아나리라.'

하고, 도망하였는데, 강남 고군으로 달아났다. 이때 장처사 부부가 도망치다가 도적의 추적이 뜸해졌음을 보고 도로 산에 올라 바라보나, 해룡은 이미 없어졌다. 사면으로 찾되 종적이 묘연하여, 부인이 가슴을 치고 방성통곡하며 말하기를,

"해룡을 아주 잃을 줄 알았더면, 무슨 표시라도 했었다가 훗날 만날 때에 보탬이 될 것을, 창졸간에 생각지 못하고 그냥 도망해 왔으니 어디서 만나본들 알 수 있으랴."

하며, 더욱 울어 마지않았다. 장처사는 우는 아내를 위로하면서,

"아이의 등에 붉은 사마귀 칠성이 있으니, 그것으로 신물(信物)을 삼을 것인즉 부인은 염려말라."

하고, 부부가 서로 슬픔을 머금고 두루 찾아보았다. 그러다 마침 조장

─────────────────
*망지소조(罔知所措)──── 어찌할 바를 모름.

위세에게 잡히는 바 되어, 장하에 들어가니, 원이 처사의 뛰어난 기상과 웅위한 거취를 보고 아껴 그 결박을 끄르게 하고 당중에 올라오라 하여 서로 인사를 교환하니, 지기가 상합하고 언사 또한 온공하므로 원이 즉시 참모로 하였더니, 참모의 헌책으로 연경 수천리를 얻으매, 이로 인하여 남·서의 작은 성지(城地)를 갈라 주어, 한가히 쉬라 하니, 처사 부부는 노양현으로 가게 되었다.

이곳은 산천이 험준하고, 백성이 병혁(兵革)을 모르는 서촉(西蜀)의 경계였다. 처사가 도임한 후에 정사가 공평하니, 일경이 안거낙업하매 백성이 즐겨하는 소리가 원근에 자자하였다.

이때 조계촌에 김삼랑(金三郎)이란 사람이 있었으니 호협방탕하고, 그의 처 막씨의 얼굴이 곱지 못하므로, 조가의 여자를 맞이하여 집에 돌아오지 아니하고 그곳 백성이 되었다가 이윽고 죽었다는 소문이 들렸다. 하나 막씨는 조금도 슬퍼함이 없이 늙은 어미를 지성으로 봉양하였다. 하나 집안이 가난하므로 남의 *고공(雇工)이 되어 조석을 나누어 먹었다.

그뒤 어머니가 우연히 죽으매 막씨는 주야로 애통하고 예로써 선산에 안장한 후, 여막(廬幕)을 짓고 주야로 수직하여 삼 년을 극진히 마친 후, 십여 년을 한결같이 지내니 천고에 드문 효부였다.

어느 날 막씨가 초막에서 한 꿈을 얻었는데 몸이 공중에 올라 한 곳에 이르니 산천이 수려하며 짐짓 아름다운 세계라, 막씨가 한번 두루 돌아보니 학발노옹(鶴髮老翁)이 사방을 응하여 앉았는데 막씨 감히 나가지 못하고 주저하자 한 동자가 나와 말하기를

"우리 사부께서 옥제(玉帝)의 명을 받자와 그대에게 전할 것이 있으니 바삐 나아가 뵈오라."

한다. 막씨가 나아가 뵈오니, 노옹이 각각 방위를 정하여 앉았다가 막씨를 보고,

"그대의 대절(大節)과 지효(至孝)를 옥제께서 아시고 극진히 표창하라 하시매, 자식을 점지코자 하였더니, 대장부 죽은지라 옥제께 이

---

*고공(雇工)──── 머슴, 품팔이.

연유를 주달하였더니, 또 하교하시길 그러면 좋을 대로 하라 하시기로, 마침 남해 용녀와 동해 용자가 일찍이 *횡사(橫死)하여 옥제께 보수하기를 발원하였은즉, 옥제가 우리로 하여금 선처하라 하시기로, 용자는 마침 좋은 곳이 있어 구처하였으되, 용녀의 거처를 정하지 못하다가 이제 그대에게 줄 터이나 십육 년 후에 그 얼굴을 보리니, 이제 자세히 보았다가 후일 차등이 없게 하라."

하고, 공중을 향하여 용녀를 부르니 이윽고 선녀가 내려왔다. 막씨가 그를 보니 천고에 드문 미인이었다.

홍의(紅衣) 입은 선관이 이르되,

"나는 차지할 것이 없으니 너로 하여금 춘하추동을 임의로 보내게 하리라."

하고, 소매 안으로부터 오색 명주를 내어주며,

"십육 년 후에 찾을 때가 있을 것이니 도로 보내라."

했고, 청의선관은 부채를 주며,

"이것을 가지면 천 리라도 하루에 가리라."

했고, 백의선관은 홍선(紅扇)을 주며,

"이것을 가지면 바람과 안개를 부리나니 이후에 찾거든 전하라."

했고, 또 흑의선관은,

"나는 줄 것이 없으니 힘을 주리라."

했다.

그 선녀가 받아 가지고 막씨를 돌아보며 공중으로 향하고자 하더니, 문득 학의 소리가 나며 황의선관이 내려와 앉으며 말하였다.

"막씨의 포상은 어찌하였으며, 용녀의 보응을 어찌하고자 하였느뇨?"

선관이 대답하기를,

"여차여차 하였노라."

하자 그 선관이 눈썹을 찡그리며,

"그리하면 이름 없는 자식이 될 것이요, 효부의 바라는 바 아니라.

─────────────

＊횡사(橫死)──뜻밖에 닥쳐온 재액으로 죽음.

여차여차 하였으면 하늘의 뜻을 세상이 알 것이요, 모녀지간의 *윤기(倫紀)를 알리라."

하니, 제선(諸仙)이 모두 옳다 하고 각각 채운(彩雲)을 타고 흩어지거늘, 막씨가 놀라 돌아서서 사면을 바라보매 선인의 자취가 운무 중에 사라지고 만학천봉에 물 흐르는 소리뿐이라.

무료히 돌아올 때, 홀연히 깨달으니 남가일몽(南柯一夢)이었다. 몽사를 기록할 때 삼랑이 죽은 줄 알고 허위(虛位)를 배설하고 슬퍼함을 마지아니하였다. 막씨가 하루는 슬픔을 머금고 앉아 있었다. 그때 홀연히 일진음풍(一陣陰風)이 일어나며, 초막 앞에 한 사람이 서 있거늘, 막씨가 자세히 보니 그가 곧 삼랑이라, 놀라며 물었다.

"장부 나를 버리고 간 지가 거의 수십 년이라. 간 곳을 몰라 이러하였더니, 신령이 이르기를 난중에 죽었다 하매 몽사를 얻을 것이 아니로되, 내 역력히 들은 고로, 이에 영연(靈筵)을 배설하였더니, 아지 못하게 살아서 오시는가. 이 깊은 밤에 거취가 분명하지 못함은 어쩐 일이니꼬?"

삼랑이 목이 메어 하는 말이,

"내 과연 그대 뜻을 모르고, 탕자의 마음을 걷잡지 못하여, 그대의 대절(大節)을 모르고 박대하여 그 죄 천앙(天殃)을 받아 과연 난중에 죽으매, 후세에 가도 또한 죄인이라. 비록 깨달으나 미치지 못하고, 귀신의 유(類)에도 참례치 못하고 음풍이 되어 다니더니 그대 나를 위하여 영향이 지극하니 어찌 부끄럽지 아니하리요. 비록 유명이 다르나 그 감격함을 사례코자 하노라."

하고, 생시와 다름없이 수작하고 돌아간 후 자주 왕래하더니 그 중에 또한 친밀함이 있어, 빠른 시일 안에 복통이 일어나고 태중에 아이 커지니, 막씨 내심으로 괴이히 여겨 행여 남이 알까 근심하였다. 십삭이 다하여 산기가 완연하여, 여막에 엎드려 있다가 문득 해복하고 돌아보니, 아이 아니요 금방울 같은 것이 금광이 찬란하였다.

막씨는 이것을 보고 크게 놀라며 괴이히 여기고 신통히 여겨 손으

---

*윤기(倫紀)—— 윤리와 기강.

로 누르되 터지지 아니하고, 돌에 깨어지지 아니하거늘, 다시 집어다가 멀리 버리고 돌아오니 방울이 굴러 따라오는지라, 더욱 신기하여 집어다가 깊은 물에 던지고 돌아오니, 또 따라오는지라 또 다시 집어다 단단히 넣으니, 물 위에 둥둥 떠다니다가, 막씨를 보고 또 따라오는지라 막씨가 내심으로 헤아리되,

"내 팔자가 기구하여 이 같은 괴물을 만나 후일에 반드시 큰 일이 나리로다."

하고, 아궁이에 불을 때어 방울을 넣었더니, 따라오는 기미가 없었다. 막씨는 크게 기뻐하고 아궁이를 닷새 후에 헤쳐 보니, 방울이 상하기는 고사하고 빛이 더욱 생생하고 향취도 진동하거늘, 할 수 없이 두고 보니, 밤이면 품속에서 자고 낮이면 굴러다니며, 혹 내려앉은 새도 잡고, 혹은 나무에 올라 실과도 따다가 앞에 놓았다. 막씨가 자세히 보니, 그 속의 실 같은 것으로 온갖 것을 다 묻혀 오거늘, 그 털이 단단하여 무시하지 못할만하였다.

또 막씨가 추위를 당하매, 방울이 품속에 들면 춥지 아니하였다. 하루는 막씨가 한데서 방아질을 하여 주고 저녁에 돌아오니, 방울이 막씨에게 굴러 내달으며 반기는 듯하였다. 막씨가 추위를 견디지 못하여 방 안으로 들어가니 그 안이 덥고 방울이 빛을 내니, 밝기가 대낮과 흡사하였다.

막씨가 기이히 여기나 남이 알까 걱정하여, 낮이면 여막속에 두고, 밤이면 품속에서 재우더라. 방울이 점점 자라매, 산에 오르기를 평지같이 하고, 마른 데 진 데 없이 굴러 다니되, 흙이 몸에 묻지 아니하였다.

이러구러 자연히 오래 되매, 빛이 더욱 찬란하고 부드러워, 사람들이 자연히 알고 와서, 구경코자 하여 문이 미어지게 들어와 집어보거늘, 혹 남자가 집으려면 땅에 박히고 떨어지지 아니할 뿐 아니라, 그 몸이 마치 불 같아서 손을 댈 길이 없었다. 그래 신통히 여겨도 마침내 집어보는 이가 없었다.

동리에 무손이라는 사람이 있는데 가산이 부유하되, 무지한 욕심과

불측한 거동이 인륜에 벗어난 놈이라. 막씨의 방울을 도적질하려고, 막씨가 자는 틈을 타서 가만히 방울을 훔쳐서 집에 가지고 돌아가 처자에게 자랑하고 감추었더니, 그날 밤에 난데없는 불이 나서 온 집안을 태웠는데, 무손이 크게 놀라 미처 옷을 입지 못하고 발가벗은 채 내다보니, 불꽃이 충천하고 바람은 불을 돕는지라, 당황하여 어찌할 길 없어서 재물과 세간을 다 재로 만들었다. 무손의 부처는 실성하여 통곡하며, 그 중에서도 방울을 잊지 못하여 불 붙는 곳에서 가재를 헤치고 방울을 찾으니 재 속으로부터 방울이 뛰어내달아 무손 처의 치마에 싸이거늘 그것을 집어내었다. 그날 밤에 무손의 처가 추위를 견디지 못해 하니 무손이 말하기를,

"이 같은 더위에 추워하느뇨?"

하고 핀잔을 주자 무손의 처, 방울이 전에는 그리 덥더니 오늘은 차갑기가 얼음 같아서, 아무리 떼려 하여도 살에 박힌 듯하여서 떨어지지 않는다 하거늘, 무손이 내달아 잡아떼려고 손을 대니, 불이 타는 듯하여 손을 대지 못하고 그 처를 꾸짖어 말하기를,

"방울이 끓는 듯한데 어찌 차다고 하느냐?"

하고, 서로 다투거늘, 방울은 참조화를 가졌는지라 한편은 차기 얼음 같고, 한편은 덥기가 불 같았다. 변화가 이러한 줄을 모르다가 그제야 깨달아 하는 말이,

"우리 무상하여 하늘이 내신 보물을 모르고 도적질하여 왔다가 도리어 이 지경을 당하니 누구를 원망하고 누구를 탓하리요."

하고, 막씨에게 가서 빌어보리라 하고 그날 밤에 막씨 초막에 갔다. 이때 막씨가 방울을 잃고 울며 앉았더니 무손의 처가 와서 비는 것이었다. 그러나 무손은 도리어 원심을 품고 고을에 들어가, 지현(知縣)에게 방울의 신통함을 말하고 또 요기로움을 고하니, 관원을 파견하여 잡아오라 한다. 하나 관원 등이 이윽고 돌아와 고하기를,

"소인 등이 잡으려고 한즉 이리 미끈 저리 미끈하여 잡지 못하고 왔습니다."

하니, 지현이 이로 인하여 막씨를 잡아오라고 하였다. 포졸이 대거하

여 막씨를 잡아오니 그제야 방울이 굴러오는 것이었다. 지현이 자세히 보니 방울이 금광(金光)이 찬란하여 사람을 놀라게 하매, 한편 괴이히 여기고 신기하게도 여겨, 나졸로 하여금 철퇴를 가지고 깨치라 명하니, 군사가 힘을 다하여 쳤다. 그러자 방울은 땅 속으로 들어갔다가 도로 튀어나오는데, 할 수 없이 이번에는 다시 도로 집어다가 돌에다 놓고 도끼로 짓찧었으나, 방울은 점점 자라, 크기가 길이 넘었다. 이에 지현이 크게 노하여 보검(寶劍)을 주며 말하였다.

"이 보검은 천하무당(天下無當)인지라, 사람을 베되 칼날에 피도 묻지 아니하니 이 칼로 벨지어다."

하니, 군사가 그 명령을 듣고 한번 들어 힘껏 치니 두 조각으로 나며 서로 부딪혀 굴렀다.

그래서 다시금 연거푸 치니, 치는 족족 뜰에 가득한 것이 모두 방울뿐이었다. 저마다 크게 놀란 것은 다시 말할 것도 없고, 지현은 더욱 노하여 기름을 끓이고 넣으라 하였다. 이에 부하 포졸들이 일제히 들고 일어나, 기름가마에 불을 지펴 방울을 집어넣으니 과연 방울이 차차 작아졌다. 이에 여러 사람이며 장공들이 대단히 기꺼워하였음은 다시 말할 것도 없다. 방울은 더욱더욱 작아져서 대추씨만 하여지더니 기름 위에 둥둥 떠다니다가 가라앉거늘, 건지려고 나아가서 보니 그렇게 끓던 기름이 엉기어 쇠와 같이 되었다. 지현이 한편 괴이히 여기고 한편 크게 노하여 막씨를 하옥(下獄)하라 하고, 내당에 들어가니 부인이 바삐 물어 말하기를,

"오늘 이 물건을 보니 하늘이 내신 것이라 막씨를 방송(放送)하고 후일을 보심이 좋을까 합니다."

지현이 냉소(冷笑)하며 말하기를,

"요물(妖物)이 신통하다 하나, 어찌 저만한 것을 제어치 못해서 근심하리요."

부인이 재삼 말하되 곧이 듣지 않고 이날 밤에 자더니, 방울이 가마에 들었다가 밤이 된 후에야 가마를 뚫고 나와 바로 상방 아궁이로 들어갔다. 이날 밤에 공이 자다가 크게 소리지르며 일어나거늘, 부인이

놀라 붙들고 물었다.

"상공은 어찌 이러시나뇨?"

공이 말하되,

"자리가 덥기 불 같으며 데어 벗겨질 듯하다."

하고, 부인의 자리에 바꾸어 누웠으나 아까와 마찬가지로 더운지라 일시도 견딜 길이 없어 외현으로 나오니 방안이 마치 불에 든 것과 같은지라, 또 다시 견디지 못하여 밖으로 방황하다가 날이 새었다. 종일 피난하다가 또 밤을 대하매 그때는 덥지 아니하고 차기 얼음 같은지라. 인하여 자려고 한즉 또 여전하였다.

이러하기를 삼사 일에, 먹지도 못하고 자지도 못하여 거의 죽게 되었으매, 그제야 방울의 조화인 줄 알고 가마에 가 보니, 가마 밑이 뚫어져서 방울은 간 데 없었다. 즉시 나졸을 명하여 옥중에 가 보고 오라 하였더니 회보하되,

"방울이 옥문 밑을 뚫고 출입하며 혹 실과도 물고 들어가기로, 문틈으로 살펴본즉 오색채운이 옥중에 둘려 있을 뿐 사람은 볼 길이 없더이다."

하였다. 부인이 이 말을 듣고 방면함을 재삼 권고하였다. 지현도 그제야 깨닫고 막씨를 방면하니 그제야 침식이 예전과 같았다. 또한 막씨의 효행을 듣고, 지현 부부는 크게 깨우쳐, 그 초막을 헐고 크게 집을 짓고 또 잡인이 들어가지 못하게 하고 월봉을 주어 막씨의 일생을 편안하게 하였다.

이때, 장처사는 노양에 온 후로 몸이 편안하나 주야로 해룡을 생각하며 부인과 더불어 슬퍼함을 금치 못하였다. 부인이 이로 인하여 침석(枕席)에 위독하여 백약이 무효하매, 공이 주야로 병석을 떠나지 아니하고 약을 맛보아 권하더니, 하루는 부인이 장공의 손을 잡고 말하였다.

"내 팔자가 기박하여 한낱 자식을 두었다가, 난리 속에서 잃고 지금까지 명을 보존함을 요행으로 생전에 만나볼까 하였더니, 십여 년

이 지나도록 사생과 존망을 알지 못하고 병이 몸 속에 들어 명이 경각에 달려있소이다. 구천(九泉)에 돌아가도 눈을 감지 못하겠나이다. 바라건대 상공은 길이 보중하옵시고 기필코 해룡을 상봉하여 영광을 보옵소서."

하고 이내 숨이 지니, 공이 하늘이 무너진 듯한 슬픔을 느껴 기절하여 쓰러지매, 좌우에서 부축하여 구호하였다. 이때 홀연히 금광(金光)이 찬란한 가운데로 방울이 굴러들어와 부인의 시체 앞에 풀잎 같은 것을 물어다가 놓고가거늘 모두 괴이하게 여겨 울음을 그치고 집어 보니, 나뭇잎 가운데에 가늘게 씌었으되,

'보은초(報恩草)'

라 하였다. 보은초가 무엇인고, 공이 내심으로 헤아려 생각하되,

'막씨가 보은하도다.'

하고 크게 기뻐하여 부인의 입에 넣으니, 한식경 후에 부인이 몸을 운동하고 돌아눕거늘 좌우 수족을 주무르니 그제야 숨을 내어 쉬는지라, 공이 기꺼워하여 문병하였다.

부인이 대답하여 말하기를,

"자고 나매 정신이 생생하여졌나이다."

한다. 공이 크게 기뻐하여 방울의 전말을 이야기하고 기뻐함을 마지 아니하였다. 이후로부터 부인의 병세가 점점 나아지더니, 부인이 하례하고자 하여, 친히 막씨가 가져온 방울의 조화로 환생하였던 은혜를 만만치사하고 결의형제를 하였더니, 그후로는 방울이 굴러 부인 앞으로 오거늘, 공의 부부가 사랑하여 놓지 아니하니 방울이 아는 듯이, 이리 안기고 저리 품기어 영민함이 사람의 뜻대로 하니, 이름을 '금령(金鈴)'이라 하였다. 금령이 밤이면 품속에 들어 자고, 낮이면 제 집에 가니 친 골육(骨肉)과 같았다.

하루는 금령이 나아가 무엇을 물어다 놓거늘 공의 부부 괴이히 여겨 보니, 한 개의 족자였다. 그 족자에 그렸으되, 한 아이가 길가에서 우는데, 사면으로 도적이 쫓아오고 부부 양인은 아이를 버리고 가는 고로, 그 아이가 돌아보는 형상이요, 또 도적 가운데의 한 사람이 그

아이를 업고 촌가로 가는 형상이었다. 이 그림을 보고 눈물을 흘리며 말하기를,

"이는 분명 우리가 해룡을 버리고 떠나온 형상이라."

하고, 공이 그림을 보고 눈물을 흘리며 슬피 울거늘, 부인이 이 말을 듣고 또한 울며 말하였다.

"비록 그러하나, 어찌 사생을 알리이까?"

하고 사람이 업고 촌 가운데로 들어가는 형상이, 생각건대 아무나 기르려고 업어간 듯하거니와, 금령이 신통하여 우리의 슬퍼함을 보고 그 아이 있는 곳을 알게 함이니, 이것 또한 하늘의 뜻이라 생각하고, 그 족자를 침상에 걸고 슬퍼하지 않을 때가 없었다.

하루는 금령이 홀연히 간 곳이 없었다. 막씨가 울며 불며 공에게 나와 금령이 간 곳이 없음을 말하였다. 공의 부부가 크게 놀라 또한 슬퍼해 마지아니하였다. 한편 그때 태조 고황제(太祖高皇帝)가 해내(海內)를 진정시켜 놓으니, 그는 치국(治國)의 성군(聖君)이라 세금을 감하며 형벌을 감하시었다. 이에 백성이 즐거워하여 격양가로 화답하였다.

황후께서 늦게야 따님 한 분을 얻으셨는데 색덕(色德)을 구비하여 만고에 무쌍이었다. 점점 자라매 효행이 뛰어나고 아름답기 그지없으며 재주와 덕망을 겸비하였다. 세월이 흘러서 열살이 되매, *침어낙안(沈魚落雁)의 용모와 *폐월수화(閉月羞花)의 빛깔이 만고에 비길 바 없었다. 임금과 황후가 어루만지시며 주야로 애지중지하시고 궁호(宮號)를 '노선공주'라 이름하였다. 이때가 춘삼월 보름이었다. 황후가 공주와 시녀를 데리고 월색을 따라 후원에 이르시니 백화는 만발하고 월색은 뜰에 가득하였다. 달무리 아래 밤이슬은 옷에 젖어들고 자는 새들은 다투어 우는 것이었다.

섬섬옥수를 이끌고 금연을 옮겨 서원에 오르사 두루 구경하시니, 홀연 서남간으로 한 떼의 구름이 몰려오며 광풍이 크게 일더니 한 개

---

*침어낙안(沈魚落雁)── 아름다운 여자의 고운 얼굴.

*폐월수화(閉月羞花)── 달이 빛을 잃고 꽃이 부끄러워함.

의 괴이한 물건이 입을 벌리고 달려들었다. 모두 엎어져 기절하였는데 이윽고 구름이 걷히면서 하늘이 청명하였다. 겨우 정신을 차려 일어나 보니, 공주와 시녀들이 간 데 없으므로, 대경실색하여 두루 찾으매 흔적조차 없었다. 즉시 상께 고하니 상이 또한 크게 놀라 즉시 어림군을 조발하사 궁궐 안을 샅샅이 찾으셨으나 종적이 묘연하였다. 황후가 통곡하여 말하기를,

"이런 일이 천고에 있으리오."

하시고, 식음을 전폐하시고 주야로 애통함을 마지아니하시니, 상께서도 또한 어찌할 줄을 모르사 방(榜)을 붙여,

"공주를 찾아오는 자 있으면, 천하를 반분하고 부귀영화를 함께 하리라."

하였다.

그것은 그렇고, 장삼이 해룡을 업고 달아나 여러 날 만에 고향에 돌아오니, 그의 아내 변씨가 내달아 반기며,

"낭군의 사생을 알지 못하여 주야로 침식이 불편하였거늘 간밤에 꿈 하나를 얻으니, 큰 용을 타고 들어오므로 생각건댄 불행이 있는가 하였더니, 오늘날 살아 다시 만날 줄 어이 뜻하였으리오."

하고, 해룡을 가리켜,

"이 아이는 어디서 얻어왔느뇨?"

묻는다. 장삼이 여차여차하여 얻었노라 하니, 변씨가 기꺼워하는 체하나, 심중에 과히 반기는 기색은 아니었다. 변씨가 늦도록 자식이 없다가 우연히 태기가 있어 십삭이 되매 아들을 낳으니 장삼이 크게 기뻐하여 이름을 소룡(小龍)이라 하였다. 소룡이 점점 자라 칠 세가 되매 크기는 하였으나, 어찌 해룡의 늠름한 풍도며 넓은 도량을 따라갈 수 있으리오.

둘이 글을 배우매 해룡은 한 자를 가르치면 열 자를 깨우치는지라, 열 살 미만에 하나의 문장가가 되었다. 장삼은 본디 어진 사람인지라, 해룡을 친자식같이 사랑하나, 변씨가 매양 시기하여 마지않으니, 장삼이 변씨의 어질지 못함을 한할 뿐이었다.

해룡이 점점 자라 열세 살이 되매, 그 영매하고 준걸한 모습은 태양이 빛을 잃을 만하며 현현한 도량은 창해를 뒤치는 듯하고, 맑고 빼어남은 어찌 범용한 아이와 비교하리요.

이때 변씨의 시기하는 마음이 날로 더하여 백가지로 모해하며 내치려하나, 장삼이 듣지 아니하고 더욱 사랑하여 일시도 떠나지 아니하며 애지중지하니, 이러함으로 해룡은 몸을 보전하여 공순하며 장삼을 지극히 섬기니, 이웃과 친척들이 칭찬 않는 이 없었다. 옛날로부터 영웅과 군자가 때를 만나지 못하면 초야에 묻힘이 고금의 상사(常事)라. 장삼이 홀연히 병을 얻어 백약이 무효하니, 해룡이 지극 지성으로 구호하되 조금도 차도가 없고 점점 날로 더하여 장삼이 마침내 일어나지 못할 줄 알고 해룡의 손을 잡고 눈물지으며,

"내 명은 오늘뿐이라. 어찌 천륜지정을 속이리요. 내 너를 난중에서 얻으매 기골이 비상하거늘 업고 도망하여 문호를 빛낼까 하였는데, 불행히 죽게 되니 어찌 눈을 감으며 어찌 너를 잊으리요. 변씨는 어질지 못하매 나 죽은 후에 반드시 너를 해코자 하리니, 보신지책(保身之策)은 네게 있나니 삼가 조심하라. 또한 장복 사소한 혐의를 두지 아니하나니, 소룡이 비록 불초(不肖)하나 나의 *기출(己出)이니, 바라건대 거두어 주면 내 지하에 돌아갈지라도 여한이 없으리라."

하고, 또 변씨 모자를 불러 앉혀,

"내 명은 오늘뿐이라, 죽은 후에라도 해룡을 각별히 애무하여 소룡과 다름없이 대하라."

하고, 또 해룡을 가리켜,

"너는 후일 반드시 귀히 되어 길이 영화를 보니, 오늘의 내 말을 저버리지 말고 나의 뜻을 기억하라."

하고 말을 마치매 죽으니, 해룡의 애통함은 차마 보지 못할 지경이었다.

장례를 갖추어 선산에 안장하고 돌아오니, 일신을 의지할 곳 없는지라, 주야로 애통해 마지않았다. 그뒤로 변씨의 해룡 박대함이 나날

---

*기출(己出)──자기가 낳은 자식.

이 더하여 의복과 음식도 제때에 주지 아니하고, 낮이면 밭갈기와 논 매기며, 소도 먹이고 김도 매고 나무도 베어 잠시도 놀지 아니하고, 주야로 괴롭히매 한 때도 편안한 날이 없었다. 그러나 해룡은 더욱 공근(恭勤)하여 조금도 해태(懈怠)함이 없으매 자연히 용모가 초췌하고 주림과 추위를 이기지 못하였다.

이때가 한창 추운 엄동설한이라, 변씨는 소룡과 더불어 더운 방에서 자고, 해룡은 방아질만 하라 하니, 해룡이 할 수 없이 밤이 새도록 방아질하나 홑것만 입은 아이가 어찌 기한을 견디리요. 추위를 견디지 못하여 자기방에 들어가 쉬려 하였으나, 거기도 설한풍이 들이치고 덮을 것도 없는지라 몸을 옹송그려 엎드렸더니, 홀연히 방안이 밝기가 대낮 같고 여름날씨 같이 덥고 온몸에 땀이 나거늘, 해룡이 한편 놀라고 한편 괴이히 여겨 즉시 일어나 자세히 살펴보았으나 동녘이 아직 밝아오지도 않았고 백설은 뜰에 가득하였다.

방앗간에 나아가 보니 밤에 못다 찧은 것이 다 찧어져 그릇에 담겨져 있거늘, 크게 의심하고 괴이히 여기어 방으로 돌아오니 아까와 같이 밝고 더운지라. 아무리 생각하여도 의심나서 두루 살피니, 침상에 이전에 없던 북만한 방울 같은 것이 놓였으매, 해룡이 잡으려 한즉 이리 미끈 달아나고 저리 미끈 달아나며 요리 구르고 조리 굴러 잡히지 아니하는지라, 또한 놀라고 신통히 여겨 자세히 보니 금빛이 방안에 가득하고 움직일 때마다 향취가 나는지라. 해룡이 생각하길

'이것이 반드시 무심치 아니할지라, 내 두루 보리라.'

하며 잠을 늦게 잤다. 이때 변씨 모자 땔감이 떨어져 추워 잠을 잘 수 없어 떨며 앉았다가, 날이 밝으매 나가 보니 적설(積雪)이 집을 두루 덮었고 한풍은 얼굴을 깎는 듯하여 몸을 움직이기도 어려운지라. 변씨는 생각하되,

"해룡이 얼어 죽었으리라."

생각하고 해룡을 부르니 대답이 없었다. 아마도 죽었는가보다 하고 눈(雪)을 헤치고 나와 문틈으로 들여다보니, 해룡이 벌거벗고 누워 잠들어 깨지 않았거늘, 놀라 깨우려 하다가 자세히 보니, 천상천하에 흰

눈이 가득하되, 오직 해룡의 방 위에는 일점의 눈이 없고 검은 기운이 연기같이 일어나니 이 어찌된 일이냐.

이때 변씨가 크게 놀라 소룡에게 말하길,

"참 내, 너무 이상하니 해룡의 거동을 보자."

하더라. 얼마 후 해룡이 들어와 변씨에게 문후한 후에 비를 들고 눈을 쓸려하매, 홀연히 일진광풍이 일어나며 반시간이 못 되어 눈을 쓸어버리고 그치는 것이었다. 해룡은 이미 짐작하였지만 변씨는 더욱 놀라며 마음에 생각하되,

'해룡이 분명 요술을 부려 사람을 속이는도다. 만약 그대로 두었다가는 큰 화를 입으리라.'

하고, 아무쪼록 죽여 없앨 의사를 내어 틈을 얻어 해할 묘책을 생각하다가 한 계교를 얻어 해룡을 불러 이르기를,

"집안 어른이 돌아가시매 가산이 점점 탕진하여 형편이 없음은 너도 보아 아는 바와 같다. 우리 집의 *전장(田庄)이 구호동에 있더니 요즘에는 호환(虎患)이 자주 있어 사람을 상하기로, 폐농된 지가 아마 수십 년이 된지라. 이제 그 땅을 다 일구면 너를 장가도 보내고 우리도 또한 네 덕에 좋이 잘 살면 어찌 아니 기쁘리요마는, 너를 위지(危地)에 보내면 행여 후회 있을까 저어한다."

그러자 해룡이 흔연히 허락하며 쟁기를 거두어 가지고 가려 하거늘, 변씨 짐짓 말리는 체하니 해룡이 웃고 말하였다.

"인명은 재천(在天)이거늘 어찌 짐승에게 해를 보리요."

하고, 표연히 떠나가니 변씨가 밖에 나와 말하기를,

"속히 잘 다녀오라."

하고 당부하였다.

해룡이 대답하고 구호동에 들어가니 사면이 절벽이요, 그 사이에 적은 길이 있는데 초목이 가장 무성하였으매 동라를 붙들고 들어가니 다만 호표시랑의 자취뿐이요, 인적이 아주 없었다. 해룡이 조금도 두려워하지 아니하고 옷을 벗고 잠깐 쉬려니, 날이 서산에 저물려고

*전장(田庄)──소유한 논밭.

하거늘, 밭을 찾아 갈기 시작했다. 그때 홀연히 바람이 일고 모래가 날리며 문득 산상으로부터 갈범이 주홍과 같은 입을 벌리고 달려들었다. 해룡이 정신을 진정하여 대항코자 하였다. 그때 서편에서 또다시 큰 호랑이가 벽력 같은 소리를 지르면서 달려드니, 해룡이 정히 위태하였다.

이때 홀연히 등 뒤로부터 금방울이 내달아 한 번씩 받아버리니, 그 범이 소리를 지르고 달아나거늘, 방울은 연하여 나는 듯이 받으니, 두 범이 모두 거꾸러지는 것이었다. 해룡이 달려들어 두 범을 죽이고 본즉, 방울이 번개같이 굴러 다니며 한 시각이 되지 못하여 그 넓은 밭을 다 갈아버렸다. 해룡이 크게 기특히 여기어 금방울에게 무수히 치사하고, 이미 죽은 범을 이끌고 산에서 내려오며 돌아보니 금령이 간 곳이 없었다.

이때에 변씨는 해룡을 구호동에 보내놓고,

"제 어찌 살아 돌아오리요."

하고 들며나며 매우 기뻐하였는데, 문득 밖에서 소리가 나며 사람들이 요란히 떠드는 소리가 들리므로 변씨가 나가보니, 해룡이 큰 범 두 마리를 이끌고 왔던 것이다. 변씨는 크게 놀랐으나 겉으로는,

"네가 무사히 다녀왔구나."

하고, 칭찬하며 또한 큰 범 잡아옴을 기꺼워하는 체하고 일찍 쉬라 하였다. 해룡이 감사하고 제방으로 들어가보니 방울이 먼저 와서 있었다. 한편 변씨가 소룡과 더불어 죽은 범을 가지고 관가에 들어가 바치니 지현이 보고 크게 놀라,

"네 저런 큰 범을 어디서 잡았느냐?"

한다. 변씨가 대답하되,

"마침 호랑이 덫을 놓아 잡아왔나이다."

지현이 칭찬하고 즉시 *전문(錢文) 스무 관을 내어 상금을 주니, 변씨가 받아가지고 돌아오며 소룡에게 당부하길,

"행여나 이런 말은 해룡에게 내지 마라."

---

*전문(錢文)── 돈.

하고 빨리 돌아오니, 동녘이 아직 밝지 아니하였다. 그때 바로 오능령이란 고개를 넘어오는데, 문득 한 떼의 강도들이 내달아 시비곡직 묻지 아니하고 변씨 모자를 잡다가 나무 끝에다 높이 매달아 놓고, 가진 돈이며 의복을 벗겨가지고 달아나는 것이었다. 변씨가 벌거벗고 알몸으로 나무에 매달려 아무리 벗어나려고 애쓰나 어찌 벗어날 수 있으리요. 이는 변씨의 고약한 심사를 나쁘게 여긴 금방울의 계책으로 받은 횡액이니, 대저 금령의 신기함이 이와 같았다.

이때 해룡이 잠을 깨어 방에서 나와 보니 변씨와 소룡이 없었다. 두루 찾았으나 잡아온 호랑이조차 없었다. 이에 크게 놀라 두루두루 찾았다. 그때 이웃 사람들이 서로 말하되,

"어떤 도적이 사람을 벌거벗겨 나무에 높이 달아매었더라."

하니, 해룡이 이 말을 듣고 의아하여 바삐 가서 보니, 변씨 모자가 벌거벗고 나무에 높이 매달려 있는지라. 해룡이 이를 보고 놀라 나무에 올라가 끌어내려 업고 돌아오니, 변씨 모자 어찌 무참치 않으리요마는 무상히 여기니, 이는 해룡의 액이 당도함이라.

이때 금령의 신통(神通)이 무량하여, 해룡이 여름철을 당하면 서늘케 하고 추워하면 덥게 하며, 어려운 일이 있으면 없이하여 주니, 해룡이 금령에게 마음을 붙여 세월을 보내는 것이었다. 그러던 어느 날 소룡이 나가 놀다가 살인하고 들어오자 변씨 크게 놀라며 어찌할 줄을 알지 못하였다.

범같이 날랜 포교들이 풍우같이 달려들어 소룡을 잡아가려 하니 변씨가 소룡을 감추고 이에 내달아 해룡을 가리켜 말하였다.

"네가 사람을 쳐서 죽이고 모르는 체하여 허물을 어린 동생에게 미루느뇨."

하고, 발악이 무쌍하였다. 해룡이 생각하되,

'내가 소룡을 내어주면 반드시 죽을 것이니 저는 아깝지 아니하나, 공의 후사(後嗣)가 끊길까 저어되니 어찌하리요. 내 죽어 혼이라도 양육하던 은혜를 갚고자 하니, 공의 임종시의 유언을 저버리지 아니하리라.'

하고, 이에 내달아 말하였다.
"살인한 사람은 나이며, 저 소룡은 애매하오."
하니, 차사 등이 다시 묻지 아니하고 해룡을 잡아다가 관청의 뜰에 꿇리고 다짐을 두라 하였다. 해룡이 흔연히 다짐을 두니 이대로 문서를 만들고 큰 칼을 씌워 옥에 집어 넣으니, 온몸에 금광이 둘러싸여 있었다. 지현이 보고 괴이히 여기어 밤에 사람으로 하여금 옥중에 가서 보고 오라하니, 이윽고 돌아와 보고하되,
"죄인들이 있는 곳은 어두워 보이지 아니하고 해룡이 있는 데는 화광과 같은 것이 비치어 밝으므로 자세히 본즉 해룡이 비록 칼을 쓰고 옥중에 갇혀 있으나 비단이불을 덮고 자더이다."
하니, 지현이 이 말을 듣고 신기하게 여기어 각별히 살피더니, 대저 이 고을 법은 살인 죄인을 닷새에 한 번씩 중형으로 다스리어 가두는 법이다. 그러므로 닷새 만에 모든 죄인을 내어다가 각각 중형을 더하고, 해룡은 나중에 처치하려고 하더니, 이때 지현이 늦게야 아들 하나를 얻었음에 사랑이 그지없었는데, 그 해에 세 살이었다. 장중의 보옥과 같이 애중하여 손 밖에 내어놓지 아니하더니, 이날 마침 지현이 아이를 무릎에 앉히우고 해룡에게 매를 치는데, 형장이 내려치는 족족 그 아이가 간간이 울며 기절을 하였다.
  지현이 그 거동을 보고 황황하여 형장을 그만 그치라 한즉, 그 아이 여전히 웃고 노는 것이었다. 지현이 크게 겁내어 의심하며, 해룡이 쓰던 칼을 아주 벗기고 헐하게 가두어 감히 치지 못하게 두었더니, 이러구러 수삭이 지나 겨울이 되었다. 변씨가 해룡의 조석을 이어주지 아니하여도 조금도 주려하는 빛이 없으매, 하루는 지현이 그 부인과 더불어 아이를 앞에 누이고 자다가 문득 깨어보니 아이가 간 데 없었다. 내외가 깜짝 놀라 사방으로 찾았으나 끝내 종적이 없었다. 지현과 부인이 창황망조하여 천지를 부르며 정신 나간 사람같이 되어 방방곡곡에 사람을 놓아 찾았다. 문득 옥졸이 급히 들어와 고하되,
"옥중에서 아이 울음소리가 나니 괴이히 여겨지옵니다."
하고 말하거늘, 지현이 이 말을 듣고 크게 놀라 전지도지(轉地倒地)

옥중에 나아가보니, 자기 아이가 해룡의 앞에 앉아 울고 있는 것이 아닌가. 지현이 급히 달려가 아이를 안고 돌아오며 하는 말이,

"요인(妖人) 해룡이 극히 흉악무도한 놈이니, 묻지 말고 쳐죽여라."

하고 서릿발과 같은 호령을 내렸다. 형졸들이 영을 받고 큰 대를 잡아 힘을 다하여 치되 해룡은 꿈쩍도 하지 않고, 다만 지현의 아들이 간간이 울며 기절하여 버리는 것이었다. 이때에 부인이 지현에게 나아가 이대로 고하니, 지현이 더욱 놀라고 실색하며 해룡을 도로 풀어주라 하니 그제야 아이가 노는 것이었다. 지현과 부인은 괴이히 여기었다. 그날 밤에 또 아이가 간 데 없는지라, 바로 옥중에 나가보니 아이가 해룡에게 안기어 놀거늘 데려왔더니, 그뒤로부터 울며 옥중으로 가자 하였다.

아무리 달래어도 보채며 굳이 옥중으로 가자고 조르니 견디지 못하여 시녀로 하여금 옥중으로 데리고 가게 하니, 그 아이가 울음을 그치고 웃으며 해룡에게 안기어 노는 것이 아닌가. 해룡의 곁을 잠시도 떨어지지 아니하는지라 지현이 할 수 없이 해룡을 방송하여 아이를 보라 하니, 해룡이 사례하고 그날로부터 거처할 때 의복과 음식 등을 갖추어 극진히 하였다.

이때 변씨는 해룡이 *대살(代殺)은 고사하고 도리어 아중에 있으며 신임받는다는 말을 듣고 놀라 소룡과 더불어 의논하였다.

"해룡이 저렇듯 되었으니 만일 애매히 대살 당할 뻔한 내용을 지현께 이르면 반드시 우리가 죽임을 당하리라. 이제는 계교를 내어 이러이러하여야 후환을 없이하리라."

하고, 즉시 해룡을 불러 말하였다.

"이제 들은즉 외숙의 병이 극히 위중하여 *명재경각(命在傾刻)이란 기별이 있으니 마땅히 아니 가지 못할지라. 내 소룡과 더불어 급히 가볼 것이니 가지 못하겠거든 집에서 자고 우리를 가게 하라."

하니, 해룡이 응낙하고 나와 자는데, 홀연히 불이 사면에서 일어나 해

─────
*대살(代殺)──살인(殺人)한 사람을 사형(死刑)에 처함. 대명(代命).
*명재경각(命在傾刻)──금방 숨이 끊어질 지경에 이른 상태.

룡을 둘러싸고 화광이 충천하였다. 해룡이 바야흐로 잠이 깊이 들었다가 놀라 급히 뛰어나와 보니 화염이 더욱 거세지며 불꽃은 하늘을 찌르고 난데없는 바람은 불어 불길을 도와 불타는데 오직 외헌(外軒)은 조금도 불이 범하지 아니하였으매, 해룡이 앙천하며 탄식하여 말하였다.

"하늘이 어찌 사람으로 내시어 이렇듯 곤욕케 하시는고."
하며, 들어가 벽에다 글을 쓰고 장삼의 분묘에 나아가 일장통곡하고 길을 떠났으나 갈 바를 알지 못하여 남을 향하여 정처없이 발길을 옮겼다.

이때 변씨는 해룡이 반드시 불에 타 죽었으리라 하고 본집터에 와 본즉, 다만 해룡이 있던 방만이 안 타고 벽상에 글이 있었다. 그 글에 써 있으되,

'하늘이 해룡을 내시매 명도(命途)가 기구하도다. 난 중에 부모를 잃으매 도로에 방황하다가 이 집에 인연이 있으매 십여 년이나 양육을 받았도다. 은혜와 정의가 더욱 깊으매 유명이 슬프도다. 은혜를 갚고자하여 몸을 돌아보지 아니하였도다. 죽을 곳에 가서 종일 밭을 갈았도다. 두 범을 잡고 살아 돌아왔으나 기꺼워하지 아니하였도다. 살옥(殺獄)에 갇힘도, 나의 액화가 다하지 아니함이로다. 불을 놓아 사르매 다행히 죽기를 면하였도다. 이별을 당하매 눈물이 앞을 가리는도다. 허물을 고치매 후일에 다시 만나리로다. 전일을 생각하매 잊을 길이 전혀 없도다.'

라고 씌어 있었다. 보기를 다한 후에 혹시 남이 알까 염려하여 그 글을 즉시 지워버리고, 모자가 집 한채를 불에 사르고 외헌(外軒)에서 행랑살이하듯 하며 살았다. 이때 해룡이 홀홀이 집을 떠나가는데 앞에 큰 묘가 막혔으매, 어디로 향할 줄을 몰라 주저하자 금령이 앞서 구르며 갈 길을 인도하였다. 금령을 따라 여러 고개를 넘어갈 때, 층암절벽 사이에 푸른 잔디와 암석이 내를 격하여 있는 것이 보여 해룡이 바위 위에 앉아 잠깐 쉬었다.

이때 문득 벽력 같은 소리가 진동하며, 한 곳에 황금 같은 터럭이

돋친 짐승이 주홍 같은 입을 벌리고 달려들어 자기를 해하려고 하였다. 해룡이 급히 피하자 금령이 굴러 내달아 박으니, 그 짐승이 몸을 흔들며 변하여 아홉 머리를 가진 악귀가 되어 금령을 집어삼키는 것이었다. 해룡이 이 거동을 보고 대경실색 낙담혼비하여 말하기를,
"이번에는 반드시 금령이 죽었도다."
하고, 탄식하며 어찌할 줄 모르는데 홀연히 광풍이 일며 공중에서 크게 부르짖기를,
"금령을 구하지 않고 이리 방황하느뇨. 급히 구하라."
하나 아무도 없더라. 해룡이 생각하되,
'하늘이 가르치시니 부득이 구하려니와, 그러나 빈 손뿐이요 몸에는 쇳조각 하나 없으니 어찌 대적하리. 하나 금령이 없었으면 내 어찌하여 살아났으리요.'
하고 장속을 단단히 하고 한번 뛰어들어가니 지척을 분별치 못할 지경이었다. 수삼리 안으로 들어가나 아무 종적이 없었다. 그래도 힘을 다하여 기어이 들어가니 홀연히 천지가 밝아지고 해와 달이 고요한데 두루 살펴보니 청석돌비에 금자로 새겼으되, '남천산 봉래동'이라 하였고, 구름 같은 석교 위에 만장 폭포가 흐르는 소리는 세사를 잃어버릴 만하였다.
그곳을 지나 점점 들어가니 아문을 크게 열고 동중에 *주궁패궐(珠宮貝闕)이 하늘과 땅에 닿아, 삼광요내성 외곽이 은은히 뵈이거늘 자세히 본즉, 문 위에 금자로 썼으되 '금선수부'라 하였다. 원래 금제는 천지개벽 후에 일월정기로 생겨나서 득도하여 신통이 거룩하고 재주가 무쌍한지라, 해룡이 문 밖에서 주저하며 감히 들어가지 못하더니, 이윽고 안으로부터 여러 계집들이 나오는데 색태가 아름답고 시골에 묻힌 계집과 판이하거늘 해룡이 급히 피하며 몸을 풀포기에 숨기고 동정을 살폈다. 이윽고 사오 명의 계집이 피묻은 옷을 광주리에 담아 이고, 서로 손을 이끌고 나와, 시냇가에 이르러 옷을 물에 빨며, 근심이 가득하여 서로 말하였다.

---

*주궁패궐(珠宮貝闕)──금은 보석으로 찬란히 꾸민 궁궐.

"우리 대왕이 전일에는 용력이 절인하고 신통이 거룩하여 당해낼 자 없더니, 오늘은 나가시더니 홀연 속을 앓고 돌아와 피를 무수히 토하고 기절하니, 그런 신통으로도 이런 병을 얻으시니 곧 나으면 좋으려니와, 만일 오래 신고하여 낫지 못하면 우리들의 괴로움을 어디에다 비하리요."

한다. 그중의 한 여자가 말하기를,

"우리 공주 낭랑이 간밤에 한 꿈을 얻으니, 하늘에서 한 선관이 내려와 이르되, '내일 다섯시에 일위수재(一位秀才)가 이곳에 와서 이 악귀를 잡아 없이하고 공주 낭랑을 구하여 돌아갈 터이니 염려말라 하시고, 또 이 사람은 다른 수재가 아니라 동해 용왕의 아들로서, 그대와 속세 연분이 있음에, 그대가 이렇게 됨이 또한 천수(天數)라 인력으로 못하나니 천명을 부디 어기지 말고 순순히 따르라 당부하고, 이런 말을 누설치 말라 하시었다'하던데 오늘 다섯 시가 되도록 소식이 없으니 그런 꿈도 허사가 아닌가 하노라."

하고, 서로 크게 말을 하며 슬피 탄식하고 눈물을 흘리었다.

"우리도 언제나 이곳을 벗어나 고국에 돌아가 부모님을 만나뵈올꼬. 우리도 팔자가 기박하여 이처럼 공주 낭랑과 같이 하니 이도 또한 팔자에 매인 천수인가."

하거늘, 해룡이 이 말을 모두 듣고 즉시 풀포기를 헤치고 부지불식간에 내달으니 그 계집들이 놀라 달아나려 하였다. 해룡이 나아가 만류하며,

"그대들은 놀라지 말라. 내 여기 들어옴이 다른 일이 아니라 악귀를 없애고자 들어왔으니, 아무 의심들을 두지 말고 그 악귀 있는 곳을 자세히 가리키라."

하니, 그 계집들이 이 말을 듣고 공주 낭랑의 몽사(夢事)를 생각하매 신기하기 그지없는지라, 여러 계집들이 나아가 울며 말하였다.

"그대 덕분에 우리들을 살려내어 공주 낭랑과 모두 살아나서 각각 고향으로 돌아가게 되면 어찌 이런 덕택이 있겠습니까?"

하고, 해룡을 인도하여 들어가니 중문은 첩첩하고 전각은 의의하여

반공에 솟았는데, 몸을 숨기어 가만히 들어가니 한 곳에서 흉악하게 신음하고 앓는 소리에 전각이 움직일 듯하였다.

해룡이 뛰어올라가 보니 그 짐승이 전각에 누워 앓다가 문득 사람을 보고 일어나려 하다가 도로 자빠지며, 배를 움키고 온 몸을 뒤틀어 움직이지 못하고, 입으로 피를 무수히 토하고 거꾸러지는 것이었다.

그때 한 미인이 칠보홍군으로 발걸음도 가볍게 걸어오더니 벽상에 걸린 보검(寶劍)을 가져다가 급히 해룡에게 주는 것이었다. 해룡이 즉시 그 보검을 받아들고, 달려들어 그 요귀의 가슴을 무수히 찌르고 보니 금터럭 수염이 더부룩한 그 짐승은, 여러 천년을 산중에 있어 득도(得道)하였기로 사람의 형용을 쓰고 변화무쌍한 조화를 부리던 터였다. 이에 가슴을 헤치고 본즉, 문득 금령이 굴러 나오니 해룡이 보고 크게 반기며 소리를 질러 말하였다.

"너희 수십명이 필경 다 요귀로 변하여 사람을 속임이 아니냐?"
하니, 모든 여자가 일시에 꿇어앉아,

"우리들은 하나도 요괴가 아니오. 우리 팔자가 기구하여 그릇 이놈의 요괴에게 잡혀 와서 험악한 욕을 보고 수하에 있어 사환이 되어 이처럼 부지하여 죽도 살도 못하고, 어느 때를 만나야 다시 세상을 볼꼬 하여, 이곳에 어찌할 수 없이 억류되어 있는 불쌍한 목숨들이로소이다. 아까 공자께 보검을 드리던 분이 곧 천자의 외따님이시요, 금선공주 낭랑이로소이다."

이 말이 채 끝나기도 전에 한 사람의 미인이 나와 녹의홍상을 끌고 옥 같은 얼굴을 가리우고 외면하여 섰으니 이는 다름아닌 금선공주였었다. 수색을 띠며 사례하여 말하였다.

"나는 과연 공주였더니, 수년 전에 모후를 모시고 후원에 올라 달구경하다가 이 요괴에게 잡혀 왔습니다. 지금까지 죽지 못하고 살아있음은, 시비들이 주야로 수직하고 있는 고로 욕을 참고 부지한 것인데 마침 천행으로 그대의 구하여 주심을 입어, 다시 고궁에 돌아가 부왕과 모후를 만나뵙게 되오니 이 은혜는 각골난망이라, 무엇으로 갚사오리까. 이제는 금시 죽어도 한이 없겠습니다."

하고, 소매로 낯을 가리고 목이 메어 흐느끼는 것이었다. 해룡이 그의 자초지종 이야기를 다 듣고 슬픔을 이기지 못하여 말하였다.
"이제 공주 모시고 나아가고 싶은 마음은 일각이 여삼추 같으나 길이 험하여 발정하기 어려울 것이니, 내 이제 잠깐 나아가 북현(北縣)에 고하고 위의를 갖춰 공주를 모실 것이니 잠깐만 기다리시옵소서."
하였다. 공주가 울며 말하기를,
"그대 간 후에 또 무슨 변괴가 있을는지 알 수 없사오니 제발 데려가 주십시오."
하며, 함께 가기를 애걸하니 해룡이 위로하여 말하였다.
"저 금방울은 천지조화로 되어 재주가 무궁하고 신통이 기이합니다. 정히 요괴를 잡고 공주를 구하여 고국에 돌아가게 하였음이 다 금령의 조화로 됨이요, 아무리 어려운 일이 있을지라도 가히 구하리니 아무 염려 마시고 잠깐만 기다리시옵소서."
하고, 즉시 문 밖에 내달아 바로 남경을 향하여 들어가는데 십자로에서 여러 사람들이 방 붙인 것을 보고 있었다.
해룡이 괴이히 여기어 가서 자세히 보니 그 방문(榜文)에 하였으되,
'황제가 이제 천하에 반포하나니 짐이 무덕하여 일찍이 아들이 없고 다만 일위 공주를 슬하에 두고 장중보옥같이 사랑하더니 모월모일 모야에 난데없는 몹쓸 요괴가 와서 잡아갔나니 만일 공주를 찾아주는 자가 있으면 강산을 나누어 부귀를 한가지로 하고 여년을 동거하리라.'
라고 씌어 있었다. 해룡이 보기를 다하고 즉시 방을 떼니, 방 붙이던 관원이 괴이하게 여겨 해룡을 잡고 방 뗀 곡절을 묻거늘, 해룡이 이르되,
"이곳은 번화한 곳이라 말할 곳이 못된다."
하고, 이에 관원을 데리고 상관에 들어가 여차여차한 사연을 고하니, 그 관원이 크게 기뻐하여 해룡을 상좌에 올려 앉히고 하례하여 말하길,

"이러한 일은 천고에 드물도다."
하였다. 해룡이 또한 전후사를 다 고하고 위의를 갖추어 바삐감을 청하니, 그 사람이 해룡으로 더불어 한가지로 남산을 바라보고 관군과 장리를 거느리고 나아가는 것이었다. 이때 해룡이 나올 때 무심히 골 밖에 나왔더니 만첩청산에 들어갈 길을 몰라 정히 방황하였다. 그러다가 홀연히 보니, 금령이 앞을 서서 길을 인도하거늘 자사(刺史)가 금령의 모양과 거동을 보고 신기히 여기어 따라 골짜기로 점점 들어가게 되었다. 이때 금선공주는 해룡을 골 밖에 내어보내고 하늘에 축수하며,

"공자 무사히 돌아와 우리와 더불어 환국하게 하소서."
하고, 정히 기다리더니 문득 금령이 굴러오며 그 뒤를 바라보니 천병만마가 들어오는지라, 공주가 이를 보고 크게 기꺼워하여 잠깐 시녀의 옹위하에 멀리 바라보더니, 자사(刺史) 들어와 공주께 복지하며 몹쓸 요괴의 괴로움을 겪으시던 환난을 문후하고 말하기를,

"이런 신고를 당하시게 하오매 다 신의 불민불충이로소이다."
하고, 시녀로 하여금 공주를 모시고 한가지로 나온 후에, 해룡이 홀로 동중(洞中)에 있어 그 곳에 불을 지르고 모두 없이한 후에 금령을 데리고 곧 밖으로 나오니, 자사와 추종하던 군사들이 대후하였다가 해룡을 보고 칭찬하며 즐기는 소리 산천을 움직이었다. 이때 공주 낭랑을 모셔 별당에 머무시게 하고, 객사 정결한 곳에 잔치를 배설하고 즐기며, 일변 이 사연을 천자께 주달하고 공주와 해룡을 *공궤할 때, 각 처에 공궤지절이 성만하여 받아들인 것이 이루 헤아리지 못할 지경이었다.

이때 공주는 금령을 손에 놓지 아니하시고 주야로 안고 길을 재촉하사 경성으로 올라올 때 이십 여명의 여인들도 함께 따라오는 것이었다.

이때 천자와 왕후는 밤 사이에 공주를 잃으시고 주야로 서러워하사, 침식을 전폐하고 번뇌하시며 궁금이 쌓여 만사에 경황이 없이 정

─────────
*공궤──음식을 줌.

사를 전혀 잊으시고 노심함을 마지아니하시다가, 이 기별을 들으시고 도리어 반신반의하사 능히 말을 못하시다가 마침 자사(刺史)의 표문(表文)을 보시고 *환천희지(歡天喜地)하실 때, 만조백관이 궐문 밖에 나와 진하함을 청하니, 궁내와 궁외, 장안 백성의 환성이 물끓듯 하는지라. 상이 치하를 받으신 후 희색이 만면하시어 청주자사에게 표문을 반포하시고, 한편 철기(鐵騎) 삼천을 *조발(早發)하여 공주를 보호하라 하시며, 친히 가시어 영접하려 하실새, 해룡의 공로는 일세에 드문바라, 일시가 바쁘시게 어필(御筆)로 쓰시되, 장군을 제수하사 공주를 배행하라 하셨다.

해룡이 올라오다가 노상에서 천자의 조서를 받자와 북향사배하고 이에 말에 앉아 장군인수를 허리 아래 비껴차고 각읍 수령 등을 거느려 행차하여 오니, 위의와 범절이 빛나고 거룩하여 칭예(稱譽)치 않는 이 없었다.

주야로 배도하여 황성에 이르니 성상이 만조를 거느리고 성 밖에 나와 맞아 환궁하실 때, 성외, 성내 백성들이 길에 가득하여 만세를 부르며 상하 백성이 용약하여 환성이 원근에 진동하였다. 바로 대전에 드시니 이때 황후는 공주가 돌아옴을 들으시고 슬픔을 억제하지 못하다가 크게 기꺼워하시며, 한편 공주를 안으시고 낯을 대하사 통곡하시며, 또한 상께서도 우시는데 공주는 울기를 그치시고 요괴에게 잡혀가서 고초를 무수히 겪던 말이며, 몽중에 신선이 내려와서 이르시되,

'동해용왕의 아들이 사람으로 났으니 속세의 연분을 이루라.'
하고, 금일 다섯시에 이곳에 들어와 요괴를 잡고 같이 나아가 부왕과 모후를 반기리라, 하던 말이 귀에 쟁쟁하며, 또한 천지조화로 된 금령의 신통함이 기이하여, 재주와 수단을 부리고 해룡이 요괴를 잡던 정경을 낱낱이 고하니, 황후는 금령을 어루만지며 말하였다.

"하늘이 너같은 영물을 내사, 신통이 거룩하고 재주가 비상하여 요

───────────
*환천희지(歡天喜地)── 대단히 즐기고 기뻐함.
*조발(早發)── 아침 일찍 떠남.

괴를 잡고, 또한 공주와 시녀를 구하여 인간에 몹쓸 짐승을 없이하고, 짐으로 하여금 잃었던 공주를 다시 만나 천륜이 온전케 하니 이는 다 너의 덕택이라, 이와 같은 후은을 무엇으로 갚으리요?"
하시고, 황극전(皇極殿)에 전좌하사 문무백관과 종친외척이며 근시하는 모든 시녀를 다 거느리고, 한편 해룡을 명초하시니 해룡이 들어와 고두백배 사은하니, 상께서 보시매 용모 당당하고 위의가 늠름하여 만고의 영웅준걸이요, 일세의 호걸장부였다. 천자께서 한번 보시매 크게 기뻐하사 해룡의 손을 잡으시고 말씀하시는 것이었다.

"경의 공을 논할진대 태산이 낮고 강과 바다가 얕은지라, 그 갚을 바를 알지 못하노라."

하시고, 또한 공주의 몽사를 말씀하시며,

"몽사를 의논할진대, 이는 공주와 천정배필이라, 경은 공주를 싫다 말고 공주 비록 덕이 없으나 족히 *건즐(巾櫛)을 받들 것이니 경은 그리 알라."

하시고, 부마를 삼고자 하실새, 바삐 예부(禮部)에 명하여 택일하라 하시고 조서를 내리어 하교하시며, 일변 청화문 밖에 별궁을 지으시고 화원을 벌여, 한편 예부로 하여금 혼구를 갖추어 차리라 하시었다.

해룡이 천은(天恩)을 입사와 사은 후 물러나와 군을 총독할새, 군기와 군법을 가르치고 연습하며 주야에 게으른 마음을 먹지 아니하고, 분주히 국사를 극진히 살피더니 어언간 길일(吉日)이 다다른지라 위의를 갖추어 궐내에 들어가 공주를 맞을 때 삼천 시녀가 공주를 옹위하여 금령을 시립하고 별궁으로 따라올새 향촉을 피우고 부마는 금안장, 준마에 금환관, 옥홀을 손에 쥐고 어악을 갖추어 큰 길로 들아오니, 풍채가 늠름하여 당세에 기남아요 국가의 동량이라. 도로에서 이를 구경하는 이 칭찬치 않는 이가 없었다. 공주와 부마가 마상에 올라 대좌하매 공주의 색태(色態) 염려(艶麗)함이 일광에 비치어 꽃이 부끄러워할 만하고, 월색은 빛을 잃어 어디 한 곳 곱지 않은 곳이 없고, 부마의 영월 같은 천성에 강산 수기를 품었으니 일대 영웅이요, 국가

─────────────
*건즐(巾櫛)──수건과 빗. 낯 씻고 머리를 빗음.

의 희한한 귀공이라, 만조백관이 뉘 아니 칭찬하리요.
 상이 황후와 더불어 별궁으로 돌아오시니 부마와 공주가 내려와 맞아 대(臺)에 오르실새, 부마는 천자를 모시고 공주는 황후를 모시고 시좌하였으니, 향연이 애노하고 패옥은 쟁쟁하여 위의가 엄연하고 화기가 애연하였다. 다음날 큰 잔치를 베풀고 만조제신과 더불어 황극전에서 즐기시고, 궁중에서는 황후 낭랑이 제대신의 부인들과 더불어 내전에서 즐기시었다. 공주가 교착하시어 진환하니 천상천하의 수륙진찬을 갖추지 아니한 것이 없으며, 만국의 부인들이 앉았으니 광채가 찬란하여 일색에 비치는지라, 이때 이와같은 국은을 입고 귀히 되었음을 생각하고 부모를 생각하여 영화를 뵈일 곳이 없어, 정사를 전혀 다 잊고 공주와 더불어 화락하고 낮이면 천자를 모시고 국사를 다스리매, 주야에 잊지 못하고 몸을 다하여 임군 섬기기를 다하였다.
 공주가 상께 주달하여 전일 요괴에게 잡히어 갔던 여자들을 각각 천금을 주어 제집으로 보내게 하시니, 모두 공주의 덕을 일컫지 않는 자가 없었다.
 이때 북방의 흉노(匈奴) 천달이 대원을 회복코자 하여 대병 백만과 날랜 장사 천여 명을 거느리고 호각으로 선봉을 삼고, 설만춘으로 구응사를 삼아 황하를 건너 물밀듯이 나오니, 온 백성들이 어찌할 줄 몰라하더라.
 이때 천달의 대군이 이르는 곳에 군현이 *망풍귀순(望風歸順)하여 수일 내에 삼십육군을 얻고 장구대진하여 물들어오듯 하니, 북방의 열 읍이 진동대란하는지라, 상이 이 기별을 들으시고 대경하사 만조 문무를 모으시고 의논하실새, 문무백관 중에 한 사람도 응답하는 자 없거늘 상이 탄식하시니, 문득 반무 중에서 한 사람이 일어나 말하되,
 "신이 나이 어리고 재주 없으나 원컨대 군사를 주시면 북노를 쓸어 버리고 성은의 만분지 일이라도 갚고자 하옵니다."
하였다. 그를 보니 그는 다른 사람 아닌 부마도위 장해룡이었다. 상이 들으시고 한참만에,

───────────────
*망풍귀순(望風歸順)──명망을 우러러 보아 반항심을 버리고 순종함.

"짐이 경의 재주와 지략을 알거니와 전장은 사지(死地)라, 흉지에 보내고 짐의 마음이 어찌 편하리요. 황후 낭랑이 즐겨 허락지 아니하리라."

하니, 부마가 부복하여 여쭈오되,

"신이 듣자오니 국난을 당하와 어찌 편히 있으오리까. 처자를 괘념하여 국가대사를 그르치오리까!"

하며, 기위가 정정하고 사기가 씩씩한지라, 상이 또한 그 뜻을 막지 못하고 즉시 허락하사, 진북대장군(鎭北大將軍) 수군도독(水軍都督)을 제수하시고, 백모황월과 상방검(尙方劍)을 주시어 군위(軍威)를 돕게 하시니, 원수가 명을 받고 물러나 장졸을 분배하고 호령이 엄숙하고 위의가 정제하여 옛날 주아부의 법이 재생한 듯하였다. 황후가 사연을 들으시고 대경하사 원수(元帥)를 불러 만류하려하시니, 벌써 발행에 임한지라, 할 수 없이 말하기를,

"수이 북노를 섬멸하고 대공을 세워 개가를 불러 돌아와 주상과 나의 마음을 저버리지 말라."

하시니, 원수가 땅에 엎드려 좋은 말로 황후와 공주를 위로하고 떠날 때에, 상이 만조를 거느리시고 친히 전송하시었다. 원수의 손을 잡으시고 연연해 하시기를,

"접경 밖은 경이 제지하고 접경 안은 짐이 제지할 것이니, 명을 어기는 자는 선참후계(先斬後戒)하라."

하시고, 날이 늦으매 환궁하시니 원수가 대병을 휘몰아서 호호탕탕히 나아갈새, 깃발과 창칼이 일월을 가리우고 벽력같은 함성이 산천을 움직이는 곳에, 한 사람의 소년대장이 봉신투구에 황금색 갑옷을 입고, 우수에 상방검을 들고 좌수에 백우선을 쥐고 천리준마를 탔으니, 사람은 천신 같고 말은 비룡 같으며 군용이 정제하고 위의가 엄숙하여 일대 영웅이요, 만고기남자라. 호호탕탕히 나아가니 보는 자 칭찬치 않는 이가 없었다. 이때 호각이 군사를 거느리고 남창에 다다라 원수의 대군을 만나매, 향령 아래 호각이 대진할새 오색신우를 몰아 전진에 서니, 허리는 열 아름이요, 얼굴은 수레바퀴 같고 머리칼이 누르

러 검은 얼굴을 덮었으며, 손에 장창을 들고 내달으니, 좌에는 설만춘이요 우에는 호달이었다. 각각 신장이 구척이요, 얼굴이 흉악하고 형용은 괴이하였다. 또한 진중으로부터 일원대장이 나서니 얼굴은 관운장 같고 곰의 등에 이리의 허리요 잔나비의 팔이더라.

위풍이 늠름하고 위의가 정제하여 당당한 풍도는 사람을 놀래고, 헌헌한 위엄은 북해를 뒤침과 같았다. 호각이 한번 바라보고 대호하여 말하였다.

"구상유취(口尙乳臭), 어린아이가 천시를 모르고 망령되이 전지에 나와 어른을 수욕코자 하니, 네 어찌 칼 아래 놀랜 혼백이 되려 하는고?"

원수가 대로하여 좌우를 돌아보고 말하기를,

"뉘 나를 위하여 능히 나아가 저 도적을 잡아 근심을 덜게 하리요?"

말이 채 끝나기 전에 한 장수가 내달으니 이양춘이었다. 칼을 춤추며 나아가 바로 호각을 맞으니, 호진 중에서 설만춘이 창을 꼬나잡고 말달려 호각을 도와 싸울새, 오십여 합에 이르도록 승부를 결치 못하더니, 문득 설만춘이 거짓 패하여 달아나거늘, 양춘이 승승장구하여 나가며 크게 꾸짖기를,

"적은 내닫지 말고 내 칼을 받으라."

하더니, 만춘이 가만히 활을 쏘매, 양춘이 무심중 살을 왼편 어깨에 맞아 말에서 떨어지니, 원진으로부터 장만이 내달아 양춘을 구하여 돌아가니 또한 만춘이 말을 돌리어 따르거늘 장만이 크게 노하여 말을 비끼고 만춘을 맞아 싸워 십여 합에 승부가 나지 않더니, 또 다시 호달이 나와 좌우를 깨치며 승승하여 들어오니 장만이 패하여 닫는지라, 원수는 장만이 패함을 보고 징을 쳐 군사 거두고 양춘을 조리하라 하니, 호각이 명일에 싸우자 하고 욕설을 무수히 하며 좌우 *치빙하거늘, 원수가 크게 노하여 창을 잡고 말을 달려 호각을 맞아 싸워 백여 합에 이르도록 승부 미결이었다. 양진의 군사가 물끓듯하여 행오(行

───────────────
*치빙(馳騁)──말을 타고 달리며 다님. 부산하게 돌아다님.

伍)를 차리지 못하니, 양장의 정신이 더욱 씩씩하여 서로 떠날 줄 모르더니, 문득 호진 중으로부터 징을 치니 호각이 본진에 돌아와 여러 장수들에게 말하기를,

"내 적장의 나이 어림에 업신여기었더니, 이제 보니 그 용력을 당하기 어려운지라 마땅히 계교를 써서 잡으리라."

하고, 진문을 굳게 닫고 기치를 누이며 검극을 거두었다. 원수가 또다시 내달아 싸움을 돋우니 적장 호각이 진문을 크게 열어젖히고 크게 꾸짖어,

"오늘은 너와 자웅을 결하려니와, 만약 내 너를 잡지 못하면 죽기를 두려워 않으리라."

하고, 달려들었다. 원수는 크게 노하여 호각을 맞아 싸워 오십여 합에 승부를 결하지 못하더니 문득 호각이 말을 돌려 본진으로 가지 아니하고 산곡으로 가거늘, 원수가 급히 따르다가 생각하되, 저희 비록 간계(奸計)가 있는 모양이나 내 어찌 저를 두려워하리요, 하고 바삐 쫓아 양산곡으로 들어 사로잡고자 할 즈음에, 호각은 보이지 않고 허수아비가 무수히 섰거늘, 원수가 크게 의심하여 말을 돌이키고자 하였더니, 홀연히 일성포성에 이어 두 편 언덕으로부터 불이 일어나 화광이 하늘에 맞닿고, 그런 무수한 허수아비가 다 화약을 싸서 세운 것이었으니 나아갈 길이 없는지라 원수는 하늘을 바라보며 탄식하였다.

"내 도적을 업신여기어 이곳까지 왔다가 오늘 여기 와서 죽을 줄을 어찌 뜻하였으리요."

하고, 칼을 빼어 자살코자 하였다. 이때 문득 서남간으로부터 금빛이 떠오르며 금령이 화광을 무릅쓰고 들어와 원수 앞에서 찬바람을 일으키니, 충천하던 불꽃이 원수의 앞에는 일지 아니하고 다른 곳으로 몰려가는 것이었다. 원수가 금령을 보고 반가움을 이기지 못하여 손으로 어루만지며 말하였다.

"너의 후은(厚恩)을 생각할 양이면 태산이 가볍고 강과 바다가 얕은지라 어찌 다 갚으리요."

하며 못내 기쁘고 즐거워하여 마지않는 것이었다. 문득 경각에 불기

운이 스러지고 길이 열리는지라 원수가 크게 기뻐하여 금령을 데리고 길을 찾아 본진으로 돌아오매, 제장 병졸이 황황망조하여 어찌할 줄 모르더니, 천만 뜻밖에 원수가 돌아옴을 보고 한편 신기히 여기어 용약하며 환성이 천지를 진동하였다. 이에 원수가 본진 장대에 앉아 제장 군졸을 불러 말하기를,

"호각이 반드시 우리 진을 칠 것이니 이제 우리는 계교 위에 계교를 쓰리라."

하고, 다시 제장을 불러 귀에 대고 일러 말하기를,

"제군은 여차여차히 하여 약속을 잊지 말라."

하고, 분부하기를 마친 후에 원수가 가만히 진을 다른 데로 옮기었다. 이때 호각이 원수를 유인하여 산곡 중에 포위하고 본진으로 돌아와 제장을 불러 말하였다.

"장해룡이 비록 하늘로 솟고 땅으로 숨는 재주가 있다하나, 어찌 불길을 벗어나며 죽기를 면하리요. 오늘밤에 가히 원진을 치리라."

하고, 이날 밤에 호각이 군을 거느리고 가만히 원진으로 들어가니 진중에 사람은 하나도 없고 빈채만 남았는지라. 호각이 깜짝 놀라 급히 군사를 돌이키고자 하니, 문득 한발 포성이 터지며 한 장수가 길을 막으며 칼을 들어 꾸짖어 말하기를,

"정장 호각은 나를 아느냐?"

호각이 황망한 중에 얼핏 보니 장원수라. 호각이 대경실색하며 미처 손을 놀리지 못하고 원수의 칼이 빛나는 곳에 호각의 머리가 말 아래에 떨어지는 것이었다. 설만춘과 호달 등 여러 장수들이 호각의 죽음을 보고 혼백이 비산하여 어찌할 줄을 모르다가 본진을 바라보고 달아났다. 본채에 이르러 보니 원진에서 기치를 세우고 장만이 내달아 한 창에 호달을 찔러 죽이고 설만춘은 달아나다가 양춘을 만나 일 합에 죽은 바 되고, 기타 제장과 군졸을 다 무찔러 죽이고 돌아오게 되었다.

원수는 크게 기뻐 큰 잔치를 베풀고 삼군에게 주효를 내어 위로하고 상을 준 후 개선할 때, 지나는 군현(郡縣)마다 놀라서 항복하고 극

진히 맞이하여 보내니, 수선스럽고 못내 바빴다.

 이때 상이 부마를 전장에 보내고 주야로 염려하사 침식이 불안하시더니, 문득 원수의 첩서(捷書)를 보시고 크게 기뻐하시어 급히 떼어 보시고 희색이 만면하여 말씀하시었다.

 "나이 어린 대장이 이같이 크게 이기었으니 실로 천하명장이로다."

하시고 조정의 치하를 받으시니 조야에 환성이 진동하였다. 상이 사관을 보내어 원수의 행차를 위로하시고, 곧 군사를 이끌고 돌아오기를 재촉하였다. 원수 일행이 여러 날 만에 가까이 이르렀다 하거늘 상이 이 말을 듣고 만조백관을 거느려 십리나 마중 나아가 원수를 맞이할 때 상이 멀리 바라보시니, 원수의 위의가 엄숙하고 정제하니 그것은 주아부의 풍도(風度) 같았다. 만조백관을 돌아보시고 말씀하시되,

 "장해룡은 국가의 *동량지재(棟樑之材)요 주석의신(柱石義臣)이라, 어찌 기쁘지 아니하리요."

하시니, 만좌가 또한 만세를 부르고 상께서 득신(得臣)하심을 기뻐하였다. 이윽고 원수의 일행이 이르러 궁에 들어가 왕께 사은하니, 상이 반기사 원수의 손을 잡으시고 등을 어루만지시며,

 "짐이 경을 전장에 보내고 주야로 침석이 불안하더니, 이제 경이 승전하고 개가를 불러 돌아와 짐의 근심을 없게 하니 옛날의 장량(張良)과 공명(孔明)인들 이에서 더할 바리요. 경의 공을 무엇으로 다 갚으리요."

하시니, 원수가 땅에 엎드려 주달하였다.

 "성상의 홍복(鴻福)과 제장의 공이요, 소장의 공이 아니로소이다."

 상이 더욱 기특히 여기사 즉시 원수를 데리시고 환궁하사 문무제신을 모으시고 원수의 공로를 의논하실새, '평북장군(平北將軍) 위국공좌승상(爲國公左丞相)'을 봉하시니 원수가 굳이 사양하되 상이 불륜하시고 파조(罷朝)하심에 원수가 마지못하여 사은하고 물러나와 집으로 돌아와 내당에 들어가 황후와 공주께 뵈오니, 황후가 승상의 손을 잡고 즐거하심을 마지아니하시며 또 서러워하사,

---

*동량지재(棟樑之材)——한 집안이나 한 나라를 맡아 다스릴 만한 큰 인재.

"간밤에 금령이 이것을 두고 간 곳이 없으니 가장 괴이하도다."
하시거늘, 승상이 놀라 받자와 보니, 작은 족자(簇子)였다. 괴이히 여겨 펴보니 아이 하나가 난중에 부모를 잃고 있는 형용이라. 그 아래는 한 사람이 그 아이를 업고 가는 형상을 그리었다. 승상이 보기를 나하여 문득 깨달아 눈물을 머금고 자기 신세를 생각하매 이것이 하늘이 주심이라 하고, 이에 그 족자를 단단히 간수하여 가지고 때때로 내어 보며 슬퍼하지 않는 때가 없었다.

이때 막씨는 금령을 잃고 주야로 슬퍼할 뿐 아니라, 장공의 부부 또한 슬퍼함을 마지아니하더니, 하루는 야심토록 서로 말할새 홀연 금령이 문을 열고 들어오거늘 모두 반가움을 이기지 못하고 막씨는 뛰어나와 금령을 안고 반겨함을 어찌 다 측량하리요. 종일토록 금령을 안고 즐기다가, 날이 저물며 야심하도록 이야기하다가 양부인이 일몽을 얻으매, 천상으로부터 한 명의 선관이 내려와 이르되,

"그대 양인은 악운이 다하였으니 오래지 아니하여 그대의 아자(兒子)를 만나게 될 것이라. 이 길로 지나갈 것이니 때를 잃지 말라."
하고, 또 막씨에게 말하기를,

"그대는 아마도 여아의 얼굴을 보면 자연 알리라."
하고, 또 금령에게 말하기를,

"너는 인연이 다하였으며 인간에 부귀영화 극진할지라."
하고, 손으로 어루만지니 문득 금령이 터지며 한 명의 옥골선녀(玉骨仙女)가 나오니 또한 선관이 이르되,

"우리가 십육 년 전에 주었던 보배를 도로 달라."
하니, 그 선녀가 다섯 가지 보배를 다 드리니 그 선관이 받아 각각 소매에 넣고 공중으로 표연히 올라가거늘 놀라 깨어보니 침상일몽이라. 괴이히 여기어 일어나 금령을 찾은즉 간 데 없고 난데없는 선녀가 곁에 앉았거늘 놀랍고 괴이하여 자세히 보니 과연 몽중에 보던 선녀였다. 그 아름다운 자태와 붉은 입술에 흰 이며 갖은 애교가 사람의 정신을 앗으니 가히 경국지색(傾國之色)이라. 막씨가 한번 보매 정신이 황홀하게 되는 듯하였다. 어찌할 줄 몰라 어린 듯 취한 듯 다만 금령

만 부를 따름이었다. 이때 장공이 외헌에 있다가 이 말을 듣고 한편 괴이히 여기며 한편 신기히 여기어 급히 내당에 들어와 본즉, 아름다운 자태와 갖은 애교가 깨끗하고 아름다워 듣는 바 처음이요, 보는 바 처음이라. 희희낙락하여 이름을 금령소저라 하고 자를 선애라 하였다. 금령소저에게 전후 사정을 물으니 능히 기록지 못할지라. 이에 하늘에 사례하고 그 즐거워함을 이루 측량치 못할 지경이었다. 이때 금령이 모친 막씨께 고하여,

"우리 집으로 돌아가사이다."

하였다. 박씨가 기특히 여기어 금령을 데리고 집으로 돌아올 때 부인도 또한 따라와 잠시도 떠나지 아니하였다. 이때 시절이 흉흉하여 인심이 소동하며 처처에 도적이 벌 일듯하여 백성을 살해하며 재물을 탈취하고 백주 대로지상에서 노략하기를 예사로 하였다. 이를 능히 주현(州縣)이 제어치 못하거늘, 상이 이 소식을 들으시고 근심하심을 마지않더니, 이때 위왕이 복지하여 주달하기를,

"신이 비록 나이 어리고 재주 없으나 한번 나아가 백성의 소요함을 진정케 하고 폐하의 근심을 덜어 도적을 섬멸하여 백성을 편안케 하오리다."

하였다. 상이 크게 기뻐하시어 즉시 위왕으로 순무도살 어사를 수하시고 말하였다.

"경이 한 번 나아가 주현을 평정하고 백성을 진정하면 어찌 위왕의 덕이 아니리요."

하시고, 말을 마치고 웃으시니 어사가 국은에 감사하고 나서 황후께 하직하고 공주와 더불어 작별하고 길을 떠났다. 길에 올라 각 읍을 순찰하며 백성을 타이르고, 또한 창고를 열어 모든 사람을 도와주며 도적을 인의(仁義)로 설득하여 징벌이 분명하니, 지나는 곳마다 자진하여 항복하니, 열 읍이 진동하며 백성이 또한 기꺼이 복종하여 불과 수년 안에 민심이 진정되어, 길에 떨어진 물건을 줍지 아니하며 밤에도 문을 걸지 아니하니 백성이 격양가(擊壤歌)를 부르고, 또한 어사의 은덕을 일컫지 아니하는 이 없었다.

이러구러 여러 해 되매, 길이 남쪽 골로 지나더니 장삼의 묘하를 지나게 되었는지라. 어사가 옛날의 길을 생각하며 가장 비창한지라 묘 앞에 나아가 제문을 지어 제사 지내니 눈물이 적삼을 적시었다. 제사를 끝내고 태수에게 나아가 청하기를,

"장삼의 묘 앞에 비를 세워 치산하고 송죽을 많이 심으며 묘막을 수축하여 옛날에 양육하던 은정을 표하고자 하노라."

하니, 태수가 즉시 지휘하여 사흘 안에 치산하매 어사 또한 하예(下隷)로 하여금 소룡을 불러오라 하니, 이때 소룡이 형세가 점점 궁핍하여 널리 수색하여 불러오매, 변씨 모자가 이르러 저 당상을 우러러 보니, 곧 해룡이라 놀라움을 금치 못하여 자못 청죄할 뿐이어늘, 어사가 저의 모자를 보고 불쌍히 여기어 친히 내려가 변씨 모자를 붙들어 올려 당상에 자리를 주고 그간의 고역을 물으며 좋은 말로 위로하니, 변씨 모자가 황공하여 눈물이 비오듯하며 능히 말을 이루지 못하였다. 어사가 조금도 옛일을 개의치 아니하니 변씨 모자가 이를 보고 감격함을 이기지 못하여 오직 *회과자책(悔過自責)할 뿐이었다. 어사또는 한 본관에게 돈 만 관(萬貫)과 비단 백 필을 청구하여 변씨 모자를 주며

"이것은 약소하오나 십삼 년간의 양육의 은혜를 표하옵나니, 이 땅에서 살고 매년 한 번씩 찾으라."

하며, 작별한 후에 떠나니 변씨 모자 멀리 나와 전송하고 들어가 서로 어사의 후덕을 일컫고 남방의 갑부가 되어 매양 어사의 은덕을 잊지 못하니, 보는 사람마다 흠양치 않는 이 없었다. 이때 어사의 행차가 경사(京師)로 향할새, 길이 노양 고을을 지나게 되었다. 노양에 들어 객사에 숙소할새 본관에 들어가 본관과 더불어 담화하게 되었다. 자연히 친하여져서 밤 깊도록 이야기를 하다가 본관은 하직하고 돌아가는 것이었다. 어사는 자연히 심사가 어지러워 잠을 이루지 못하고 잠 깐 졸게 되었다. 비몽사몽간에 백발 노인이 눈앞에 이르러 깊이 읍하고 말하기를,

---
*회과자책(悔過自責)──허물을 뉘우쳐 스스로 책함.

"그대 비록 소년등과(少年登科)하여 *염결(廉潔)의 풍으로 이름이 사해에 차고 위세가 천하에 떨치었으되, 부모를 곁에 두고 찾지 아니하니 이는 사람의 도리를 찾지 못함이라. 내 그대를 위하여 부끄러워하노라."

하니, 어사가 이 말을 듣고 비감(悲感)을 이기지 못하여 다시 묻고자 하다가 깨달으니 남가일몽이었다. 크게 의혹하여 다시 자지 못하고 본관에 들어가니 본관이 하당(下堂)에 영접하여 말씀할새, 문득 본즉 벽에 족자가 자기 낭중에 있는 족자와 같았다. 어사가 자세히 보고 크게 의아하여 물었다.

"족자의 그림이 무슨 뜻이니이꼬?"

본관이 슬픈 듯이 말하였다.

"뒤늦게야 한 자식을 낳았더니 난중에 잃은 지 십팔 년이라. 사생존망을 아지 못하여 주야로 각골하더니, 마침 이인(異人)을 만나 그림을 그려주기로 걸어두고 보고 있습니다."

하였다. 어사가 이 말을 듣고 즉시 금방울을 열어 족자 하나를 내걸거늘 본관이 보니 두 족자가 조금도 다른 데 없고 조금도 틈이 없었다. 본관과 어사가 서로 괴이히 여기어 의아하나 뚜렷한 표적이 없어서 발설치 못하고 주저하다가 본관이 어사에게 묻기를,

"그 족자는 어디서 났사옵니까? 이상한 일이 있으니 추호라도 기휘(忌諱)치 말고 자세히 이르시오면, 그렇지 아니할 일이 있으니 차착이 없게 이르소서."

하였다.

어사가 또한 신기히 여기어 자기의 자초지종을 일일이 다 고한 후에, 금령의 도움으로 입신양명하여 귀히 된 말이며, 나중에 금령이 갈 때에 이 족자를 주고 가던 사연을 낱낱이 고하매, 본관이 이 말을 듣고 어린 듯, 취한 듯 어찌할 줄 모르고 또한 목이 메어 말하기를,

"나도 금령의 말이 있노라."

하고, 또 말하였다.

---
*염결(廉潔)——청렴하고 결백함.

"족자도 금령이 물어 온 것이오. 금령을 여러 해를 보지 못하다가 이제 와서 허물을 벗고 나니, 천만자태와 만고의 희한한 *절염(絶艷)이라."

하고, 또 말하기를,

"내 아이는 등에 일곱 사마귀 칠성을 두었으니 그것으로써 아노라."

어사가 이 말을 듣고 문득 실성통곡하였다. 본관이 또한 통곡함을 마지아니하니 이때 부인이 내달아 어사를 안고 삼인이 일시에 어우러져 통곡하니 어찌 슬프고 기이하지 아니하리오.

일월이 빛이 없고, 산천초목이 슬퍼하는 듯하였다. 이때 온 읍이 이 소식을 듣고 뉘아니 신기히 여기며 뉘아니 이상히 여기지 않았으리오. 어사가 울음을 그치고 꿇어앉아 말하기를,

"소자가 정성이 부족하여 이제야 부모를 만나뵈오니 그 죄는 씻을 길이 없으나 하늘이 살피사 우리에게 금령을 지시하여 이 일이 있게 하였도다."

하고, 전후 사연을 낱낱이 고하여 말하기를,

"금령이 비록 환토하였으나, 소자가 한번 보고자 하나이다."

하니, 공과 부인이 그제야 비로소 청신을 차려 말하기를,

"기쁘고 즐거움과 귀하고 신기함이 천고에 듣던 바 처음이라. 네 금령을 보고자 함이 괴이치 아니하고 남녀간에 도리어 부당한 일이나 후일에 다시 말하리라."

하였다. 어사 또한 그렇게 여기어 이 사연을 글월로 지어 경사에 보고하였다. 이때 상이 어사를 보내시고 주야로 기다리시더니 문득 글월을 보내 급히 떼어보신 후에 크게 기뻐하여,

"위왕이 천하를 두루 돌아 부모와 금령을 찾았으며, 금령이 또한 환토하였다 하니 이도 인력으로 수작지 못할 일이라. 이는 반드시 하늘이 지시함이라."

하시고, 드디어 내전에 들어가시니 황후와 공주 또한 기뻐함을 마지아니하며,

─────────────────

*절염(絶艷)──견줄 사람이 없을 만큼 썩 예쁨.

"금령은 하늘이 내신 바라 그 공을 배은하면 앙화를 받을 것이니, 금령의 혼사를 상과 모후께 주장하시어 그와 고운 가우(佳偶)를 얻어 그 공을 갚음이 옳을까 하나이다."

하니, 상이 옳게 여기사 궁녀 수백과 황문으로 하여금 위의를 갖추어 행장을 준비하여 그 날로 떠나라 하시고, 금령을 황후의 양녀로 삼아 친필로 쓰시되, '금령공주'라 하시고 급히 떠나라 하시며 또 막씨를 봉하되, '대절 지효부인(大節至孝婦人)'을 봉하시고, 장공부부는 원조충신으로 그 마음이 굳어 벼슬을 받지 아니하리라 하사, 위왕에게 하교하시어 그 뜻으로써 돈유(敦諭)하라 하시었다. 이때 황문 궁녀 등이 위의를 거느려 행할새 여러날 만에 뇌양에 이르러 임금님의 뜻과 사령서(辭令書)를 드리고 바로 막씨 처소에 이르자, 막씨가 크게 놀라 황황망조하여 어찌할 줄을 모르거늘, 이때 금령공주는 알아채고 모친께 나아와 공손히 여쭈오되,

"오늘 일행이 우리 집으로 올 것이니 모친은 정당에 좌를 정하사 남의 기롱을 듣지 마소서."

하더니, 말을 채 마치지 않아, 상궁과 시녀 등이 먼저 명첩을 올리고 들어와 문안하고 공주의 사령서와 부인의 사령서를 드리었다. 공주는 향안을 배설하고 사령서를 받들어 북쪽에 네 번 절한 후에, 시녀와 황문이 들어와 뵈옵고 황명으로 공주와 부인을 바삐 모셔오라 하심을 전하니, 부인과 공주 지체 못할 줄 알고 모녀 즉시 금덩에 올라 집을 하직하고 길을 떠났다. 지나는 바 도로에 위의 거룩함이 가히 형언할 수 없었다.

여러날 만에 경사에 들어와 바로 대내에 들어가 위왕 부자는 사은하고 공주와 막씨 부인이 또한 대내로 들어가 황후께 배알(拜謁)하니 상과 황후께서 금선공주를 데리시고 칭찬하심을 마지아니하는 중, 굳은 절개를 못내 흠앙하며, 그 손을 잡고 탐탐한 정이 골육같이 지나는 것이었다. 상께서 인하여 하교하시기를,

"예부는 택일(擇日)하라."

하시고, 호부(戶部)에게는,

"잔치를 배설하라."

하시며, 친히 전에 내려 부마를 영접하사 인사를 받으시니, 고금에 이런 일이 다시 없을 것이었다. 위왕의 길복을 갖추어 내전에 들어가 교배(交拜)받고 돌아올새 금선공주의 *친영(親迎)도 또한 그날이었다. 시부모께 먼저 납폐(納幣)하고 두 공주가 쌍으로 들어가 가례를 맞고 좌에 앉으니, 그 빼어나고 아름다운 태도가 눈에 비치고 만좌에 두드러진 것이었다.

공의 부부와 부인이며 좌상존고의 즐거움이 비할 데 없었다. 또 상과 후를 배알하니 상과 후께서 한 번 바라보시고 두 공주의 화려한 태도며 아름다운 색덕(色德)이 사람의 정신을 놀랠만하였다. 대단히 기뻐하사 종일토록 즐기다가 해가 서산에 저물매 등롱을 들고 왕을 인도하여 금령공주의 방으로 들어가 화촉동방의 예를 갖추어 옛일을 말하며 밤 깊도록 말씀하시다가 불을 끄고 공주의 옥수를 이끌어 침상에 드시니, 그 견원의 정이 산과 같고 바다와 같아서 비할 데가 없었다. 처소를 정할 때 유문각은 금선공주궁, 시녀는 다 각각 처소를 분배하여 있게 하고, 왕이 밤이면 공주와 즐기고 낮이면 부모를 모시고 즐길새, 막부인도 그 중에 같이 있어 한가지로 즐기었다.

이러구러 세월이 오래매 흥진비래(興盡悲來)는 고금의 상사였다. 장공이 홀연히 병을 얻어 백약이 무효였다. 왕이 지성으로 구호하되 마침내 세상을 이별하니 공의 나이 칠십육세였다. 자녀 등의 망극지통은 이루 기록할 수 없을 정도였다. 장례를 극진히 차려 선산에 안장하고 돌아와 삼상을 지성으로 지내고, 문득 가부인이 또 돌아가시니, 더욱 *천붕지통(天崩之痛)을 당하매 슬퍼함을 마지아니하여 선산에 합장하고 삼년 초토를 극진히 지내더니, 또 막부인이 세상을 떠나니 왕이 또한 신상을 구하여 장례를 차려 안장하였다. 이로부터 왕의 복록이 진진하고 자손이 만당(滿堂)하여 금선공주는 일남 일녀를 두고, 금령공주는 이남 일녀를 두었으니 다 아버지를 닮아 모두가 옥인군자요

─────

*친영(親迎)────신부가 신랑을 나아가 맞이하는 육례의 하나.

*천붕지통(千崩之痛)────제왕이나 아버지의 상사를 당해 하늘이 무너지는 듯한 슬픔.

요조숙녀였다. 장자의 이름은 봉진이니 금령 공주의 소생이요, 차자의 이름은 봉환이니 금선 공주의 소생이요, 삼자의 이름은 봉기니 금령공주의 소생이었다.

　장자 봉진은 이부상서로 있고, 차자 봉환은 병마도독으로 있으며, 삼자 봉기는 한림학사에 거하여 다 벼슬에 있었다. 여아는 명문거족에서 사위를 맞아 각각 만당(滿堂) 화기(和氣)로 편히 살 때, 여러 자손이 각각 아들딸을 낳으니 손이 번성하고 복록이 진진하여 부러울 것이 없더니, 하루는 왕이 후원에 이르러 두 공주와 더불어 한가히 놀더니, 문득 오색의 채운(彩雲)이 내려와 삼인을 오르라 하여 일시에 백일승천하였다. 여러 자녀는 왕이 돌아오지 아니하므로 괴이히 여겨 즉시 후원에 가보니 부왕과 양모비는 간 데 없고 물색은 의구하였다. 할 수 없어 선산에 안장하고 조석 제전을 극진히 지내며 자손들이 대대로 복록을 누리었음은 다시 말할 것도 없는 일이었다.

花　史

도(陶)

　도(陶)나라 열왕(烈王)은 성은 매(梅)고 이름은 화(華)며, 자는 선춘(先春)이라고 했다. 나부(羅浮) 사람이었다.

　그의 선조 중에 상(商)나라를 도와 공을 세운 자가 있었는데, 그 선조가 고종(高宗)의 재상이 되어, 도 땅에 봉을 받았다. 그런 후 중세에 초(楚)나라의 대부 굴원(屈原)이 쫓긴 바 되어 합려성(闔廬城)으로 피하게 되자, 이 때문에 자손이 대대로 이곳에서 살았다.

　몇 대가 지나 고공사(古公楂)에 이르러서 무릉(武陵)의 도씨(桃氏) 땅을 얻어 아들 셋을 낳았는데, 왕은 그 큰아들이었다.

　도씨(桃氏)는 태어나서부터 아름다운 덕이 있어서 '그 여자가 시집가는 날이면 반드시 그 시가(媤家)를 빛나게 할 것이로다'라고, 어느 시인이 칭송한 바였다. 그 여자는 일찍이 요지(瑤池)엘 가서 놀다가 왕모가 붉은 열매를 하나 주는 것을 받아먹는 꿈을 꾸고 나서 임신하여, 왕을 낳을 때에 이상한 향기가 풍기고, 그 향기는 달이 지나도록 없어지지 아니했다.

　그러기에 당시 사람들은 그를 향해아(香孩兒)라고 불렀다. 성장하여 그는 영자하고 수려했으며, 성질이 박직한 데다가 풍채는 *아결(雅潔)하였고, 선조의 유훈을 이어받아 그 덕이 높아서, 원근을 막론하고 그의 풍문을 듣고는 노인을 이끌고, 어린 것을 데리고 와서 찾아보지 않는 사람이 없었다.

　그리하던 차에 등류(滕六)이 만물을 방자하게도 학살함에 천하가 다 원망을 하여 마지않게 되자, 고죽군(孤竹君)인 오균(烏筠)과 대부 진봉(秦封) 등이 그를 추대하고 왕으로 세움에 따라, 합려성을 도읍으로 하고 국호를 도(陶)라 하고, 목덕(木德)으로 왕이 되어 축월(丑月)을 세수(歲首)로 삼고, 다섯을 상용(常用)의 수(數)로 쓰고 색은 백(白)을 숭상하였다.

＊아결(雅潔)── 행동이 단아하고 마음이 고결함.

가평 원년 동 십이월에 사제(蜡祭)를 지내고, 붉은 매로 초목을 매질하고, 가평(嘉平)이라 건원했다. 그는 열두달을 일년으로 하고, 일월은 시(詩)에서 달을 달리하고 날을 말한 것을 좇은 것인바, 이 뒤에서도 다 이것을 본받았다.

이년(二年)에는 계씨(桂氏)를 왕비로 맞아들이었다. 왕비는 월성(月城) 출신으로 정숙하며, 요조한 덕이 있고, 여공(女工)에 근면하여 왕의 덕화에 돕는 바가 되었기로 당시의 사람들은 그 여자를 주(周)나라의 태사(太姒)에 비유하는 것이었다.

사신(史臣)인 나는 다음과 같이 말을 해 두는 바이다.

'집과 나라의 흥망은 부부간에 비롯되는 것이매 시(詩)에 갈담(葛覃)의 읊음은 나라가 새로 일어날 징조였고, 산의 뽕나무로 만든 활의 예언은 집안이 망할 징후였도다. 도왕에 도씨의 모친이 있고, 또한 계씨 왕비를 얻었으니 그 흥성은 마땅한 일이었도다.'

삼년에 오균(烏筠)을 배하여 재상을 삼았다. 균의 자는 차군(此君)이고, 초(楚)나라 상주(湘州) 사람이었다.

그는 청허하며 과욕하고, 곧은 절개를 지킴으로써 호를 원통처사(圓通處士)라고 했다. 그는 어렸을 때, 상강(湘江)이란 곳에서 오(吳) 땅에 옮겨 살고 왕과 더불어 죽마지우가 되었던바, 등륙이 그의 어진 소문을 듣고는 고죽군으로 봉했다.

등륙이 난리가 일어나자, 오균도 도왕에게 진언하기를,

"등륙이 음탕 자학하며, 만민을 괴롭히니 그 품성이 미치는 곳에 떨지 않는 사람이 없고, 인민이 시들며 만물은 얼고 주리어 천하가 다 갈상지탄(曷喪之歎)을 하고, 해내에 운예지망(雲霓之望)이 간절하오니 비록 주옥의 구실을 지닌 가멸함이 있다손 치더라도 그의 멸망은 곧 목전에 있는 것이로소이다. 이제 공은 밝은 덕이 있고, 명성이 높으며, 호걸을 영도하고 있는 터이오니, 이 기회에 합려에 의거하여 널리 여러 영웅을 모으면 누구라 어깨를 으쓱거리며 와서 술잔을 따르지 아니하리까. 원컨대, 신은 촌토를 얻어 공훈과 이름을 죽백(竹帛)에 남기고자 하나이다."

하고 아뢰었다.

그러자, 공은 매우 기뻐하고 그를 좌우에서 떠나지 못하게 하며 이렇게 말했다.

"하루라도 자네가 없을 수 없다."

게다가 공은 그를 배하여 재상을 삼고 다시 천호(千戶)를 봉해 주었다.

이것을 사신(史臣)은 이렇게 평했다.

'옛날 제왕의 흥성에는 반드시 보좌하는 어진 사람이 있었으니, 상(商)나라 탕왕(湯王) 때의 유신(有莘)에 있어서나, 제(齊)나라 환공(桓公) 때의 관중(管仲)에 있어서나, 한(漢)나라 고조 때의 소하(蕭何)에 있어서나, 또 소열왕(昭烈王) 때의 제갈량(諸葛亮)이 또한 그러한 것이었다. 군주는 어진 사람을 만난다면 마땅히 강물에서 배를 얻은 것같이 여기며, 물고기가 물을 얻은 것같이 여기며, 오로지 어진 사람을 써서 모진 자를 물리치고, 뿐만 아니라 일단 어진 자에게 일을 맡기면 그를 의심치 말고, 군주는 보필의 효험을 나무랄 따름이니라. 신하된 자가 충정의 절개를 다한다면 나라 일은 이루어질 것이며 왕업(王業)은 창성할 것이 아니겠는가. 도왕이 오균의 말을 듣고는 왕을 도울 재능이 있음을 알고 그를 옆에 두어 영구한 계획을 세우는 데 참례시키었으매, 그에게 일을 하고자 하는 뜻이 크게 있었음을 이에서도 엿볼 수 있는 것이니, 또한 아름답지 아니하랴. 이에 비추어 본다면, 후세의 임금은 어진 사람을 쓰지 못했으니, 이는 나라를 다스리고자 하는 사람이면서도 나무에 가서 물고기를 구하는 것과 무슨 다름이 있겠는가?'

진봉의 자는 무지(茂之)라고 했다. 그는 그의 선조가 진나라에서 봉을 받았으므로, 이에 따라 이름을 진봉이라 했던 것이다.

그는 건장하게 큰 키에다, 푸른 수염은 창과 같이 뾰죽하며 날카롭고, 동량절충의 재능이 있는가 하면 성품이 곧아 중심이 기우는 법이 없었다. 진봉은 백직과 함께 장군직에 보임되어 언제나 충정을 다하고 있었다. 그러다가 이때를 당하게 되어 등류이 밤을 이용해서 합려성에 쳐들어오자, 두 장군은 불쑥 몸을 일으켜 세워 무장하고, 높이 거산(車傘)을 펴고 석단에 서서 큰 소리를 내어 호령을 하니 원풍이 진동하여, 등륙은 흰 말에 흰 수레를 타고 와서 단하에 이르러 합벽(闔闢)하고 항복을 한 것이었다.

그들은 다시 남아 있는 적병들을 모조리 소탕하고는 즉일로 풍류를 불며 개선을 하니 왕이 크게 기뻐하여 진봉을 이양대장군(伊陽大將軍)에 배하고, 백직은 숭산대장군(嵩傘大將軍)을 삼았다.

백직의 자는 열지(悅之)이고, 위(魏) 땅의 사람이었다. 성질이 곧으며 착실하여 자기의 공로를 자랑하지 않고, 매양 싸움에 이기고서도 공을 무지(茂之)에게 돌리곤 하는 것이었다. 그러기에 사람들은 그를 가리켜 큰 나무의 풍도가 있다고 하는 것이었다.

이밖에 두충(杜沖), 동백(冬栢), 산치(山梔), 노송(老松), 종려(棕櫚), 소철(蘇鐵) 등에게도 조서를 내려 작을 준 것이었다.

등륙의 난리에 조정의 신하가 많이 포위를 당했던 것인데, 그때 두충 등도 또한 적중에 빠져 위험이 심했다. 그러나 그들은 조금도 안색을 변치 않고 굴하지 않아 적이 감히 해를 마저 가하지 못했다. 왕은 그들의 지조가 굳음을 기쁘게 여기고, 이에 조서를 내려 특별히 포상하고 각각 벼슬을 올려주었다.

오년 춘이월에는 성(姓)이 같은 사람들을 봉하여 벼슬을 내리었다. 아우 예(蘂)를 대유공(大庾公)으로 삼고, 악(萼)은 양주공(楊州公), 사촌동생 영(英)은 서호공(西湖公), 조카 방(芳)은 파공(灞公)으로 삼고, 이 밖에 나머지는 죄다 후백(侯伯)에 각각 봉했으나, 그 수는 헤아릴 수가 없을 정도였다.

왕의 조서에는 이렇게 기록되어 있었다.

'오호라! 나는 외롭고도 약한 몸으로서 선조의 유열(遺烈)을 이어 옛 나라를 새로이 일으키고, 천하를 차지하였으나, 이것은 마치 넘어진 고목에 새싹이 돋아난 것과 같아, 요행하게도 과질(瓜瓞)이 끊임없이 면면하도다, 이제 나는 봉례를 밝혀 분토(分土)를 하노니 각기 봉토에 가서 그 포모(包茅)를 심고 본손과 지손이 백세에 길이

경사를 많이 누릴지니라.'

육년 겨울 시월, 왕이 오(吳) 땅에 출유했을 때, 경정산(敬亭山)에 올라가서 호인(胡人)에게 통소를 불게 하고 진(秦)의 음악을 가다듬게 해서 그것을 들었다. 그 풍류소리를 못마땅하게 여긴 왕은 돌아가 물에 소세를 하고 다음 날 그 새벽에 죽어갔다.

왕비가 어려서부터 신병이 있어서 아들을 낳지 못하였기에, 오균은 왕의 아우 양주공을 맞이하여 그의 뒤를 잇게 했으니, 이가 곧 동도(東陶)의 영왕(英王)이었다.

사신(史臣)인 나는 이렇게 평한다.

'오호라! 열왕의 덕은 크고도 아름다웠도다. 왕은 어진 신하를 얻어 천하를 바로잡고, 어진 장수를 써서 변방을 다스리어 싸움이 없이도 동화시켰고, 싸우지 않고도 이겼으며, 동성을 봉하여 그 은혜를 길이하고, 충절의 신하를 표창하여 그 품성을 높이었으나, 옛날 은주(殷周)의 정치라 하더라도 더함이 없었도다. 그러나 왕은 질박하고도 간략하게 나라를 세우자마자 죽어서 *간책(簡策)에 실린 가언(嘉言)과 선행이 아주 적었으니, 어찌 애석타 아니하리요!'

동도(東陶)

영왕(英王)의 이름은 악(萼)으로 고공사(古公楂)의 셋째 아들이다.

처음, 열왕은 어렸을 때에 여러 아우들과 함께 놀다가 오동나무잎을 오려서, 그들에게 보이며 이렇게 말한 일이 있었다.

"내 이것으로 너희들을 봉하여 주리라."

후(後)에 즉위하게 되어 그는 이 말대로 실행해 주었다. 천하의 기름진 땅을 골라서 두 아우에게 봉한 것이니, 그 중에서도 특히 양주공에 대한 은총은 깊었다.

왕은 양주공이 입조(入朝)할 때면 매양 손을 잡고 화악루(華萼樓)에 올라 잔치하며 즐기었다. 이 누의 이름은 열왕 자신의 이름과 영왕의 이름을 따서 화악루라 한 것이었다.

이것만 보아도 열왕의 아우에 대한 정의를 알 수 있으나, 또 이런 것이 있었다. 열왕이 양주공을 봉지로 돌려보냄에 있어서 작별 시를 지은 일이 있다. 그 시는 이러했다.

우리는 가지〔枝〕끼리
꽃시절이라 되어 오면
너 나 같이서 즐기건마는
때 가서 꽃지고 시들면
그대와 헤어져 이별을 하니
한많은 그 시름 어디다 풀꼬.

얼마나 다정스러운 노래인가. 그의 아름다운 마음을 알 수가 있다. 그러나, 이러한 열왕도 죽었다. 그뒤 영왕이 즉위했다.
중화원년(中和元年) 춘이월에 왕은 도읍을 동원(東原)으로 옮기었다. 이때 승상 오균이 이러한 상소를 올리었다.
"선왕이 나라를 평정하고 도읍을 이곳에 정한바, 이 땅은 *금성탕지(金城湯池)이며 천부의 곳으로서, 지방은 비록 작으나 만족히 왕 노릇을 할 수 있는 곳이지만, 동원은 그렇지 못하여 사방으로 적을 맞이할 곳이오니 덕이 있으면 흥할 것이로되, 덕이 없으면 망하기 쉬울 뿐이로소이다. 주(周)나라가 도읍을 동도(東陶)로 옮기자 나라 세력이 약해져서 떨치지를 못하였삽고, 한(漢)나라가 도읍을 동경(東京:洛陽)으로 옮기고서는 난리가 자주 꼬리를 물고 일어났사오니, 도끼자루를 구하는 데는 그 도끼에 알맞음을 어긋나지 말 것임에, 지난날의 거울됨이 이에 있나이다."
그러자, 왕은 이러한 상소를 듣지 아니했다.
"나는 다만 동쪽으로 가고자 할 따름이라. 어찌 답답히 이곳에만 오래 살까보냐."
왕은 그날로 도읍을 옮겨, 나라 이름마저 동도(東陶)라 했다. 인월

---
*금성탕지(金城湯池)──방비가 아주 견고한 성.

(寅月)로 세수(歲首)를 삼고, 고공사(古公梔)를 추존하여 태왕(太王)이라 하고, 천하에 특사령을 내렸다.

삼월에 왕은 동각(東閣)에 나가 공사(貢士)인 하손(何遜), 맹호(孟浩), 임보(林逋), 소식(蘇軾) 등을 친히 시험하였는데, 이중 임보의 글 가운데, '소영횡사 수청천(疏影橫斜水淸淺), 암향부동 월황혼(暗香浮動月黃昏)'이라는 귀절을 발견하여 감탄했다.

왕은 이렇게 말했다.

"나라를 울릴 장한 것이로다!"

왕은 임보를 장원으로 뽑았으니, 세상 사람들은 그를 칭찬하며 절계지(折桂枝)라 하는 것이었다.

삼년에 왕은 오균을 벼슬에서 밀어버리고, 그 대신 이옥형(李玉衡)을 승상으로 삼았다.

옥형은 조정의 권세를 마음대로 하려는 욕심이 있었다.

그는 글을 보내어 오균을 비꼬아 이렇게 썼다.

'춘하추동 사시절은 때가 되면 가느니라.'

오균은 이것을 보고 옥형의 심술을 알아보았다.

그래서 이날로 행장을 차려 고향으로 돌아갔다. 선산에 뼈를 묻을 생각이었다.

그는 떠나기에 앞서 진봉(秦封)과 백직(柏直) 등에게 시를 지어 보냈다. 그 시는 이렇게 되어 있었다.

절개 좋은 송백도
도리(桃李)의 고움을
당하지는 못하리라.

옥형이 이것을 듣고 격분해서 왕에게 참소했다. 그는 이런 글을 써 보낸 오균이 미워서 견딜 수 없는 모양이었다.

"오균은 겉으로는 군자인 척하오나 속에 칼을 감추고 있사오니 모반할까 염려되나이다."

왕은 이러한 옥형의 말을 믿고 즉시 오균을 나입(拿入)해다가 황강(黃岡)이란 곳으로 귀양보내 버리었다. 그리고, 옥형의 벼슬을 올려 승상으로 삼았다.

옥형의 자는 성경(토卿)이라 했는데, 그는 당(唐)나라의 승상이었던 임보(林甫)의 후손으로 타인을 시기하고 남을 모함함을 좋아했다. 그러기에 당시의 사람들은 그를 가리켜 조상의 풍이 있다고 비난한 것이었다.

사신(史臣)은 이렇게 기록했다.

'사치스러운 마음이 생동하면 소인이 진출하게 되고, 충언을 거부하면 어진 사람이 물러가고야 마는 것이니 어찌 임금된 몸이 이것을 거울로 삼아 경계하지 않을쏜가. 어느 사람이 나에게 물어 말하되, 오균은 국가의 원로로 단지 옥형의 풍자하는 말을 듣고서 거취를 즉결하고, 그 난이 지남을 기다릴 것도 없이 벼슬자리에서 떠나가 버렸으니, 그는 어찌 자기의 말이 왕한테 용납되지 않는다고 해서 불평을 하고 떠나가는 소인에 가깝지 않다고 말할 수 있으리요라고. 그러나, 나는 이렇게 말했다. 그런 것이 아니라, 오균이 어찌하여 옥형의 한마디로 마음을 움직였을 것이랴. 그것은 즉 옥형이 도읍을 옮길 때에 틈을 탔고, 오균은 도읍을 옮김을 반대하고 왕을 충간했다가도 거절을 받은 날에 미리 깨닫고 피하려 했던 때문이고, 그리고 또 서로의 용납할 수 없는 형편은 마치 훈유지동기(薰蕕之同器)와 같고, 벼와 피가 한 논에 있는 것과도 같았으니 그가 떠나간 것이 어찌 다만 처비지성금(妻斐之成錦)으로의 자모지투서(慈母之投抒)일까보냐. 그가 떠난 것은 곧 공자(孔子)가 조그마한 죄라도 덮어쓰고 떠난 이치와도 같은 것이니 어진 사람의 하는 바를 일반 보통 사람의 소견으로는 헤아리지 못하는 것이니라.'

사월에 궁인 도요요(桃夭夭)를 죽였다. 이씨부인(李氏夫人)이 후궁 중에서 제일로 왕의 사랑을 받았는데, 요요가 입궁함에 따라, 그 얼굴이 반반한 것을 보고 혹시 사랑을 잃을까 걱정이 되어, 늘 요요를 미워하다가 그것이 그만 병이 되고야 말았다.

왕은 그 여자를 불쌍히 생각하고 요요를 베어 죽이라고 명령하여 안심케 했으나 부인은 끝내 일어나지 못하고 세상을 떠나고야 말았다. 부인이 죽자 왕은 슬픔을 금하지 못하고, 언제나 거소에 와서 화령향(火靈香), 회몽초(懷夢草)를 태우며 추념해 마지않는 것이었다.

이씨부인은 승상 옥형의 누이동생이었다. 매비(梅妃)가 폐되고 춘초궁(春草宮)에서 죽었다. 애당초 왕이 표매시(標梅詩)를 읊으니 오균이 동성끼리 결혼할 수 없다는 것을 충고했으니 듣지 않고 드디어 매씨(梅氏)를 왕비로 삼았는데, 비는 어진 덕이 있어서 언젠가 왕이 구슬 한말을 주었으나, 사양하고 받지를 아니했다. 비가 한창 사랑을 받았던 이때에 왕이 새로이 애비 양귀인(楊貴人)을 취하게 되어서는 매비에 대한 사랑이 식게 되고 마침내는 춘초궁에서 죽으니 왕은 그의 죽음을 슬피 여겨 친히 명복을 비는 글을 지어서 후하게 장사지내 주었다.

그후 왕은 양귀인을 왕비로 삼았다. 양비는 절세가인으로 당시 수해당비연(睡海棠飛燕)이라고 불리었다. 아름다운 자태뿐만 아니라 또한 가벼운 몸으로 춤을 잘 춤으로써 왕의 총애를 받았다.

또 이때 백봉거(白鳳車)라는 자가 수양공주(壽陽公主)를 사모했다. 봉거의 자는 상연(相然)이라 하고, 칠원(漆園) 사람이었다. 그는 사람됨이 가볍고도 날카로워 언제나 흰옷을 입고 훨훨 춤을 잘 추었으므로, 사람들은 그를 옥요노(玉腰奴)라고 불렀다.

양서(楊絮)라는 자를 금성(金城)의 태수로 삼았다. 양서의 자는 백화(白華)로서 양비(楊妃)의 사촌 오빠였다. 그는 어릴 때부터 방탕하게 놀아 장대(章臺)에 출입하고, 풍류객의 대표적인 인물이었던 고로 세상 사람들은 그를 가리켜,

"옛날에는 장서(張緒)가 있더니 이제는 양서가 있도다."
하고 놀리기도 한 것이었다.

그는, 그러나 왕후의 친척이어서 발탁되어 고을에 제수되었으며, 그의 부자 형제가 모두 다 중요한 자리를 얻어 차지했으니 가문에 빛이 나고 별안간 권세가 강성해져서, 그것은 마치 당나라 때의 양국충

(楊國忠)과도 같았다.

　오월에는 전임 승상 오균이 적소에서 죽었다. 이때에는 진봉, 백직 등이 자리에서 물러가고 도(陶)의 옛 신하들은 거의 없었다.

　사신(史臣)은 이때의 일을 이렇게 평했다.

　'왕은 성품이 검소하여 처음에는 나라를 다스림에 밝더니 옥형을 승상으로 삼고, 오로지 양비를 사랑하게 된 뒤부터는, 임금의 마음이 태만해지고, 토목공사 일으키기를 시작하여 장성(長城)을 쌓고, 궁궐을 사치롭게 하고, 피향정(披香亭), 승로반(承露盤)을 지어 왕이 도읍을 옮긴 당초에는 토방 초당에서 살더니, 이때에 와서는 주실옥대에다 사치함을 극도로 하니, 어시호 상하가 다 이 풍습을 따르게 되어 누구라 할 것없이 화려한 것을 다투어 존중하여 내외가 서로 미인을 끼고 앉아 여자의 말에 매혹되어 나라 정사는 쇠퇴해 가고야 말았다.'

　사년에 밀(密)의 사람인 황범(黃范)이란 자가 도당을 모아 난을 일으켰다. 그는 흉노(凶奴)의 별종이었다.

　그들은 곤륜산(崑崙山)으로부터 중원에 흘러들어 산곡 사이에서 틈을 엿보며 살고 있었기에 이들을 츰적(闖賊)이라고 불렀다. 그들의 추장은 군정에서 힘을 써서 날로 두번씩이나 관부에 나가 호령함이 엄한 데다가, 또한 군기가 정밀하고 예리하였다.

　그런데, 그들 도당은 여러 곳에서 봉기하여 출군하여서는 약탈을 일삼고, 진영으로 돌아와서는 성벽을 굳게 지키기 때문에, 다른 사람들이 감히 그들에게 당할 수가 없었다.

　촉주(蜀主) 두견(杜鵑)이란 자가 제(帝)를 칭하고, 항주(抗州) 사람인 요황(姚黃)이 자칭 왕이 되어 국호를 하(夏)라고 했다. 그리고, 백봉거(白鳳車)가 죄가 있어서 죽음을 받았다.

　춤을 잘 춘다고 해서 왕의 은총을 받았던 백봉거는 그의 친구로서 노래를 잘 부르는 율류(栗留)라는 자를 천거하였는데, 이 사람은 금의공자(金衣公子)라고 불리었다. 그의 목소리는 맑고 듣기가 좋았던 고로 왕은 매우 그를 사랑하여, 날마다 많은 시인, 비빈, 또는 이원제자

(梨園第子)들과 더불어 후궁에서 놀았기 때문에 그가 부르는 곡에는 옥수(玉樹)와 후정화(後庭花)가 있었다.

백봉거와 율류 두 사람은 항상 왕의 좌우에 있으면서 그 옆을 떠나지 아니하니, 당시 사람들은 그들을 가리켜,

"노란 옷을 입은 자는 공자요, 흰 옷을 입은 자는 옥노(玉奴)다!"
하고 비난삼아 놀려 주었다.

봉거는 왕의 사랑과 신임을 믿어 교만하고 방자하여 자기의 도당을 끌어들이매, 그들은 제멋대로 궁액에 출입하며, 때로는 금원에서 유숙하며 궁인 앵각(鸚殼), 봉선(鳳仙), 계관(鷄冠) 등과 간통하다가 발각되자, 봉거 또한 중매를 한 죄로 연루되게 되어 스스로가 죄를 면할 수 없음을 알고는 별당과 궁궐의 담을 넘어 도망가는 것을 궁문감(宮門監)인 정(打)이 모조리 잡아 죽이었다.

삼월에 승상 옥형이 죄가 있어서 벼슬을 빼앗기고 죽음을 받았다. 옥형은 이씨부인이 죽은 뒤에 왕이 양비만을 사랑하게 되고서부터 차차 권세를 잃게 되자 심중에 불만을 품고 원망하였던 것인데, 그 기색을 왕이 알고는 명을 내려 그의 벼슬을 빼앗고, 자결하라고 명한 것이었다.

이해 여름 사월에 밀(密)의 난적이 동경에 쳐들어오자 이비장(李飛將)이 그들을 맞아 싸우다가 패전하고 생포되었는데, 이때 금성태수 양서(楊絮)가 그의 장수 석우(石尤)를 보내어 그와 그의 휘하 장병 천여명이 적을 대파하고 쫓으니, 왕은 기뻐하며 양서를 대장군으로 삼아 세류(細柳)에 둔병케 하고 황률(黃栗)을 막객(幕客)으로 하여 머물게 했다.

뒤에 양서는 남몰래 불복의 뜻을 품고 조정과 다투는 것이었으나, 양비를 두려워하여 감히 그것을 막아 말하는 자가 없었다. 종실인 남창위(南昌尉) 매복(梅福)이란 자가 이렇게 상소해 왔다.

'신이 보건대 요즘 난망의 징조가 여러 가지로 싹터 나서 나무에 불이 붙고, 연못에 바람이 일어나 위험함이 절박함과 같을 뿐 아니오라, 음양이 각각 그 본도를 잃어서 때가 아닌데도 바람이 불고 비가

내리며 나무에 인면(人面)의 요기가 있고, 풀에 이상한 잎이 나니 이것은 무슨 형상이리요. 지금 대장군 양서가 재상의 지위에 있음에다가 왕후와 친척의 몸으로 세력을 믿고 횡행하고, 공이 있음을 빙자하여 교만하고 방자하여 환란을 일으키려고 함이 조석간에 있사오니, 그 형상을 보지 못하시거든 그 그림자라도 살피시기를 바라나이다. 그리고 현재 안으로는 어진 장수가 없고, 밖으로는 적의 나라가 많으매, 즉 촉주(蜀主)가 황제라 칭하고, 하(夏)의 요황(姚黃)이 무도하게도 군주의 자리에 올랐으며, 또 밀 땅의 사람들이 오만한 데다가 감히 대국에 반항하고 있사오니 이것들은 국환됨이 지극한 데다가 자꾸만 커지는 화가 집안에 있음에는 어찌 하오리까. 원하옵건대 대왕께서는 속히 이것을 방비할 것을 꾀하여 후회됨이 없게 하옵소서. 신은 금지옥엽의 몸으로 태어나서 밝은 조정에 발을 들여 큰 혜택을 받고, 또 많은 은총을 입으며 있는 터이오라 조정의 형세가 기울어짐을 걱정되는 지성을 참지 못하고, 감히 이신지책(移薪止策)을 펴올리오니 성명(聖明)은 *추요(芻蕘)를 *부찰(俯察)하시와 조금이라도 생각하옵시기를 복망하나이다.'

그러나 왕은 이러한 상소를 들어주지 아니했다.

난리가 난리라고 앞을 내다보고 있는 매복은 이 때문에 성명을 황매(黃梅)라 고치고 산중으로 들어가서 다시는 세상에 나오지를 아니했다.

오월에 대장군 양서가 그의 장수 석우를 시켜 왕을 강성(江城)에서 죽이었다. 석우는 랑(閬)의 사람으로 원래 진(秦)나라 성과 같고, 비렴(蜚廉)의 후예였다.

그는 용맹하여, 힘은 나무를 꺾고 집을 송두리째 무너뜨릴 수가 있었다. 소리를 질러 꾸짖는다면 천 사람이 죄다 넋을 잃을 지경이었다. 이때 양서는 이러한 그를 보내어 선봉을 삼아 군대를 통솔하게 하자, 그 군세는 비바람 같아 대거 동경을 쳐들어가니 성중이 진동하여 상

---

*추요(芻蕘)──꼴 베고 나무함.
*부찰(俯察)──아랫사람 형편을 두루 굽어 살핌.

하가 모두 벌벌 떠는 것이었다. 왕은 이 때문에 강성으로 달아났다가 오월에 죽고야 말았다. 당시 조정 백관 중에서 왕을 따라 죽은 자가 많았고, 양비는 도성문을 나가다가 발을 진흙 속에 헛디뎌 그만 빠져 죽었으니 도(陶)나라는 열왕으로부터 불과 십여 년 만에 망하고 말았다.

왕을 이토록 비극적으로 몰아 죽인 석우는 다시 양서마저 내쫓고, 요황(姚黃)을 낙양(洛陽)에서 맞아 임금으로 세우니 이 분이 곧 하(夏)나라의 문왕(文王)이었다.

사신(史臣)은 이렇게 평했다.

'영왕이 도읍을 동경으로 옮기면서 빛이 내렸다고 환영함이 없지도 아니했으나, 마침내는 사치로 나라가 망하였으니, 오균의 선견지명이 점친 것과 다를 것이 없도다. 그리고 또 이상스럽게도 영왕의 세대가 마치 당(唐)의 현종(玄宗) 때와도 매우 같았도다. 즉 옥형의 간계는 임보(林甫)와 같고, 양서의 종횡은 양국충과 같고, 밀인(密人)의 난리는 토번(吐蕃)의 난리와도 같으며, 석우의 일은 안록산(安祿山)의 난리와 같고, 매비(梅妃)를 폐하고 양비를 사랑한 것이며, 처음에는 밝은 정치를 했다가 뒤에 와서 어리석은 정사를 일삼은 것은 개원(開元) 때와 천보(天寶)의 난과 같았으니, 어찌 이리도 지극히 닮았단 말인가. 생각건대, 일년 열두달을 십이회지수(十二會之數)로 미루어 보면 삼월은 곧 진지회(辰之會)요, 당나라의 역년(歷年)을 요(堯)임금 때로부터 헤아리면 또한 진사(辰巳)의 회(會)에 불과하니 그 기수(氣數)가 서로 같기 때문에 그런지도 모르겠도다. 나는 이 내력을 보는 후세 사람이 반드시 당시의 역사를 지은 자가 그대로 모방을 한 것이라고 여길까 하여 이에 써두어 알아주기를 바라는 바도다.'

하(夏)

하(夏)나라 문왕(文王)의 성은 요(姚)요 이름은 황(黃)이고, 자는 단(丹)이다. 항주(抗州) 사람이었다.

옛날에 신인이 있어서 경도(瓊島)에서 나와 상자하(桑子河)에 은거했는데, 옥루자(玉褸子)라는 자가 있어서 이름이 세상에 났고, 그후 몇대에 자수자(紫繡子)에 이르렀으니, 이 자수자가 곧 왕의 아버지였다.

중화(中和)의 초에 언동리(堰東里)에서 난 왕은 어렸을 때부터 기특한 기질이 있었고 차차 자라서도 얼굴이 악단(渥丹)과 같았으며, 풍채는 사람들을 놀라게 할 만큼 대단했기에 고을 노인들이 칭찬한 바였다.

도말(陶末)에 나라 안의 습속이 사치스러웠으나, 왕은 홀로 빛을 머금고 세상엘 나타나지 아니했다. 그는 일찍이 나부산(羅浮山)에서 놀다가 한 그루의 매화나무가 길에 있음을 보고 칼을 빼어 베어 버리고, 후에 다시 그곳에 오니 한 미인이 있어서, *담장소복(淡粧素服)으로 길가에서 울며 그 여자가 이렇게 말하는 것이었다.

"내 아들은 백제(白帝)의 자손이었거늘 이제 적제(赤帝)의 자손이 베어 죽였도다!"

그리고는, 그 여자는 별안간 간 곳조차 없었다.

이로부터 그는 마음으로 홀로 좋아하며 자신이 왕이 되리라고 자부하기 시작했다. 그러던 중, 당나라 명황(明皇), 즉 현종 때에 향공(鄕貢)으로서 낙양(洛陽)에 들어가서는 계속 낙양에서 살고 있었는데, 도나라가 망하게 되자 석우(石尤) 등이 표를 올려 왕위에 오르기를 권한 것이었다.

그 표문에는 대략 이렇게 적혀 있었다.

'엎드려 아뢰옵건대, 우리 임금은 천지개벽초의 영웅으로서 크고 먼 것을 세울지이다. 화원에 도리(桃李)의 상처가 있었음은 수(隋)나라가 망하고, 당나라가 흥할 징조였으며, 뜰에 명협(蓂莢)의 서기가 나매 누구라 요(堯)임금을 받들 뜻이 없었을 것이리요. 지금 천하가 다 천지의 도를 따라 하(夏)의 세대가 대신할 것을 바라나이다!'

---

*담장소복(淡粧素服)── 엷게 화장을 하고 흰 옷을 입음.

왕은 즉위하여 낙양을 도읍으로 하고, 토덕(土德)으로 왕이 되어, 사월을 세수(歲首)로 정하고 붉은 색을 숭상하고, 감로원년(甘露元年) 여름 사월에 남훈전(南薰殿)에 나가 제후(諸侯)의 조회를 받았다.

신후유(莘侯留), 회후 동백(檜侯桐栢), 미자(薇子), 기주(杞州), 태주(台州), 소주(蘇州), 재주(梓州), 도림(桃林), 계림(桂林) 등의 모든 군장이 각각 맹세해 오니 구백이 넘는 나라를 다스림에, 주옥과 비단이 휘황하게 궁전 안에 가득했다.

이리하여 잠로(湛露)의 시를 부르면서 잔치하고, 석우를 풍백(風伯)에 봉하여 남(南)이라는 성을 내리고, 그 조서에 이렇게 썼다.

'훈훈한 제 때를 찾아서 나의 만민으로 하여금 다 각기 잘 지내도록 바람 불지니라. 내 이에 그대를 봉하여 줌에 무한히 즐거워하노라.'

그리고 위자(魏紫)를 왕후로 봉하고, 화예(花蘂)를 부인으로 삼아 가까이 모시게 했으며, 김대위(金帶圍)를 승상으로 삼았다.

김대위의 자는 미춘(尾春)이라 하여, 왕과는 원래 본관이 같은 이족(異族)으로 광릉(廣陵)이란 곳에 살고 있었다. 하루는 성중에 기이한 꽃이 피었는데, 그것은 씨가 없이 난 것으로 붉은 잎에 금색의 허리를 두르고 있었다.

이것을 본 어느 지혜로운 자는 이렇게 말했다.

"후일에 꼭 현명한 재상이 날 것이로다."

그러자, 과연 김대위가 승상이 되니, 당시 사람들은 그를 화상(花相)이라고 일컬었다.

이년에는 천하에 조서를 내려 도(陶)의 후손을 찾아, 마침내 영왕(英王)의 손자 옥매(玉梅)를 발견하고 그를 제후에 봉하여 도왕을 봉사케 하였다. 도나라가 망하자마자 모든 매씨(梅氏)가 몰락했으나 옥은 성명을 거꾸로 붙여서 옥매라 하고 민간에 숨어 있었다. 그 모습만은 그대로였으나, 풍채는 시들어 옛날의 모습은 전혀 찾아볼 수도 없었다.

이 해에 백부(栢府), 괴부(槐府), 자미원(紫薇院), 한림원(翰林院),

봉래관(蓬萊舘) 등을 설치하고 이것들에다 글을 잘하는 방정한 선비들을 두었는데, 필관(筆管)은 사필(史筆)의 재주가 있으므로 한림원을 주관하고, 형초(荊楚)는 가시가 있어서 아부하는 풍이 없기에 백부에 두고 척촉(躑躅)은 겸양의 덕이 있고 위족(衛足)은 해를 보는 정성이 있어서 임금을 아끼고 덕을 보필할 수 있겠기에 봉래관에 있게 하니, 이 모두가 적재적소가 되어 조정은 밝고, 문물은 찬란하여 기록할 만한 것이었다.

감당(甘棠)을 태주(台州)의 백(伯)으로 봉하고, 또 상무부(桑無附)로 형양태수(衡陽太守)를 삼았다.

팔월에는 왕이 친히 태학관(太學舘)에 행차하여 제사지내고, 여러 학생들과 더불어 강론을 하니 행단(杏壇), 괴시(槐市)에 선비들이 저마다 모여들고, 그들은 모두가 훌륭한 선비들로 이 나라의 우렁찬 부흥을 설명해 주고 있는 듯했다.

이때, 은거처사 의란(猗蘭)이란 자는 왕이 불러 벼슬을 주었으나 나오지를 아니했다. 의란의 자는 줄지(茁之)라 하고 호는 구원선생(九畹先生)이라 했다. 그는 뛰어난 덕이 있어서 벼슬살이를 구하지 아니했으며, 그의 덕명은 원근에 퍼져 자자했다.

상산처사(商山處士)인 주지(朱芝)라는 자와는 친한 친구로서 사이가 매우 좋았다.

주지의 자는 엽지(燁之)요, 호는 삼수선생(三秀先生)이라 했다.

이 두 사람은 어제나 같은 방에서 동거했고, 성격 취미도 같아서 세상 사람들은 그들을 가리켜 지란지계(芝蘭之契)라고 했던 것이다. 이때에 이르러, 왕이 비단을 보내려 몇번 청했으나, 그는 끝내 응하지 아니하고 그의 문하생인 굴질(屈軼), 연년(延年), 감초(甘蕉), 석죽(石竹), 원목(元木) 등만을 보내어 벼슬에 있게 했다.

굴질의 자는 지엽(指佞)이라 했고, 연년의 자는 창양(昌陽), 감초(甘蕉)의 자는 봉미(鳳尾), 석죽의 자는 수의(繡衣), 원목의 자는 망우(忘憂)라고 했다. 이들은 모두 마음이 청렴결백하여 사치스러운 것을 좋아하지 않고, 그중에서도 특히 석죽과 원목은 빛나는 관록을 지내게 되어 도움되는 바가 많았다.

　원목은 일명 훤(萱)이라고도 했는데, 그는 또한 효성이 지극하여 어머니를 북당(北堂)에 받들어 모시어 한번도 그 옆을 떠난 일이 없었다. 그러기에 왕은 그의 효성을 특히 가상히 여기었다.

　삼년에 해당(海棠)을 장사(長砂)에 귀양보냈다. 처음, 동도(東陶) 시대에 무릉의 도(桃)라는 자가 국내의 대벌이 되어 문벌이 빛나고, 자손이 번성하였으며, 또 외척으로서 사치함을 극도로 했다. 그런데, 벽도(碧桃)라는 자가 있어 성질이 고결하였더니 늦게는 유덕함을 즐겨 그의 벗 백설향(白雪香)과 더불어 일세에 이름이 있고, 그들은 한가지로 청백함을 고집하자, 영왕이 매우 이들을 사랑하여 둘을 다 옥당(玉堂)에 임명해 두었다.

　이외에 또 유(柳)라는 이름의 사람이 있었다. 그는 위성(渭城)의 외손으로 일명 소(小)라고도 했다. 유는 어렸을 때, 이미 영명함이 제도(諸桃)보다도 뛰어나서 당시 사람들이 서로 칭찬했다. 그런데, 당파가 나누어져 일가 안에서도 중립하여 불편(不偏)한 자가 있고 해서 이를 삼색(三色)이라 한바, 혹은 홍백(紅白)으로 나누고, 이외의 자를 황당(黃黨)이라고 불러서 조정에는 색목(色目)이 완연하게 나누어져 있었다.

　그러나, 영왕은 이것을 금할 수가 없었을 뿐만 아니라, 이때에 이르러서 홍당, 백당 이외의 여당(餘黨)이 있어 또 하나의 당을 이루었고, 왕 역시 홍당에서 나온 관계로 홍당 일파만을 오로지 등용하려 하니, 김대위, 위족 등이 합심하여 번갈아 충간하고 화해에 힘썼기 때문에 잠시 동안은 홍당이네 백당이네 하는 따위 당론은 없게 되었으나, 그래도 백당이 왕성하여 해당(海棠)은 기운을 내지 못하고 조정을 비방하니 김대위가 왕에게 주달하여 귀양 보냈던 것이다. 이때 또 황당 중에서도 성 밖으로 쫓겨나고, 출장(出墻)이라는 오명을 받은 자가 있었다.

　사신(史臣)은 이렇게 평했다.

　'홍당, 백당의 폐는 당나라의 우리(牛李)와 송(宋)나라의 천락(川

洛)에 비하여 다름이 없다. 그러나, 김대위가 성심을 다하여 조정으로 하여금 편안하게 했으니 그야말로 재상될 재능이 있었던 사람이니, 후세에 백관을 통솔하는 재상된 자가 거울로 삼아야 하지 아니하리요. 그리고 또 당나라 문종(文宗)은 말하거니와 언제나 하북(河北)의 도적을 쫓기는 쉬우나 조정 안의 붕당(朋黨)을 없도록 하기는 어렵다 했다. 역사의 이 대목을 읽을 때마다 탄식됨을 금할 수 없게 하는 바다. 당화의 폐가 역란보다 크다고 말하는 것은 옳다고 하겠지만, 당파를 타파하는 것이 적을 제재하는 것보다도 어렵다는 것은 어찌 옳다고 하리요. 하(夏)의 왕이 한 사람의 어진 보좌의 신을 가지고도 어렵다는 것은 어찌 옳다고 하리요. 하(夏)의 왕이 한 사람의 어진 보좌의 산을 가지고도 능히 일세를 조화시켜 화평을 이루었거늘, 하물며 밝은 임금이 세상에 군림하는 바에야 더 말할 것이 있으랴. 서경(書經)에 무편무당이 왕도탕탕(王道蕩蕩)이라 했고, 또 군자의 덕은 풍(風)이요, 인의 덕은 초(草)라 했으니, 군자의 덕이 더하는 바에야 어찌 소인들이 없어지지 아니하리요.'

오년에 풍백(風伯)이 입조하자, 왕의 은혜가 가장 큰지라, 그의 출입이 비상했다. 어느날 왕이 시신에게 풍백은 어떠한 사람이냐고 물었다.

그러자 김대위가 이렇게 대답했다.

"풍백의 사람됨은 절조의 변함이 무상하여 기쁘면 거짓 불고, 화가 나면 바람을 일으키어 만물을 꺾으니 그는 태평한 세상에서는 능한 신하라 할 수 있고, 난세에서는 간웅(奸雄)이라 할 수 있나이다. 성왕께서도 강성(江城)의 변을 보시지 아니하였나이까."

왕은 이런 말을 좋아하지 않았다. 오히려 시기하는 말이라고 보았다. 그래서 풍백을 신임하여, 그의 소녀를 취하여 궁녀로 삼았고, 이로부터 정사에 태만하여 아주 사치만을 일삼았다.

기암괴석을 천하에 널리 구하고, 그것으로 어원의 산을 만들어 아름다운 나라와 풀을 심기도 했다. 이렇게 되고 보니 어원은 한없이 아름답고, 가지가지 나무와 풀이 동공(洞空)에 푸르러 연풍(烟風)이 그 밑에서 일어나는 것이었다. 그리고, 사향각(四香閣)과 백보란(白寶欄)을 지어놓고, 침향(沈香)과 주취(珠翠)로 호화찬란하게 장식해서 한낱 양국(楊國)의 옛 제도를 모방하는 데만 힘썼다. 때때로 이런 곳에서 만화회(萬花會)를 열어 병풍을 삼으니, 이것 또한 당나라의 유풍이라 해서 좋았다.

사신(史臣)은 이에 대하여 이와같이 기록했다.

'심하도다! 미인이 사람을 해침이여. 그것이 마음 속에 있은즉, 사람의 마음을 좀먹고, 신변에 있은즉 몸을 망치고, 집안에 있은즉 패가하고, 나라 안에 있은즉 나라가 멸망하여, 아주 사치하고 방종한 마음이 이로 말미암아 생기고, 태만하고 안락의 습성이 이것 때문에 일어나며, 아첨을 좋아하고, 곧고 바른 것을 미워하는 마음이 이때문에 커지며, 재물을 탐내고 인민을 박대하는 정치가 이것으로 말미암아 이루어지는 것이니, 어찌 두렵지 않으며 또한 어찌 삼갈 바가 아니리요. 문왕(文王)의 영명한 군주로서도 종말에 이러한 것이 미인의 해가 아님이 아닌 것이매, 옛날 중국 하(夏)나라 걸왕(桀王)의 포림(脯林)과 수(隋)나라 양제(陽帝)의 채화(綵花)를 진실로 괴이하다고 생각할 바 아니로다.'

이때 충간자 형초(荊楚)를 죽였다. 형초는 강직하여 전에 여러 차례나 왕의 뜻에 거슬린 바 되어 싫어하자 이것을 기회로 간신들이 그를 없애려고 꾀하기 시작했다.

그러자, 어느 극악한 간신이 이 위대한 충신을 왕에게 이렇게 참소했다.

"형초는 비록 마음이 곧다는 이름이 있으나, 기염이 대성하고, 어두운 곳에서 오래 살고 있사와 금은채단의 뇌물을 많이 받았나이다."

이런 비난은 결정적인 것이 되었다. 왕은 분격하여 그를 죽였다. 이것을 보고, 조금이라도 양심이 있는 자는 모두가 아깝다고 했다.

이때 녹림적(綠林賊) 섭청(葉靑)의 난이 일어났다. 그의 군병이 쳐들어 오자, 몇달도 못가서 천하가 다 그들에게 호응하고, 홍백의 도당들도 이에 뛰어든 자는 헤아릴 수 없을 정도였다.

소녀(小女)는 평소에 재치있고, 권모술수에 능해서 왕이 크게 기뻐하고, 언제나 그 여자의 슬기로운 지혜를 볼 때마다 껄껄껄 웃으면서, 신기롭다고 말하는 것이었다. 이 때문에 그 여자의 아버지인 풍백은 더욱 신임을 받았다.

이때, 충신 위족(衛足)이 이렇게 간했다.

"풍백은 아침에는 굴복하였다가도 저녁이면 모반하는 것을 언제나 반복해서 무상하오며, 소녀의 성질은 질투가 많아 가까이 하기가 어려운 데다가, 그의 누이 봉십팔(封十八)로 더불어 어지신 임금님의 옥체를 위태롭게 하려고 꾀하오니 대왕께서는 이들을 삼가셔야 하올 줄로 여기나이다. 신은 진심으로 나라를 근심하는 충성을 버릴 수는 없는지라, 이토록 만고 변함없는 마음으로 어제의 홍안이 이제는 이미 늙었나이다."

위족의 말은 너무나 간곡하고, 눈물에 젖어 있어서 왕은 꾸짖지도 못하고 빙글빙글 웃는 것이었다.

육년 하 오월에 왕은 후원에서 놀다가 생각지도 않은 들사슴에게 물리었다. 이 때문에 그의 불행한 최후는 한걸음 다가왔다.

간악한 소녀는 이때다 생각하고, 들사슴에게 물려 신음하는 왕에게 양약 대신 독약을 올리었다. 왕은 그것을 마시고 마침내 죽어갔으나, 그가 임금이 된 지 불과 육년의 해가 지났을 뿐이었다. 대하(大夏)는 망한 것이었다.

김대위가 위족 등, 충신들과 함께 의변을 일으켜서 풍백과 싸웠다. 그러나 이 간악하고도 강포한 풍백은 이들 위대한 충신들을 죄다 죽이고 또 하나라를 망친 다음, 계주백(桂州伯)을 맞이해다가 왕을 삼았다.

이때 녹림적(綠林賊)들은 도처에서 대성했다. 따라서 나라는 매우 혼란하고 위태로웠다.

옛말과 같이 노래를 불러도 백성들은 따르지 아니했으나, 여하간 수중군(水中君)이 전당(錢塘)에서 왕의 자리에 올랐으니, 이가 곧 남당(南唐)의 명왕(明王)이었다.

당(唐)

　당(唐)나라 명왕(明王)의 성은 백(白)이고, 이름은 연(蓮)이었다. 자를 부용(芙蓉)이라고 했다.

　그의 선조에 장십장(丈十丈)이라 하는 자가 있었는데, 화산(華山)에서 숨어 살고 있었다. 그의 부친 이름은 함담(菡萏)이라 했고, 애초에는 야야계(若耶溪)에서 살았다.

　모친 하씨(可氏)는 빛이 아름다운 꽃을 가진 창포(菖蒲)를 보고, 그 꽃에 혹해서 그것을 입에 넣어 삼켰는데, 이때 임신해서 왕을 낳은 것이었다. 왕의 얼굴은 잘 생기고 아름다워 마치 천신과도 같았고, 어딘가 이 세상 사람같지 않은 숭정하고 거룩한 점이 있었다.

　고결 청백하고, 한없이 깨끗하면서도, 그러나 한쪽으로 더럽고 추잡한 것을 버리지 않고, 그것을 넓은 아량으로 용납하는 관후한 덕도 있었다. 그는 온갖 미덕의 표본 같았다. 그리고, 언제나 그는 물을 좋아하고 물 속에서 살았다. 그래서 그를 수중군자, 또는 수진인(水眞人)이라고 불렀다.

　하(夏)나라가 망한 후, 나라에 왕이 없어서 상주(湘州) 사람인 두약(杜若)과 백지(白芷) 등이 그를 추대하여 왕의 자리에 오르게 했다. 그는 말하자면 수덕(水德)으로 왕이 된 셈이어서 흰빛〔白色〕을 좋아하고, 칠월을 세수(歲首)로 삼고, 전당(錢唐)을 도읍으로 정하여, 나라 이름을 남당(南唐)이라 불렀다.

　사신(史臣)은 이렇게 말했다.

　'도(陶)나라는 목덕(木德)으로 왕이 되어 흰색을 숭상했고, 하(夏)나라는 토덕(土德)으로 왕이 되어 붉은색을 숭상했으며, 당(唐)나라는 수덕(水德)으로 왕이 되어 흰색을 숭상했던 것이니, 이런 일의 연유는 감감하니 알 수가 없다.'

　덕수 원년(德水元年)에 정전(井田)의 법을 만들고, 전폐(錢幣)를 쓰기 시작했다.

이 해에 예의 포악한 풍백(風伯)은 그의 왕인 계주백(桂州伯)을 죽이고 자신이 왕이 되어 나라 이름을 금(金)이라 하고, 서북(西北) 땅을 합쳐 차지했다. 이 때문에 녹림적(綠林賊)들도 그에게 복종하는 것이었다.

왕은 두약(杜若)을 승상으로 삼았다. 그 조서에서 왕은 이렇게 써놓고 있었다.

'그대는 맡은 바를 잘 보살펴서 그대 선조의 이름을 더럽히지 말 것이며, 동시에 이 당나라의 이름을 떨치게 하라.'

두약은 옛날 당나라의 어진 재상이었던 두여회(杜如晦)의 후손이었다. 그래서 더욱 그 어진 피를 받아 훌륭했고 왕의 신임이 두터웠다.

칠월에 왕은 수정궁(水晶宮)으로부터 나와서 추향전(秋香殿)에 행차했다. 여기서 여러 신하들의 조회를 받았다.

이때, 불행하게도 천하는 모두가 녹림적의 소굴이 되어 버렸다. 그러나, 다만 당(唐)나라만큼은 깊은 개울에다 높은 성을 쌓아 올렸기에 그들의 해를 면할 수 있었다.

백성들은 모두가 다 격양가를 부르고 태평했으며, 나라는 점점 살찌고 부자가 되었다.

이렇게 해서 이때 수형(水衡)의 돈이 많아 거만(巨萬)에 달하고 강과 연못의 물고기가 얼마든지 있어서 다 먹을래야 먹을 수 없을 정도였고, 상하의 백성들이 저마다 길쌈을 하기에 힘쓰고, 조석으로 주옥을 헤아리는 데 여념이 없을 뿐이었다.

삼년에 야야계(若耶溪)의 사신 김량(金亮)이라는 자가 위급한 보고를 올려왔다. 그 급보는 이러했다.

'적병이 야야계에 쳐들어와서 우선 아압지(鵝鴨池)를 쳤나이다. 그 적들은 모두가 다 사당주(沙棠舟)를 타고 목란(木蘭)의 삿대를 저으며, 부용(芙蓉)의 옷을 입고, 채릉곡(採菱曲)을 부르고 있사온데, 그 모양과 거동이며 보장이 우리나라 사람과 매우 같았기로 처음에는 아지 못하다가 나중에 노랫소리를 듣고서야 적인 줄 알았나이다. 그 노래를 적사오면 바로 이러하옵나이다.'

하고, 표문에는 따로 그들의 노래를 정중하게 써 놓고 있었다.

연잎 비단 치마가
한 색인데, 부용 붉은 볼이
두 갈래로 피었구나
아무렇게나 연못에 들어가도
보이지 않고, 노래 듣고서야
비로소 사람 온 줄 아느니라.

그리고 또 표문은 계속해서 이렇게 쓰고 있었다.
'이리하여, 우리 편은 눈 깜짝하는 사이에 많은 사람이 그들의 칼에 맞아 죽고, 또 쓰러져 피를 흘렸나이다. 현명하고 인자하신 대왕께옵서는 이러한 우리를 불쌍히 여기시와 어서 대군을 내시어 구원하옵소서.'
왕은 놀라고 분격했다. 왕은 표문을 다 읽고 나서 이렇게 소리쳤다.
"우리 나라의 지세는 험악하고, 지경이 천연의 돌과 연못과 물로 되어 있고 게다가 성을 높이 쌓아 올렸는데, 어떻게 이놈들이 그것을 넘어올 수 있단 말인가!"
왕은 즉시 대장군 백빈(白蘋)에게 조서를 내려 이 무법한 적병들을 쳐서 없애라고 엄명했다.
조서를 받은 백빈은 군사 수천을 거느리고 적을 맞아 싸웠다. 이때, 군졸 중에 이(鯉)라는 자가 있었다. 이는 입으로 바람을 불 수 있는 신기한 요술쟁이로 그는 자기의 특기를 이용해서 물에 무서운 파도를 일으켜서 적선들을 순식간에 파멸의 혼란에 몰아넣어버리었다.
이러한 혼란 속에서, 그들은 서로 자기 배를 부딪치며 한동안 정신을 차리지 못하다가 겨우 목숨만 살려 도망쳐버리고 말았다.
이것을 계기로 왕은 국토의 방비에 힘을 썼다. 적병이 쳐들어온 것도 이러한 튼튼한 방비가 없기 때문이었다는 것을 그는 이번 기회에 알았다. 자연의 요새만 가지고는 아니된다는 것을 알았다.

백빈은 적을 격파하고 나서 강원의 요처 요처에 질려(蒺藜)를 부설하고 돌아왔다. 또 마료(馬蓼)로 하여금 복파장군(伏波將軍)을 삼아 적병의 불의의 침략에 대비했다.

이로부터 외부의 도적들이 감히 강변에 들어와 물고기를 잡을 수 없게 되었다. 마료는 마원(馬援)의 후예였기로, 그는 이 선조의 빛나는 이름인 복파장군호(伏波將軍號)를 이어받았다.

한 도사가 묘법경(妙法經)을 가지고 왕을 찾아왔다. 그는 어전에 나아가 이렇게 말했다.

"설경을 하면 사화(四花)가 하늘에서 내려오고, 연(蓮)에 잉태되어, 극락세계에 화생(化生)하옵나이다."

왕은 기뻐했다. 그래서, 중의 말대로 즉시 수륙도장(水陸道場)을 열었다. 여기서 쓰인 비용만 하더라도 억만을 헤아릴 정도였다.

이로부터 불교에 깊이 귀의한 왕은 날마다 좌우의 모든 신하들과 아침 저녁으로 한번도 빼지 않고 설경을 일삼았다. 이 때문에 나라의 정사는 전폐하다시피 되어버렸다. 한림학사 문조(文澡)라는 자가 청포(靑蒲)에 엎드려 충간했다.

"불교는 과연 무엇이오니이까? 그들은 잘못된 교리와 간특한 말로써 세상을 속이며 백성을 기만하고 있는 것이올시다. 제왕의 도(道)는 다만 유가(儒家)의 경서만을 지켜야 할 따름이거늘 임금께서는 어찌하여 불법을 믿으시고 패엽(貝葉)을 옳은 경서라 여기시오니까. 인생은 마치 나무의 꽃이 좋은 자리에 떨어지면 귀한 것이 되나, 더러운 곳에 떨어지면 천하게 보이는 것과 마찬가지오니, 이것은 즉 자연의 진리오니 그렇거늘 어찌 인과설(因果說)을 믿어 이 유일하고 참된 도리를 버리겠나이까."

그러나, 왕은 이런 충간을 받아들이지 아니했다. 불교에 너무도 열렬히 귀의하고 있었기 때문이다.

문조는 백빈과 동본이성의 가까운 관계에 있었다. 역시 성질이 고결하고, 문장이 또한 능하여 왕을 많이 도운 것이었다.

이때, 첩여(婕妤)인 반씨(潘氏)가 다른 비빈보다도 왕의 사랑을 더

많이 받았다. 그래서 어느 날인가는 왕이 연꽃을 연못에 늘어놓고 반씨로 하여금 그 위를 걸으라고 하고 이렇게 말했다.
"걸음마다 연꽃이 나는 듯하도다!"
이와 같이 왕은 반씨의 아름다움을 칭찬하고, 육랑(六娘)이라 불렀다.
이때 어느 아첨 잘하는 자가 옆에 있다가,
"사람들은 육랑을 연꽃과 같다고 하오나, 신은 연꽃이 육랑과 같다고 여기오니다."
하고, 왕의 기쁨을 사서 왕은 대단히 좋아했다.
사신(史臣)은 이에 대하여 이렇게 평했다.
'아첨도 그만하면 일가는 이루는구나! 그런 말은 단풀을 씹는 것보다도 더 달고, 그런 아첨은 나무를 칭찬하는 것보다도 더하니 어찌 슬픈 일이라 아니하랴.'
사년에 강리(江籬)라는 자를 상주(湘州)에 귀양 보냈다. 강리는 원래 초(楚)나라 사람으로 자를 채채(采采)라고 했다.
성질이 고결하여 직간으로 왕의 뜻을 거슬리자, 공자 가란(假蘭)이란 자가 이것을 기회로 그를 왕에게 참소하여 마침내 귀양보내게 한 것이었다. 강리는 적소로 향하면서 슬픔과 외로움을 견디지 못하여 이소(離騷)를 지어서 스스로를 원망했다.
오년에 왕은 방술사(方術士) 두생(杜生)의 말을 들어 백로(白露)를 마시고는 병이 나서 좌우 신하들을 불렀으나, 좌우 신하들도 역시 이슬을 마시고 입을 놀리지 못하여 말을 못하고 있었기 때문에 왕은 분을 참지 못하고 다만 연꽃을 부르면서 죽어갔다.
처음, 왕이 동리처사(東籬處士)인 황화(黃華)라는 자에게 왕위를 물려주려 했으나, 황화는 사양하고 받지를 아니했다. 그는 권세를 싫어하는 도덕이 높고 학문이 깊은 군자였다.
이때 금인(金人)이 녹림적을 몰고 당(唐)나라를 포위했다. 그것이 몇달이 가자 성내의 백성들은 다 굶주리고 말라서 죽어 버리었다. 두약(杜若)과 백빈(白蘋)같은 위대한 충신들도 또한 이 난리에 죽었고,

이렇게 해서 당나라는 겨우 오년 만에 망해 버리었다.

　황화의 자는 금정(金精)이라 하고, 사람됨이 매우 의젓하고 이 세상 사람 같지 않은, 어떻게 보면 산중 깊이 은신하고 있다는 도사나 또는 신비한 선인(仙人)같기도 했다. 높은 덕이나 깊은 학문이 또한 그를 더욱 빛나게 해주어서 그는 정말 이 세상 사람같지 아니했다.

　황화는 원래 전세에 도(陶)나라 왕을 섬겨 왔기 때문에 그 절개를 지키면서 율리(栗里)에서 살고, 혼자서 어디까지나 자기를 지켜왔다. 그것이 너무나도 굳세고 자랑스럽기 때문에 제아무리 강포한 금인(金人)들도 그를 침범할 수가 없었다.

　이래서, 이 위대한 덕행가를 사람들은 누구나 칭찬하며, 만절선생(晚節先生)이라 불렀다.

　그것은 그의 영예스러운 별호였다.

　사신(史臣)은 이러한 역대의 변천과 흥망성쇠를 지켜보며 이렇게 기록해 두었다.

　'삼대의 흥망이 눈 깜박하는 사이였고, 사군(四君)의 존망이 또한 눈 깜박하는 사이였다. 동원(東園)에 잠깐 놓인 것 같고 어찌 보면 남가일몽이 아닐 수 없다. 아침에 동산에서 지저귀는 새소리를 들었는가 하면, 저녁에 서산에서 집을 찾아 늦게 돌아가는 산새를 보는 것 같고, 아쉽고 슬프기 한이 없고나. 그 옛날 은허(殷墟)를 노래부른 맥수가(麥秀歌)도 주(周)나라의 서리(黍離)도 이만큼 슬플 수는 없으리라. 삼대 사군의 남가일몽 같은 흥망성쇠를 생각하면 이 붓끝이 공연스레 떨리는 것 같고, 정말 슬프고도 또 슬플 뿐이다. 돌이켜 보건대, 하왕(夏王)이 옥매(玉梅)를 찾아서 도(陶)를 계승케 하였으니, 그 덕이 자랑스럽기만 하고, 당(唐)이 삼각지전(三恪之典)을 세운 것은 더구나 힘든 일이 아니었던가. 아! 오늘날 세상에 남아 있는 자들이여. 그대들은 만초(蔓草), 모란(牧丹), 부용유(芙蓉柳) 등을 보는가 아니 보는가. 그들이야말로 하, 당의 유손임에 틀림이 없도다.'

　사신은 이와 같이 기록해 놓고, 또 한번 전체를 통틀어서 결론을 내리었다. 그것은 이러했다.

'이 세상 천지간에 인간은 다만 한가지뿐이나 꽃에는 수천 수백의 종류가 있으니, 사람이 어찌 꽃의 수(壽)와 같다고 할 것인가.'
하고, 사신은 감동해서 소리쳤다.

우주 자연을 보면, 하늘은 꽃으로써 춘하추동의 사시절을 행하고 있다. 이 꽃으로써 사람은 봄이 왔다, 여름이구나, 가을이다, 벌써 겨울이다 하고 희로애락의 감정을 털어놓았다.

인간이 꽃만큼 성실하고 정직할 수 있을 것인가. 꽃만큼 믿을 수 있고 절개가 굳을 수 있을 것인가. 춘하추동 사시사철을 자로 재는 것보다도 더 정확하게 알려주는 꽃만큼 인간에게 신의가 있을 것인가.

꽃은 피고 진다. 봄의 따뜻한 햇볕에 피고, 가을의 모진 바람에 용감하게 떨어져 간다. 그렇건만 그들은 아무도 원망하지 않는다. 아! 얼마나 숭고하고 고결한가. 그 어진 마음은 어떠한 어진 인간보다도 더욱 어질고 순수하다.

꽃은 또 어디서고 자라고 핀다. 자리를 다투지 않는다. 좋은 땅이나 나쁜 땅이나, 자갈밭이나 바위틈이라도, 뿌리가 뻗을 만한 곳은 어디든 마다않고 자라나 꽃을 피워준다. 높고 낮은 것을 가리지 않고, 귀하고 천한 것을 가리지 않는다. 인간에게 이토록 공평하고 관대하고 자기 희생의 정신이 있을 것인가. 꽃처럼 공평 무사한 마음이 있을 것인가.

꽃은 이 세상에서 가장 믿을 만하고 착하고 아름답고 공평하다. 자연과 같이 살고 자연과 같이 죽는 진실한 충신이다. 말없이 자기를 지키고 죽어가는 만고의 어진 충신이다.

그러나 이렇게 숭고하고 아름다운 꽃에 비해 인간은 얼마나 약삭빠르고 몰염치하고 신의가 없을까. 한가지 보잘 것 없는 자그만 재주라도 있으면 그것을 자랑하고, 그것으로 대대손손 영화와 부귀를 누리려 하고, 남을 짓밟고 할퀴고, 물어뜯고, 때려엎어서 자기를 그 위에 올려세워, 남의 송장 위에 공명을 다투고, 후세만대에 자기의 빛나는 투쟁의 역사와 명예를 남기려 하지 않는가. 인간은 자기를 살리고 내

세우려는 추악한 투쟁에서 살고 죽어간다.

  그러나, 아름다운 꽃에 이런 욕망이 있을 것인가. 꽃은 인간 가운데서도 가장 자랑스럽고 빛나는 군자와 같다. 군자는 인간의 꽃이다. 그런지라, 송(宋)나라 염계 선생은 뜨락의 풀을 매지 않고, 내 뜻도 이와 한가지일지어다 라고 말한 것이 아니었던가.

  참된 군자는 선생과 같이 화초의 미덕을 본받으려고 애쓰는 법이다. 꽃의 덕을 닦고, 꽃처럼 결백하고, 어질게 살아가려고 노력한다.

  '그렇거늘 어찌하여 말과 공을 앞세우는 자에게 진실한 덕성의 완성이 있을 것인가.'

하고, 사신은 최후로 자기 말을 맺었다.

烏有蘭傳

대명(大明) 순화연간(順和年間) 동방 한양(漢陽) 땅에 두 재상이 있었으니, 한 재상의 성은 김(金)씨요, 또 한 재상의 성은 이(李)씨라 했다. 다 같이 문벌(文閥)의 집안으로 지체가 같았고, 덕망(德望)도 같아서 *세교(世交)가 매우 두터웠다. 하루는 김재상이 이재상에게,
"우리 두 집안 자식들의 생년일시(生年日時)가 똑같고 부계(符契)와 같으니, 이것은 우연한 일이 아니올시다. 마땅히 같이 공부하게 해서 그 성취를 보면 어찌 우리들 만년의 낙이 아니겠소이까?"
"네, 그것은 정말 나의 뜻입니다."
하고는, 한간 정사(精舍)를 소제하여 한 스승 밑에서 배우며 같이 자고 같이 먹게 하니, 이생(二生)도 서로 의좋게 지냈다.
그들은 생각하였다.
'남아의 공명은 조만간 반드시 이루어지리라. 주소(周召)의 공을 고주(古周)에다 기해야 하겠고, 관포(管鮑)의 풍(風)을 지금 세상에 다시 불게 하리라. 뜰 가운데의 꽃과 시냇가의 소나무와 같이 설사 빠르고 늦은 사이가 있더라도, 피차 서로 돌봐주고 사랑하며 잊지 아니하리라.'
마음 먹고는 금석(金石)과 같이 우정을 맺고 정답게 지냈다. 날이 가고 달이 바뀌어 학문은 해와 더불어 깊어졌으며 과거를 볼 수 있는 실력을 충분히 길렀다.
갑자(甲子)의 해를 당하여 나라에 큰 경사가 있었다. *옥책(玉册)이 이미 번뜩이고 *금방(金榜)이 열리려고 할 때에, 그들은 손을 서로 붙들고 과거장으로 들어가서 실력을 다 기울여 과제(科題)를 지어 올렸다. 이윽고 급제한 사람의 이름을 부르는데 한 사람은 장원급제를 했고, 한 사람은 진사급제를 했으니 진사급제한 사람은 이생(李生)이요, 장원급제한 사람은 김생(金生)이었다.
김생은 젊은 수재로서 벼슬길을 밟아 자질에 따라 진급하여 평안감

---

*세교(世交)──대대로 사귀어 온 교분.
*옥책(玉册)──이조 때, 제왕·후비의 존호를 올릴 때에 송덕문을 새긴 간책.
*금방(金榜)──과거에 급제한 사람의 이름을 써서 거리에 붙이는 글.

사(平安監司)를 제수받은 날에, 즉시 이생을 맞이하여 같이 가자는 뜻을 말하였더니 이생은 이렇게 말하였다.

"그대는 곧 나라를 위하고 백성을 근심하는 승선자사(承宣刺史)요, 나는 오직 성인(聖人)을 배우고 현인(賢人)을 사모하고 공부하는 선비가 아닌가? 맡은 업(業)이 전혀 다르고 조심함이 같지 아니하니 이것으로 불가할 뿐만 아니라 또 평양은 옛날부터 번화하고도 호탕한 땅이므로 나의 돌아볼 곳이 아닐세."

"번화한 것은 번화한 것이고 공부는 공부이거늘 형의 말은 매우 고루하네. 무슨 방해됨이 있겠나. 첫날의 실언(失言)을 왜 적어 두지 아니하는가?"

하고 같이 소매를 붙잡고, 수레를 같이 타고 바로 임지로 나아갔다.

김생이 부임인사를 하고는, 이튿날 아침에 특명으로 분부를 내려 깊숙하고 고요한 곳에 있는 별당을 깨끗하게 소제하고 경서(經書)를 갖추어 놓게 하고서, 이생(李生)을 조용히 거처할 수 있도록 해 주었다. 이생도 번화한 일에는 뜻이 없어 생각을 글자 위에만 둘 뿐이었다. 하루는 감사가 이생을 위해 주연을 베풀고, 방자를 보내어 이생을 초대했다.

"오늘은 바로 형이 급제하고 처음 맞는 날이니 시인으로서의 시상(詩想)을 어찌 능히 폐할 수 있겠나? 날씨가 따뜻하고 바람도 화창하여 친구에 대한 생각이 간절하니 형은 금옥같은 귀한 몸을 아끼지 말고 한 번 찾아와서 성긴 우정을 펴봄이 어떠한가?"

이생은 마음 속으로는 비록 뜻에 맞지 않았으나, 거절할 만한 이유가 없어서 읽기를 그만두고 책을 덮고 통인을 따라 선화당(宣和堂)으로 오니, 차려 놓은 음식은 처음 보는 이생의 눈을 놀라게 하였다. 사십이주(四十二州)의 원님들이 좌우로 벌려 앉았고, 칠십이명(七十二名)의 기녀들이 앞뒤로 모시고 앉아서, 금슬관현(琴瑟管絃) 등의 오음(五音)을 방안에서 연주하고 있으며, 금석포토(金石匏土) 등의 팔음(八音)을 뜰에서 연주하고 있었다.

술잔과 쟁반은 헝클어졌고 안주 그릇은 얽혀져 있었다.

이생을 맞이하여 좌석을 정하고 인사를 겨우 마치고 나니, 좌우에 앉아 있던 기생들이 다투어 이생에게 술잔을 권하며 노래를 부르기 시작했다. 이에 이생은 화를 불끈 내며 소매를 뿌리치고 갑자기 일어나,
"오늘의 이 잔치는 실로 인간의 도리를 위한 것이 아니오."
하며, 물러 가겠다고 했다. 감사가 소매를 붙잡고 웃으며,
"형은 일찍부터 독서하는 사람이 아닌가? 정백자(程伯子)를 본받고자 아니하고, 또 내 진심으로 거리낌없이 일러주는 말을 들으려고도 하지 않으니 무엇 때문에 이렇듯이 상을 찡그리고 지나친 행동을 하는가?"
하며 누누히 타일렀으나, 끝내 만류시키지 못했다.
　이날 잔치하는 자리에서 이생의 행동을 보고 누구나 그 지나친 고집에 대하여 빈정거리고 비웃지 않는 사람이 없었다.
　잔치가 파하자 감사는 수노(首奴)에게 분부하였다.
"기녀 가운데서 지혜롭고 쓸 만한 자가 누구냐?"
"오유란(烏有蘭)이 올시다. 나이 십구 세로서 가르쳐 주지 아니하여도 잘 할 것입니다."
즉시 오유란을 불러 분부하였다.
"너는 별당의 이랑(李郎)을 알고 있느냐?"
"네 알고 있습니다."
"그러면 네가 이랑을 모실 수 있겠느냐?"
"하루 저녁으로는 할 수 없거니와 한 달 동안의 말미만 주신다면, 반드시 할 수 있습니다."
"한 달 동안의 말미를 주고서 혹 성공하지 못할 때에는 죽여도 좋겠지?"
"네 좋습니다."
　오유란이 분부를 듣고 물러나와서 붉고 푸른 옷을 벗어 흰옷으로 갈아입고는 한 계집아이로 하여금 두어 필의 베를 가져오라 해서 작은 동이에 담고, 짤막한 방망이를 가지고 앞뒷 길을 인도하게 하여 별당 앞에 있는 작은 연못가로 가서 얼굴을 가다듬고 맵시있게 앉아 빨

래를 하기 시작했다.

　때는 병인년(丙寅年) 춘삼월 보름께였다. 이생은 별당에서 달을 바라보며 홀로 앉아 있었다. 꽃시절을 당하여 춘정이 없을 수 없어 시를 읊으며 섬돌 위를 거닐고 있는데 갑자기 바람편에 빨래하는 소리가 높았다 낮았다 하며 우명지(牛鳴池)로부터 들려 왔다.

　전에 들어 보지 못한 소리인지라 의심이 나서 고개를 들고 사방을 바라보니, 풍경이 바야흐로 새롭고 물색은 사랑스러워졌다. 은행나무 밑 석가산(石假山)가에, 두어 자나 되는 은비늘이 마름 위에서 뛰놀고 있었고 한 둥근 금빛이 물결 위에서 둥실거리고 있는 그 가운데 어떤 한 미인이 앉아 있는데 흡사히 서왕모(西王母)가 요지(瑤池)에 내려온 것 같고, 완연히 양태진(楊太眞)이 태액지(太液池)에 임한 것 같았다.

　꽃은 얼굴이 되고 옥은 모습이 되어 한송이 금련(金蓮)이 이슬을 머금고 바야흐로 터지려고 하는 것과 같았다.

　눈썹은 꼬부라지고 뺨은 부풀어져 외롭게 둥근 흰 달과 같은데, 얼굴에는 빛이 비치고 있었다.

　이생이 한 번 돌아보고는 비록 정절을 지키고 있는 선비의 아들로서도 경국(傾國)의 미색임을 가만히 탄복하며, 흘겨보는 눈초리로 정을 보내면서 바라보고, 바라보고 또 바라보았다.

　이윽고 오유란이 엿보고 있음을 깨닫고서 몸을 번득여 일어나 가는데, 걸음걸이가 단정하고 우아하여 흡사 서시(西施)가 월(越)나라 궁전 뜰을 걷는 것과 같아서 정말로 한 절대가인이었다.

　이러한 후부터 혹은 오일을 사이 두고, 혹은 삼일을 사이 두고, 오유란은 언제나 전과 같은 모습을 하고, 그곳에 가서 앉아 돌아보기도 하고 엿보기도 하면서 그 아름다움을 자랑하는 듯이 하고 있었다.

　여기에 있어 고이한 것은 이생이 오유란을 한 번 보고난 후로 방탕하여져서, 공부하는 마음을 멀리 하고 한 번 보면 두 번 보고 싶고, 두 번 보면 세 번 보고 싶고, 네 번 다섯 번 봄에 이르러서는 오로지 마음을 그 미인에게만 두었다. 결심이 풀어져서 공부를 하여도 힘쓸 줄을 모르고 밥을 먹어도 밥맛을 알지 못했다.

책을 덮고 홀로 앉아 실신한 듯이,
"사람이 세상에 태어나 사는 것이 얼마나 되며, 그 즐거움이 또 얼마나 되는고?"
하면서 길이 탄식하였다.

이로부터 날짜를 헤아리며 그 연인을 기다리는데, 오유란은 일부러 가지를 않았다. 이생은 하루가 삼추(三秋)와 같아 항상 마음이 불안하였다. 못가를 살펴보니 언덕은 고요하고 길게 뻗어 있는 담머리에는 사람의 그림자를 찾아 볼 수 없었다. 이생은 인정의 박정함을 슬퍼할 뿐이었다. 여인이 오지 않으므로 인하여, 머리를 싸매고 이불을 덮어 쓰고 누웠으니 곡기와 물이 목에 내려가지 못한 지가 수일이 되었다.

하루는 해가 지자마자 빨랫소리가 은은히 베갯머리에 들려 왔다. 이생은 한편으로 기쁘고 한편으로 바빠서, 아픈 몸을 억지로 일으켜 맨발로 허둥지둥 중문 밖에 나가 머리를 들어 살펴보니, 가슴에 품고 있는 그 여인이 완연히 못가에 앉아 손에 방망이를 쥐고 눈으로 *추파(秋波)를 보내고 있지 아니한가!

이생은 기다린 지 오래인지라, 남은 걸음 바쁜 듯이 발을 재촉하고 나아가 머뭇거리면서 말을 하고자 하다가도 말을 멈추기를 서너 번 하다가는 체면을 불고하고 맹호가 수풀에서 뛰쳐 나오는 것과 같이 걸어가서, 푸른 매가 꿩을 채가는 것과 같은 모양으로 다가선다.

오유란은 반은 놀라고 반은 의아하여 어리둥절하면서 부끄러운 듯이 몸을 일으켜 앵두같은 입술을 반쯤 열고 말하는 것이었다.
"남녀가 유별한데 이 무슨 일이오며, 백주 대로에 이 무슨 모양입니까?"
이생은 턱을 어루만지며 기꺼운 듯이 말했다.
"성은 무엇이고 이름은 누구시며, 누구집 따님이시고 어느 곳에 사십니까?"
오유란은 반은 아리따운 태도를 머금고 반은 부끄러운 입술을 다물고 눈썹을 나직이 하고 대답했다.

─────────────
*추파(秋波)──사모의 정을 나타내는 은근한 눈짓.

"소녀는 본시는 양가(良家)의 딸이었으나, 일찍이 어버이를 잃고 외사촌댁에서 자라났지요. 겨우 비녀 찌를 나이에 이르러서, 서촌(西村) 장사랑(張四郞)한테로 시집갔사오나 명도(命道)가 궁박하여 시집 간 지 몇 달도 못 되어 남편을 잃고야 말았어요. 그러나 삼종(三從)의 예를 좇을 길이 없어 다시 외사촌댁으로 와서 대나무를 짝하고 소나무를 벗삼으면서, 오직 정절만을 생각하고 지내온 지 이제 삼년이 되었어요. 저의 나이는 십구 세옵고, 성은 오(烏)이며, 이름은 유란(有蘭)이라고 부릅니다. 알지 못하겠사오나 존군(尊君)은 어찌하여 물으시는지요."

이생은 과부가 되어 수절하고 있는 여자임을 알고서는 더욱 들뜨는 마음을 이기지 못하여 말했다.

"나는 본시 서울 사람으로서 감사(監使)를 따라왔다가, 요사이는 이 별당의 주인이 된 이랑(李郞)입니다. 낭자에게 원하는 것은, 나의 청을 들어 깊이 생각해 주실 일입니다. 낭자께서 여기에 옴이 무릇 그 몇 번이오며 오늘 오심이 어찌 그리 늦었습니까? 낭자께서 나를 알기는 오늘이 처음이나 내가 낭자를 보기는 이제 거의 한 달이 되었습니다. 원한을 머금고 병이 된 것은 이 누구의 탓이지요? 여러 말이 필요치 않으니, 이제 한 말로 승낙 여부를 말씀해 주실 수 없을까요?"

"옛날에 이르기를 말 한 마디로 싸움을 일으키고, 한 마디로 화평을 시킬 수 있다고 했으니, 말은 삼가지 않을 수 없으며, 듣는 사람도 또한 삼가지 않을 수 없습니다. 들을 만하면 들을 수 있고 들을 수 없을 만하면 들을 수 없으니, 듣고 아니 듣고는 저에게 있사오니 존군은 말씀해 보소서."

이생은 손바닥을 비비면서 한숨을 크게 쉬고 말했다.

"나도 청춘이요 낭자도 또한 청춘입니다. 청춘으로서 청춘을 기다리는 것이 어떠하며, 또한 무릇 인명이 지중하오니 바라건대 나를 가련히 여겨 주소서."

오유란은 잠깐 돌아보고 생긋이 웃으며 말했다.

"인명이 중하다 하면 중합니다마는 저에 대해서는 부당한 가르침이 옵니다. 한낱 여아가 어찌 감히 존군의 목숨이 중하고 중하지 않은 데 대하여 관계할 바가 있겠습니까. 자꾸 그같이 말씀하시면 심중 매우 황공하옵니다. 미천한 몸이오라 비록 배운 바는 없사오나 어찌 인색하리이까마는 그러나 부득이한 사정이 있어 두 낭군은 받들지 못하겠나이다. 그러하오니 스스로 귀하신 몸을 사랑하사 보중하옵소서."

"어떠한 사정인가요?"

"존군은 서울의 귀족이요, 일시의 호걸이옵고 소녀는 먼 지방의 미천한 여자로서 백년의 해로(偕老)를 마음에 맹세했다가, 하룻저녁에 바람이 불어 꽃이 시들어진 후면 반생 동안의 깨끗한 몸이 더러워지고, 흰 옥이 물들어 버린 수치를 말하기조차 추하고, 뉘우친들 어찌 미칠 수가 있겠습니까? 악창(樂昌)의 종(鍾)은 다시는 밝아지지 않을 것이며, 상중(桑中)의 시(詩)를 마음놓고 논할 수가 없을 것입니다."

이생은 웃으며 말했다.

"그 무슨 말씀입니까? 금석같이 기약할 수 있으며 일월을 두고 맹세할 수 있습니다. 낭자께서는 이미 정절의 마음이 있고, 나 또한 뜻 있는 선비올시다. 우리 두 사람의 마음을 우리 두 사람이 서로 화합하고 한 마음으로 서로 맹세한 후면 나의 뜻을 앗을 수 없을 것이요, 낭자의 마음도 또한 더욱 굳어질 것입니다."

하고는, 손목을 잡고 이끌었다.

오유란은 즐거워하지 않는 것 같으면서도 싫은 빛은 없었다. 별당으로 같이 들어가서 밤이 이슥한 다음 잠자리에 드니, 공작이 붉은 하늘에서 날고, 원앙이 푸른 물에서 노는 것과 같았다.

이러한 후로 오유란은 날마다 어두워서 오고 어둠을 따라 돌아가니, 혹 바깥 사람이 알까봐 두려워하는 것과 같았다. 이생은 이미 그 아리따운 얼굴에 도취되고 또 그 민첩한 행동을 기특히 여겨 스스로 신정(新情)이 미흡하다고 여겼다. 기특하다, 오유란이 사람을 선선히 유혹함이여!

　감사는 그 전후의 동정을 탐지하고 비밀히 분부를 내려 걸음을 잘 걷는 자를 골라서 편지 한 장을 가지고 서울로 올라 가다가, 모처에 머물러 있다 여차여차 하라고 하였다. 또 편지 한 장을 써서 한 노복에게 주며,

　"내일 모시에 여차여차 하라."
고 했다.

　이튿날 아침 한 동자로 하여금 별당에 가서 전갈하라 하면서 말했다.

　"요사이 기체 어떠신가? 공부는 더욱 힘쓰고 있는지? 봄새는 남쪽을 그리워하고 가을 말은 북쪽을 싫어하는데 객회(客懷)가 울적함은 피차가 일반이라. 진번(陣蕃)의 탑(榻)은 여러날이 걸릴 것이거니와, *안도(安道)의 방문에는 뜻이 없겠나? 잠깐 옥체를 굽혀 친구의 희망을 저버리지 말게."

　이생은 이미 전일의 이생이 아니었다. 날씨가 화창하고 호탕한 흥취가 넘쳤다. 한 번 친구끼리 서로 만나 달이 넘도록 막힌 정회를 펴 보리라 마음먹고는, 즉시 선화당(宣和堂)으로 가서 서로 인사를 나누니 감사는 이생을 위로하며 말했다.

　"형은 공부하기에 과로하였던가? 식음이 달지 아니하였던가? 요사이 얼굴이 어찌 그리 수척해졌는고?"

　"객이 된 사람으로서 자연 생각이 많아 그러하겠지."

　이윽고 밥과 술을 가지고 왔다. 갑자기 삼문(三門) 밖에서 문을 두드리는 소리가 요란스럽게 들려 왔다.

　감사가 그 까닭을 물어 보라 하니, 한 창두가 서울에서 급보를 가지고 왔다고 했다.

　즉시 불러 들이게 하니 부복하고 한 봉서를 올렸다.

　이생이 객중(客中)에서 바쁜 손으로 열어 본즉 이재상의 환후가 조석으로 시급하다는 사연이었다. 이생의 안색이 별안간 변하고 어찌

─────────────
*안도(安道)──── 성품이 고결하여 고사(高士)로 자처함.

할 바를 몰랐다. 감사는 슬픈 듯이 위로의 말을 했다.
"연세도 젊으시고 옥체도 건강하시온데 어찌 그리 빨리 돌아가시게 되었을까?"
하고는, 급히 노복으로 하여금 좋은 말을 골라 떠날 준비를 해 주었다. 행구(行具)가 갖추어지자 감사는 이생을 말에 오르라 하고는 말했다.
"부디 몸조심하게."
이생은 주저하고 떠나기 싫어하는 듯하면서 말을 하려다가 차마 못 했다. 뜻이 있는 것 같았으나 말을 하지 못하고 벅찬 가슴을 누를 수 없어 눈물을 떨어뜨렸다. 실은 오유란을 위하여 작별의 말을 한 마디도 할 수가 없어서 그러한 것이었으나, 보는 사람들은 사람의 자식된 도리로 보아 당연하다고 생각했다.
말을 몰아 채찍을 휘두르며 대동강(大同江)을 건너서면서부터 만수(萬水)와 천산(千山)은 아득하여 수심을 돕고, 장정(長亭)과 단정(短亭)은 그윽하고 멀어서 슬픔을 더했다. 병점(餠店)과 주점(酒店)이 많음이 없지 아니하였지만, 먹어도 스스로 단 줄을 모르고, 노류장화(路柳墻花)로 지나지 아니함이 없었건만 자위(自慰)코자 하는 마음이 없었다. 전전하면서 가는 길에 밤낮으로 걷다가 피로하면 쉬고 하였다.
하룻밤 자고는 봉강(鳳岡)을 지나고 이틀밤 자고는 개성(開城)을 지났다. 사흘밤 자고는 양철평(梁鐵坪)에 다다랐으니, 산천은 옛과 같으며 물색도 다름이 없었다. 해는 이미 기울어졌고 마음은 조마조마하였다.
이때 어떤 건강한 노복이 화살처럼 나는 듯이 앞에서부터 향하여 와서는 길 왼쪽에서 절을 하며 물었다.
"행차는 어느 곳에서 출발하였으며 장차 누구의 댁으로 가십니까?"
종녀석은 일이 있음을 의심하고 주저하면서 대답했다.
"평양감영(平壤監營)으로부터 서울 이승상댁(李丞相宅)을 향하여 가거니와 어찌하여 묻습니까?"

이에 그 노복은 꿇어 앉아 편지 한 장을 올렸다. 이생이 말 위에서 뜯어 보니 곧 본집에서 온 편지로서 부친의 병환이 완쾌하여 뜻하지 않았던 경사이나, 꺼리는 일이 있으니 집에 들어오지 말고 바깥으로부터 도로 돌아가라는 사연인데 친교(親敎)가 매우 엄하였다.

이생은 이 기쁜 소식을 듣자 실로 만행이라 여기고, 또 되돌아가라는 가르침은 더욱 다시 없는 좋은 기회라 생각하며 편지의 뜻을 종들에게 알리고는 즉시 말을 돌리라고 명령하였다.

이생은 즐거운 듯이 마부에게 분부하기를,

"채찍을 휘둘러 말을 달리되, 다른 생각은 말고 빨리 가기만을 생각하라."

고 했다.

마부는 문득 어떤 뜻을 먹고 일부러 말을 빨리 모는 척하니 말은 가지 아니하고 신음한다.

이생은 말이 잘 달리지 않음을 보고 괴이하게 여겨 마부를 바꾸라고 호령하면서 몰아치기를 마지 않았다. 빨리 가자고 하나 방법이 없었다.

노상에서 오래 머무르면서 여러 날을 헛되이 보내었다. 일순(一旬)이 지난 후에야 겨우 영제교(永濟橋)를 건넜다. 차차 긴 숲속으로 들어가니 풍경은 어제와 같은데 생각은 새로웠다.

오호라, 괴이하다. 수풀 밑 길 왼쪽에 한 새로운 무덤이 우뚝한 봉우리를 이루고 있는데 길에서도 손가락으로 가리킬 수 있었다. 이생은 그 어제 없던 것이 오늘 있음을 괴이하게 여겨 말을 멈추고는 마부를 보고 말했다.

"아침의 이슬은 마르기 쉽고 사람의 일은 헤아릴 수 없도다. 어떠한 사람이 별안간 죽어서 이 큰길 옆에다 묻었을까?"

때마침 이삼 명의 초동(樵童)이 노래를 부르면서 지나갔다. 이생은 초동을 불러 물어 보았다.

"저기 있는 새 무덤을 너희들이 혹 기억하고 있느냐?"

초동들은 머리를 긁으며 얼굴을 돌리고 한참 있다가 대답했다.

"일인즉 비참하고, 말할 것 같으면 슬픈 사연이니 처음부터 즐겨 말할 것이 못됩니다."

이생은 이야기해 보라거니, 초동들은 말 못하겠다거니 승강이를 하다가, 초동들은 마지못하는 듯이 말했다.

"이 성중에 수절하고 있는 열녀가 있었지요? 삼년을 과부가 되어 살았으나 곧은 마음은 백년이 하루 같았습니다. 신사또가 부임한 후 별당에서 거처하고 있는 객으로서, 천하의 무도하고 호로자식인 이가(李哥)란 자는 감히 도적놈의 마음을 품고 가만히 행실을 팔기를 짐승의 행동과 같이 했답니다. 그 처음 친함에 있어서는 백년가약(百年佳約)으로써 유혹하고는 그 뒤 헤어짐에 있어서는 일언반구의 말조차 아끼고 나눔이 없었으니, 그것을 사람이라고 한다면 누구인들 사람이 아니겠습니까? 이럼으로써 그 과부는 정심(貞心)을 품고 죽었답니다. 한 때의 사랑을 한하고 반생의 원한을 품고 식음을 물리치니, 날로 쇠하고 시시로 말라가서 백약이 무효하고 죽음에 임하여 유언하기를 '나를 유혹한 사람은 이랑(李郎)이옵고 나를 병들게 한 사람도 이랑이옵니다. 그러하오나 나는 살아서 이미 이씨(李氏)의 사람이 되었거니와 죽어도 또한 이씨의 혼이 될 것입니다. 이씨는 서울의 거족(巨族)으로 조만간에 반드시 등용(登龍)할 것이며 벼슬을 제수받아 여기를 지나는 일이 있을 것입니다 나를 여기에다 묻어 두고서 이랑(李郎)으로 하여금 거친 무덤을 한 번이라도 돌보게 해 준다면 어찌 황천에서도 외로운 넋의 영광이 아니겠습니까' 하는 뜻을 손가락을 깨물어 혈서를 써 가지고 세상에 남겨 놓았지요. 이웃 사람들이 불쌍히 여겨 여기에다 묻고 그 소원을 풀어 주었거니와, 행차는 어찌하여 물어 보십니까?"

이생은 원래 유정한 사람이라 정신을 잃고 마음과 창자가 끊어지고 찢어지는 것과 같아서, 스스로 슬픔을 금하지 못하고 거의 미친 사람과 같았고 취한 사람의 모양과 같았다.

말에서 내려 상점으로 들어가 즉시 한 노복으로 하여금 성중으로 들어가서 술과 과일을 사오게 했다. 그리고 한 제문을 지은 후에 몸을 무덤에 던지고 엄숙히 종이를 불사르면서 *운감(殞感)하기를 청하니 그 제문은 이러하였다.
 '유세차 병인 사월 을축삭 삼십일 갑오(維歲次丙寅四月乙丑朔三十日甲午)에 한양(漢陽)의 정인(情人) 이랑(李郞)은 변변치 못한 주찬을 삼가 차려 놓고 두어 줄의 제문을 지어 가지고, 한을 머금고 기성(箕城)의 절부(節婦) 고 오유란 낭자(故烏有蘭娘子) 영혼 앞에 고결(告訣)의 말씀을 사뢰나이다.
 오호 슬프고도 원통합니다. 부창부화(夫唱婦和)는 백년의 가약을 지켜 나가기 위함이요. 부생모육(父生母育)은 저버리기 어려운 망극한 은혜입니다. 우리들의 아름다운 인연이 겨우 정해지려고 할 때 친환(親患)의 급보를 어찌하리이까? 서산의 해가 기울어지려고 함에 있어서 오직 어버이를 섬길 날이 적음을 생각하였을 뿐 동상(東床)의 가약을 맺음에 있어 거문고 줄의 끊어질 때가 그렇게도 빨리 닥쳐오리라는 것을 어찌 생각하였겠습니까? 작별의 말을 전하고자 하다가 전하지 못하였음은 사세가 그렇게 되어서 그러하였습니다. 그러하오나 중로에서 뒤돌아서면서 즐거움을 화려한 휘장 속에다 두었으며, 긴 숲을 지나 다리를 건넌 후로는 희망을 별당(別堂)에다 두었더니 천리(天理)는 믿기 어렵고 인사(人事)는 어그러짐이 많은지요? 꽃은 갑자기 뜰 앞에 떨어지고 옥(玉)은 이미 방안에서 깨어지고 말았습니다. 가기(佳期)가 막히고 말았으니 청란(靑鸞)이 홀로 날음을 상심하고 고혼이 원한을 품게 되었으니 단봉(丹鳳)이 울음 잃었음을 애석히 여길 뿐입니다. 달밤에는 두견의 울음과 봄바람에 호접의 꿈은 천겁(千劫)토록 이미 헛되고 말았으며 다시는 같이 만나 놀 수 없게 되고 말았습니다. 순탄하지 못한 인생을 스스로 불쌍히 여기고 봄이 늦게 찾아온 것을 한하지 않습니다. 창자는 비록 끊어지는 일이 있더라도 정은 끊기가 어려울 것입니다. 살아서 이미 날 따랐으니 몰하였어도 또한 나를 따르겠지요? 낭자의 평생에 있어서 모든 범절이 남과 아주 달랐으니 만일 저승에

---
*운감(殞感)── 제사 때에 차려 놓은 음식을 귀신이 맛봄.

서 나의 뜻을 알아 줌이 있다면 돌보시와 황천에서 다시 한 번 만날 수 있도록 하여 주신다면 조랑(趙郞)의 지정(至情)이 감동하여 애랑(愛娘)의 전연(前緣)이 있겠습니다.

 글은 말을 다 할 수 없고 말은 뜻을 다할 수 없사오니 오호 슬프오이다.'

한 구절을 읽을 때마다 소리를 삼키면서 흐느꼈다. 고하기를 마치매 무덤을 치며 소리를 내어 크게 우니 숨이 세 번이나 막히었다. 노복은 안타까이 여겨 손으로 붙들어 일으키면서 말했다.

"일은 이미 지나갔습니다. 한낱 상심만 더 할 뿐이오니 몸조심하시고 좀 진정하십시오."

이생은 호느껴 울면서 목쉰 소리로 말했다.

"너야 어찌 알겠느냐? 내 이 사람과 비록 육례(六禮)는 갖추지 못하였으나 일찍 백년해로의 약속은 있었으니, 나로 인하여 병이 들었어도 약 한 첩 보내지 못하였고, 나로 인하여 죽었어도 장례에 참례하지 못하였으니 어찌 원통하지 않으며 어찌 슬프지 않겠느냐? 곡은 저를 위함이 아니고 나의 사사(私事)를 위함이다. 사사는 나에게 있는 것이 아니라 저의 정에 있나니, 정(情)과 사(私)가 서로 얽히고서 누군들 이와 같지 않겠느냐? 나 아니고서 네가 당했다고 하면 어찌 능히 홀로 그렇지 아니하겠는가?"

하고는 소매를 들어 눈물을 닦고, 물을 떠서 얼굴을 씻고는 마부에 기대어 말에 올라 선화당(宣和堂)으로 들어갔다.

감사는 바삐 나와 맞이하며 놀란 듯이 이생을 보고 물었다.

"춘부장의 병환은 어떠하오며 갔다가 돌아오기가 어찌 이같이 빠른가?"

이생은 소매 속에서 가서(家書)를 내어 보이며 말했다.

"친환(親患)이 완쾌하시고 또 교의(敎意)가 이와 같기로 마지못하여 돌아왔네."

"형이 길을 떠난 후로부터 즐거운 밤이 불안했는데, 이는 실로 안후 듣기를 원한 바이었으니 만행(萬幸)일세. 그런데 형의 얼굴이 어찌 그리 수척한가?"

"급보가 온 이래로 여러 날을 길에 있었으므로 자연 먹어도 맛을 모르고, 잠을 자도 편치를 못하여 그러하겠지."

"이것은 한때의 액회(厄會)이니 다시는 깊이 근심하지 말고, 공부에 더욱 힘을 써서 속히 어버이를 영화롭게 해 드리게."

하고는, 술상을 가져오라 했다.

조용한 이야기가 끝나기도 전에 이생은 몸이 피곤함을 핑계하고는 이전에 거처하던 별당으로 물러가 보니 나나니가 집을 지었고 발이 긴 거미와 흙벌레들이 방 안에 있어 매우 거칠어 사람은 볼 수 없고, 오직 뜰안의 꽃이 바야흐로 피어서 웃음으로 사람을 맞이하고 섬돌의 풀은 이슬을 머금고 사람으로 하여금 눈물을 더하게 하는 것만 보일 뿐이었다. 주인은 다시 왔건만 미인은 어디에 갔는지 오직 초당(草堂)만이 우뚝 홀로 남아 있다. 먼지를 쓸고 누우니 만사에 부심하고 오장이 끊어져서 온갖 병이 얽히어졌다. 오래지 않아 반드시 죽으리라는 것을 스스로 알았다.

마침 달밝은 저녁을 당하여 깊이 신음하고 깊이 탄식하며 전전반측(轉轉反側)하고 있는데, 갑자기 들으니 담 밖에서 어떤 곡성이 원망하기도 하는 것 같고 호소하는 것 같기도 하여, 마디 마디 슬프고 아프며 똑똑하지는 아니하나 그 여인의 소리와 같았다. 이생은 이상함이 있음을 깨닫고 아픈 몸을 이끌고 급히 일어나, 옷을 잡으며 창을 열고 머리를 들어 살펴 보았다. 달빛이 훤하고 사람의 그림자가 어른어른 하는데, 마음에 품고 있는 그 여인이 연한 화장을 하고 흰 옷을 입고서 짧은 담에 기대어 슬픈 울음과 원망의 말로 지나간 일을 홀로 뇌이는데 정말 알 수 없는 일이었다.

이에 반은 믿을 수 있고 반은 의심이 나고, 한편으로는 기쁘고 한편으로는 놀라워서 엎어지고 자빠지며 나아가서 손목을 잡고 말했다.

"이것이 참이요 거짓이오? 낭자는 누굽니까? 나는 기억이 나지 않거니와, 어찌 원망과 사모의 정이 간절하여 나를 이같이 느끼게 하시나요? 정말로 낭자일진댄 어찌 정례(情禮)가 식어서 이같이 나를 멀리 하십니까?"
"저는 오유란(烏有蘭)입니다. 낭군님은 어제 성문 밖의 무덤을 보지 아니하였습니까? 한 글월의 고결(告訣)이 낭군님에 있어서는 간절한 정의에서 나왔겠지마는, 저에게 있어서는 어찌 영총(榮寵)이 아니겠어요? 썩은 뼈에 장차 살이 붙고, 외로운 혼이 다시 사랑을 찾게 되면 사례를 하옵고, 또 낭군이 생각해 주시는데 대하여 보답하고자 하옵니다만, 비록 저승에 있는 몸이오니 실로 슬픈 일입니다. 이럼으로써 낭군님이 들으시고 저의 마음을 알아 주시도록 할 뿐이옵니다."
이생은 자못 그 뜻을 알아차리고는 지성으로 타이르며,
"이승과 저승의 길이 달라 사람들이 비록 꺼리는 바이나 정사(情思)가 간절하기로 나는 조금도 의심하지 않습니다."
하고는, 소매를 끌고 별당으로 들어갔다.
소식을 들음이 급함과, 가약을 어기게 된 이유를 자세히 이야기하고는, 병이 들어 괴로워한 것과, 몸을 마친 절개에 대한 사례를 하니 오유란은 눈물을 거두고 이야기를 하기 시작했다.
"저는 본래 비천한 사람으로서 일찍 짝을 잃었으나, 삼정(三貞)을 잘 배워 한 마음을 굳게 먹고 있다가 군자(君子)를 뜻밖에 만나 사랑을 받고서 탁문군(卓文君)의 흥취를 돋우고 오직 예양(豫讓)의 정열을 사모하면서 비록 조강(糟糠)의 처(妻)는 아니오나 길이 낭군님을 모시고자 하였더니, 어찌 된 일인지 좋은 일에 마(魔)가 많아 가기(佳期)가 막히고 낭군님께서는 홀연 만릿길에 오르시고 말았던 것입니다. 제가 스스로 일신을 돌아 보니 같이 살고 같이 죽으려고 하였던 그 말을 실천할 수 없고 일월을 두고 맹세했으나, 그 맹세를 좇을 수 없었어요. 작별한다는 말도 없었고 가시는 것도 몰랐던 까닭으로 이로 인하여 병에 걸리고 위중하여 실성하니, 존재 없는 목숨이나마 불쌍하였습니다. 사람의 평안을 꾀하기를 알지 못함이 아니었습니다만, 평생에 부끄러운 일이 많아 도리어 세상을 저버리는 것이 빠름을 알지 못하였어요. 구슬이 깨어지는 것을 달게 여기고,

구슬을 묻어 버리기로 뜻을 결정하고 보니 마치 나는 모기가 등을 치는 것과 같고, 어린아이가 우물에 들어가는 것과 같았습니다. 비록 목숨을 받음이 짧음을 알았으나 어찌 낭군님으로 말미암은 깊은 원한이 없었으리이까? 목이 메일 뿐입니다."

이생은 오유란을 위로하며 말했다.

"낭자는 실로 하늘이 나에게 주신 인연이므로 사람의 힘으로는 감히 들어 줄 바가 아닙니다. 다만 *봉조(鳳鳥)가 이미 꺾이어졌고 *난조(鸞鳥)가 갈라졌음을 뼈아프게 느낄 뿐이었습니다. 어찌 깨어진 거울이 다시 둥글어지고, 끊어진 거문고의 줄이 다시 어어질 수 있다는 것을 뜻하였겠습니까? 이치는 실로 믿기 어렵고 일은 매우 괴이합니다."

하고는 같이 잠자리에 드니, 이불 속의 즐거움은 의심없이 그 옛날과 꼭 같았다. 이생은 팔을 베어 주고 뺨을 맞대고 기쁨에 넘치는 정다운 말을 속삭였다.

"낭자는 이르기를 죽었다 하고, 나는 살아 있는 사람으로서 유명간 (幽明間)의 회합에 있어서 살찐 살결의 포동포동함과 애틋한 정의 은근함은 옛날에 비하여 조금도 차이가 없으니, 나로서는 깨달을 수가 없구려."

"유명(幽明)이 아주 다르다는 설(說)은 정말로 다른 사람에게 있는 것이고요. 저와 낭군님하고는 제가 살아 있을 때에 이미 가장 가까운 사이가 되었으니, 이제와서 어찌 다른 의심이 있을 수 있겠습니까? 다름이 있을 것 같으면 처음부터 가까이함이 부당하옵고 가까이하고서 의심한다면 저는 이 이상 말하지 않겠어요."

이윽고 북두칠성이 서쪽으로 기울어지고 새벽 종소리가 멀리서 들려 왔다. 오유란은 베개를 밀치고 일어나 옷을 입고, 눈물을 뿌려 작별을 고하며 말하였다.

―――――――――――――――――――――――――――

*봉조(鳳鳥)―― 봉황(鳳凰).
*난조(鸞鳥)―― 중국에 전해지는 상상의 새. 닭과 비슷한데, 깃은 붉은 빛에 오채(五采)가 섞이고, 그 소리는 오음(五音)에 해당한다 함.

"우리들의 사랑은 이로부터 좀 멀어질 것입니다."
"오심이 어찌하여 더디었으며 또 정이 멀어진다는 말은 어찌 차마 그렇게도 빨리 하오."
"신도(神道)는 상도(常道)에서 어긋남이 많아 행적(行蹟)이 뜻과 같이 되지 아니합니다."
"그 무슨 말씀이며 그 무슨 정입니까?"
하며, 이생은 다시 오유란의 옷자락을 잡고 후에 다시 만날 수 있는가를 묻고 또 물으면서 맹세코 놓지를 않았다. 오유란은 쳐다보며 소리를 나직이 하고,
"낭군님의 유정함이 이에 이르렀는데 제가 어찌 무정하겠습니까? 삼가 가르침을 받들겠습니다."
고 했다.
이러한 후로부터 오유란은 매양 해가 어두워지면 왔다가 새벽 닭이 울면 돌아가곤 하니, 서로 떨어지기 어려워 하는 정은 다시 새로워지고 흡족해졌다.
하루는 저녁에 이생이 한숨을 후유 쉬고 탄식하면서 말했다.
"낭자가 빨리 왔다 빨리 감은 실로 재미있고 즐거운 일이 아니오며, 같이 살고 같이 묻히자는 맹세는 도대체 어디에 있습니까? 한 번 태어났다가 한 번 죽는 것을 나만이 홀로 부끄러워하겠습니까. 바라건대 나도 죽어서 모름지기 낭자와 더불어 같이 갔다가 같이 오는 것이 어찌 좋은 뜻이 아니겠습니까?"
오유란은 놀라고 두려워하는 듯한 표정으로 말했다.
"낭군님이여, 낭군님이여! 그 무슨 말씀이오니까? 제가 가장 천한 몸으로서 죽은 것도 족히 슬퍼할 것이 못되오며 또 이미 지나간 일이온데, 낭군님은 존귀하신 몸으로 부모님이 살아 계시므로 마땅히 자중하고 자애하셔야 할 것이어늘 어찌하여 경솔히도 그와 같은 생각을 하시니 정말 황공(惶恐)하옵니다."
"내 부모에 대하여 이미 불초한 자식이 되어 근심을 끼친 일이 많으며, 한 번 죽는 것은 또한 이치의 당연함이므로 피할 수 없습니다.

공자(孔子) 같은 덕으로도 백어(伯魚)의 참사(慘事)가 있었으며, 안자(顔子) 같은 어짊으로도 이모(二毛)의 요절이 있었으니, 하물며 나는 아무것도 비교할 만한 것이 없는데 무엇을 족히 애석하게 여길 것이 있겠습니까? 다만 꺼리는 것은 부친의 병환이 나으신 이 때에 내가 죽었다고 부모님들이 통곡하는 것을 차마 볼 수 없을 뿐입니다."
"그렇다면 근심하지 마옵소서. 저에게 한 묘리(妙理)가 있사오니 그러한 말씀은 다시는 입 밖에 내지 마십시오."
"묘리란 어떠한 것인가요?"
오유란은 입을 다물고 말을 하지 않고 오랫동안 침묵을 지키다가 손으로 이생의 팔을 잡고 여러번 말을 하려고 하다가는, 마침내 마지 못하여 대답을 했다.
"사람의 병자(病者)와 사자(死者)는 분명히 구별할 수 있지마는, 아픈 상태는 글로 표현할 수 없습니다. 제가 낭군님을 대접하는 방법이 다른 사람과는 같지 아니합니다. 비록 병이 들었더라도 아프지 아니하고, 비록 죽더라도 살아 있는 것과 조금도 다름이 없어서 정신도 그대로 있고 지각도 그대로 있습니다."
"그러면 그러한 방법으로써 잘 주선하여 끝없는 즐거움을 꾀하려는 것이 내가 실로 원하는 바이온데, 낭자는 어찌하여 꺼리시오?"
"가르쳐 주시는 뜻이 이와 같으니, 그러면 오늘 저녁을 당하여 시험해 보겠습니다만 한 번 저를 따라 하룻밤만 지내고 나면 나타날 것입니다."
이튿날 새벽에 오유란은 먼저 일어나 베갯머리에 앉아 머리를 풀어 헤치고 눈물을 짜고 깊이 탄식하면서 말했다.
"세상 일이 어찌 그리 덧없는지 낭군님이 돌아가셨네."
이생은 겨우 한숨을 자고 깨어나니, 의심도 나고 놀랍기도 하여 말했다.
"어제의 나는 오늘의 나이고 오늘의 나는 어제의 나인데, 어제는 옳고 오늘은 그르던가? 정신도 초롱초롱하고 심신도 그대로 있어서

조금도 차이가 없으나 다만 조용히 한잠 잤을 뿐인데 낭자는 어찌
하여 나를 위하여 슬퍼하고 있소?"
 "낭군님은 믿지 아니하십니까? 제가 말한 묘리는 바로 이것입니
다. 아직은 떠들거나 시끄럽게 하지 않는 것이 좋겠어요."
하고는, 자리를 남쪽 벽으로 옮겨 앉아서 동정을 살피니, 동방은 이미
밝았고 붉은 해가 피를 쏟고 있었다. 붉은 벽 밖에 수상한 사람들의
그림자가 있어 가까이 서서 말했다.
 "불쌍하도다 청춘이여! 슬프도다 부모들이여! 아깝도다 문벌이
 여! 원통하도다 객사(客死)함이여!"
하더니, 수명의 노복들이 문을 열어 흘겨보고는, 어떤 놈은 베를, 어
떤 놈은 나무를 다스리곤 하다가 우루루 쫓아 들어와서, 번쩍 하는 사
이에 시체를 관에다 넣는 시늉을 하고 땅땅 거리면서 뚜껑을 덮고 나
갔다.
 이생은 눈을 살며시 감고 하는 것을 다 보고는 비로소 몸이 죽었는
가 의심하고서, 슬픈 표정으로 눈물을 글썽거리면서 중얼거렸다.
 "사람의 목숨은 어찌 그리 쉽게 죽는고. 내 삶은 천지로부터 받아가
지고 부모가 있어도 자식된 도리를 다 못하고, 친척이 있어도 화목
을 돈독히 하는 줄을 아지 못하였으니 살았을 때에도 이미 사람 사
는 곳에서 불량한 사람이 되었고, 죽어도 또한 지하에 가서 처벌이
있을 것이로다."
하면서 스스로 슬픔을 금치 못하니, 흐르는 눈물은 비가 쏟아지는 것
과 같았다. 옛말에 하였으되,
 '새는 죽으려고 할 때에 그 울음이 슬프고, 사람은 죽으려고 할 때
 에 그 말이 착하다.'
고 한 말은, 실로 헛된 말이 아니었던가 보다.
 이생을 계교에 빠지게 해서 죽었다고 한 후로 한두 가지 가련한 마
음이 없지는 않았으나 이날 이후부터는 오유란이 수시로 출입하니,
혹은 낮에도 자며 즐거워하고 혹은 밤에 술 마시며 이야기하기에 밤
가는 줄도 모르고, 도취하니 즐거움은 미진하고 사랑은 무궁했다.

이생은 자득(自得)한 듯이 희언(戱言)을 오유란에게 보내며 말했다.
"낭자의 묘술로 능히 나로 하여금 목숨을 좋이 마치게 하여 주오. 목숨을 좋이 마치는 것은 오복(五福)의 하나라 감사하여 마지 않겠소."

오유란은 대꾸를 하지 않았다. 오유란은 본시 민첩하고 다정한 사람이었다. 자주 배고프고 목마른가를 물으며, 때때로 좋은 음식을 갖다 대접했다. 이생은 그러한 좋은 음식을 가지고 오는데 대하여 감탄하면서 말했다.

"거기에도 또한 묘방(妙方)이 있는 것 같은데, 그 묘방은 어떠한 것이오?"

"*토식(討食)이라는 것이지요."

"토식이라 이르는 것은 어떠한 것이오?"

"능히 말로 표현할 수 없습니다."

"자세한 이야기는 좋아하지 아니하니 나로 하여금 한 번 보게 해주는 것이 어떠하오?"

"꼭 보고 싶고 알고 싶으시면, 택일(擇日)할 필요없이 오늘 아침에 낭군님과 더불어 같이 가 봅시다."

이생은 좋아하고 관을 당겨 쓰고 옷을 털어 입고는 곧 나서려고 했다.

때는 오월이라 날씨가 매우 더웠다. 오유란은 옆에 섰다가 침을 뱉고 웃으면서 말했다.

"이같이 더운 날씨에 의관(衣冠)은 무엇 때문에 하십니까?"

"큰 길에 나서면 여러 사람이 보고 손가락질할 것이며, 내 무뢰배(無賴輩)가 아닌 이상 더벅머리에다 관을 쓰지 않는 것이 어찌 옳다고 말할 수 있소?"

"낭군님의 불통(不通)함은 어찌하여 그렇게 고지식하십니까? 살았을 때와 죽었을 때의 몸도 구별하지 못하고 다만 몸가짐의 조심만을 말할 뿐이니, 사람들은 우리를 볼 수 없지만 우리는 볼 수 있고, 사람들은 우리의 말을 들을 수 없지만 우리는 들을 수 있습니다. 소리가 없고 냄새가 없는 것은 하늘이며, 귀신의 도는 공허하고 형체도 없고 자취도 없는 것은 음양이온데, 낭군님과 저의 처신에 있어서는 돌아보고 꺼리어 할 바가 무엇이 있으며, 꾸미거나 차릴 필요가 무엇이 있어요?"

"사람들은 비록 보지 못한다 할지라도 나로서는 어찌 마음에 부끄럽지 아니하겠소? 그러나 자취가 없다는 말을 들으니 적이 마음이 놓이는군."

하며 가벼운 홑옷을 입고, 오유란의 손을 붙들고 문을 나가면서 자기 몸을 돌보고 혹 사람이 알아볼까 두려워하니 걸음걸이는 인어(人魚)가 해막(海幕)을 엿보는 것과 같고 마음은 꾀꼬리의 집이 바람부는 가지에 걸려 있는 것과 같았다.

어느덧 저자 있는 곳을 지나 이방(吏房)의 집으로 갔다. 삼사리(三四里)를 지나는 동안 이미 수천 명의 어깨를 스치고 팔을 치는 자가 많았으나, 한결같이 보거나 아는 시늉을 하는 자는 없었다.

때에 이방(吏房)이 집에 돌아와 아침을 먹고 있었다. 오유란은 먼저 방문 밖에 가서 이생을 돌아보며 말했다.

"낭군님은 여기에 머물러 있다가 가만히 보세요."

하고는 바로 들어가서 밥상을 대하나, 사람들은 깨닫거나 알지 못하는 척했다. 왼손으로 뺨을 한 번 치고 오른손으로 가슴을 세 번 치니, 이방은 갑자기 젓가락을 떨어뜨리고 양손으로 가슴을 안으며 침을 흘리고 눈을 두리번거리면서 아프다고 하는 소리가 대단했다. 온 집안이 놀라고 급히 서둘렀다. 큰 아들, 둘째 딸, 아내와 첩들이 손을 모아 주물러 구하고는 부랴부랴 장가(張哥)란 무당을 찾아가 물어 보고, 다시 오가(吳哥)란 장님을 찾아가 물어 보았으나, 다 그대로 두면 죽는다고 하며, 원통하게 죽은 남자 귀신과 여자 귀신이 서로 짜고는 앞서면서 따르면서 와 가지고 일시에 달려 들었으니 술과 밥을 성대히 차려 놓고 귀신을 배부르게 먹이면 괜찮을 것이라고 했다. 이에 점쟁이의 말을 시험해 보기 위하여 떡을 사고, 술을 받고 양고기를 삶고 굽고 해서, 뜰 가운데 자리를 펴고 음식을 낭자하게 차려 놓았다. 오

유란은 이것을 보고 이생에게,

"묘방(妙方)은 바로 이것이랍니다."

하고는, 이생의 손목을 끌어다가 술을 마시게 했다. 이생은 굳이 사양하였으나, 할 수 없어 조금 마시고는 젓가락을 놓았다. 오유란은 마른 고기를 싸면서,

"후일의 양식으로 삼읍시다."

하고는, 보자기에 싸고 자루에 넣어 가지고, 사나이는 지고, 계집은 이고 하여 별당으로 돌아왔다.

이생은 배를 어루만지고 쉰 냄새를 토하면서 말했다.

"오늘 일은 참 묘하군. 내가 전세(前世)에 있어서 굳게 귀신의 설(說)을 믿지 아니하였다가 오늘에야 유명(幽明)의 다름을 겪어 보았소. 이로 본다면 마음 놓고 무당들을 일시에 농락하기란, 손바닥에 있는 것을 쥐는 것과 같군!"

수일 후에 오유란은 또 물었다.

"낭군님은 또 한 번 배불러 보고 싶은 뜻이 없습니까?"

"뜻이 있지."

"여염집 사이에서 동서(東西)로 다니며 함부로 빼앗아 먹는 것은 매우 잔인할 뿐더러, 행세(行世)가 고상하지 못합니다. 이번에는 사또한테 가서 빼앗아 먹고 싶으나, 낭군님의 뜻이 어떠한지를 알지 못하겠습니다."

"그게 무슨 말이오. 그와 나의 사이는 일찍부터 형제와 같은 정의가 있었는데, 내 비록 십순(十旬)에 구식(九食)하는 일이 있더라도 어찌 차마 빼앗아 먹겠소? 다시 다른 곳을 찾아 보시오."

"의리를 가지고 말씀하십니까, 정의를 가지고 말씀하십니까? 가령 낭군님이 살아 있었을 때에 사또한테서 얻어 먹은 것의 정의가 깊어져서 그러하십니까, 인정이 많아서 그러하십니까? 저는 매우 친밀하였습니다. 그래서 살았을 때나 죽었을 때나 조금도 멀리함이 없으니 이제 한 번쯤 음식을 빼앗아 먹는데 대하여 무슨 꺼릴 것이 있겠어요?"

"낭자의 말이 옳소!"
이에 오유란은 홑치마만 걸치고 일어나면서 말했다.
"날이 더워 염려할 여지가 없습니다. 낭군님은 이미 시험해 보았거니와 사람이 누가 보던가요?"
이생은 그렇게 여기고 알몸으로 문을 나서니 행동이 어수룩하고 모습이 초라했다. 축 늘어진 금경(金莖)은 두방울 사이에서 끄덕끄덕하고 주먹의 반만한 동주(銅柱)는 양다리 사이에서 달랑달랑하니, 대낮에 보는 사람 쳐놓고 누구나 웃지 않을 수 없었지만, 엄중한 명령하에 감히 지껄이지 못했다. 그러한 모습을 하고 사람들이 우글거리는 삼문(三門)을 걸어서 지나갔다. 즉시 선화당(宣和堂) 대청(大廳) 위로 올라가서, 오유란이 물러서며 이생에게 속삭이기를,
"사또가 저기 있으니, 낭군님은 이전 이방(吏房)의 집에서 한 것과 같이 들어가서 사또를 치고 그 거동을 보십시오."
"나는 익숙지 못한데 어찌 마음놓고 할 수 있을까?"
"일은 그렇게 어렵지 아니합니다. 저는 상하의 분수가 있어서 감히 할 수 없거니와, 낭군님은 무슨 꺼릴 것이 있겠습니까?"
이생은 마지못하여 허리를 구부리고 슬금슬금 앞으로 가서 머뭇거리고 서성대면서 보는 것과 같고, 아는 것과 같아서 바로 곧 행동을 취하지 못하고 이상한 눈초리로 살피고 있는데, 감사가 가만히 담뱃대로 이생의 배를 쿡 찌르면서 말했다.
"형장(兄長)은 이 무슨 꼴인가?"
이생은 감짝 놀라며 털썩 주저앉고는 비로소 자기가 살아 있음을 깨달으니, 취몽(醉夢)이 삼월달 봄날에 깨는 것과 같고, 훈풍(薰風)이 한가닥 불어온 것과 같이 정신이 들었다. 순간 어리둥절하고 어찌할 바를 몰랐으나, 곧 정신을 차려 보니 조금도 의심할 것이 없고 한 무덤에 자기가 팔렸음을 비로소 깨달았다. 기운이 탁 풀리고 맥이 없어 어떻게 해야 좋을 지를 몰랐다.
감사는 즉시 관비에게 명하여 옷 한 벌을 가지고 와서 입히게 했다. 이생은 더욱 부끄러움을 이기지 못하였다.

이생은 이튿날 새벽에 노비를 마련해 가지고 감사도 만나 보지 않고, 오유란도 만나보지 않고 밤낮으로 달려 겨우 서울에 도착했다.

부모들은 그의 얼굴이 핼쑥함을 보고 근심을 하였고, 종들은 그 차림이 초라함을 살피고 의심했다. 이생은 대답하기를, 오는데 애를 먹고 병이 들어 고생을 했기 때문이라고 했다.

이생은 정사(精舍)로 물러가 거처하며, *설분(雪憤)에만 뜻을 두고 마음 속으로 굳게 맹세하고는 열심히 공부를 했다.

그해 가을에 마침 임금님이 문묘(文廟)에 참배하심을 만나 글을 품고 가서 올렸던 바, 다행히 임금의 눈에 들게 되었다. 급제한 사람의 이름을 부르기도 전에 한림학사(翰林學士)로 뽑혔으니, 부모님들이 다 같이 즐거워하며 즐거워할 영광이고 친척들이 다 같이 기뻐할 경사였다. 원근이 모두 기뻐 날뛰며 칭찬하느라고 입을 다물지 못했다.

이때 서쪽 지방에 심한 흉년이 들어 민심이 흉흉하였다. 임금은 근심하며 신하들을 보고 암행어사(暗行御史)가 될 인재를 뽑아 올리라 했더니, 곧 이한림(李翰林)이 뽑혔다.

이한림은 새 명령을 분부받고, 설분할 기회가 닥쳐 왔음을 못내 기뻐하며 매우 다행으로 여겼다. 행장(行裝)을 갖춰 가지고 곧 떠나 전전(轉轉)하면서 서주(西州)로 가니 행로가 흥겨웠고 의기가 양양했다.

지나는 곳마다 산천의 풍경은 옛날과 다름 없고 그 옛날의 이생도 변함이 없었다. 두 물줄기가 갈리는 능라도(綾羅島)는 우뚝이 보여 기억에 떠올랐으며, 삼산(三山)이 반락(半落)한 모란봉(牡丹峰)은 세월을 겪기를 몇 번이나 하였건만 강산은 뚜렷하였다. 이생은 즐거운 흥취를 이길 수 없어 곧 시 한 수를 지었다.

 대동강 바깥 물은 남쪽으로 흐르는데
 노랑 돛단배가 고주에 걸려 있네
 천지에 몸을 붙여 이제야 벗어났고
 강산이 반가워서 다시 다락 오르고야

───────────────
*설분(雪憤)──── 분풀이.

영명사 깊은 탑은 중들의 구름 같은 꿈
부벽루 높은 대는 나그네의 야화로세
수의 입은 암행어사, 사람들은 모르는데
임금님 은혜 받아 봄놀이에 동반하리

읊기를 마치고 나서, 채찍을 휘두르며 연광정(練光亭)에 올라가서 사방을 돌아보며 눈을 비비고 다시 보니, 그 옛날의 초당(草堂)이 아득히 눈에 들어왔다. 술을 마시고는 또 노래를 지어 불렀다.

도원 찾아 떠난 유랑 이제 다시 돌아오니
풍물도 달라졌고
사람들도 알아 보지를 못하네
짧은 지팡이를 자축거리고
해진 의복이 남루하지만
까마득한 세상에 눈이 열리니
때가 오면 남아의 뜻을 펴리라.

노래를 마치고 역졸(驛卒)들과 더불어 비밀리 약속을 해 두었다.
그날 밤중에 역졸 여남은 명이 마패(馬牌)를 높이 들고 각각 몽둥이를 가지고 삼문을 두드리며 일시에 소리내어 외치기를,
"암행어사 출두하옵시오."
하니, 우레와 번개가 백리 밖에서 놀라고 천지가 한 성안에서 뒤집혀지는 것과 같았다.
관노(官奴)와 이방(吏房)은 일을 단속하느라고 이리 닫고 저리 달리며, 좌수(座首)와 별감(別監)은 눈이 휘둥그래져 가지고 가정(街亭)에서 당황하고 있으니 마치 솥 물이 끓는 것과 같았다.
이때 감사는 마침 수청기생 계월(桂月)과 같이 자다가 갑자기 뜰문 밖에서 암행어사 출두하옵신다는 소리를 듣고, 뜻하지 않았는데서 나온지라, 황급히 일어나 촛불을 켜지 않고 어두운 데서 옷을 찾다가,

겨우 뒤집혀진 옷 하나를 잡으니 곧 계월의 넓은 비단 속곳이었다. 계월도 또한 알몸으로 황급히 뒤따라 나왔다.
 감사는 본시 해학(諧謔)을 좋아하고 또 잘하는 사람이었다. 우환이 있는 중에서도, 계월의 가는 허리 아래 사타구니 사이를 손가락질하며 희롱의 말을 했다.
 "추위를 당하여 감기가 들었느냐? 어찌 그리 콧물을 많이 흘리느냐?"
 계월이 슬쩍 돌아보며 대꾸했다.
 "사또께서는 *승자(陞資)하시와 벼슬이 더 올랐습니까? 어찌 그리 화신(火腎)이 툭 튀어 나왔으며 큼직하십니까? 그러하오나 이와 같은 재앙이 닥쳐온 이때에 희담(戱談)이 무엇입니까? 요컨대 좀 정신을 차려 무사하기를 도모하옵소서."
 이와 같이 황급한 때에 어사(御史)는 벌써 선화당으로 들어와서, 높이 걸터앉아 특명으로 분부하였다.
 "봉고(封庫)를 하고 형구(刑具)를 갖추어, 수하를 막론하고 명첩(名帖)을 올리지 못하게 하라!"
 명이 떨어지자 이노(吏奴)들이 다투어 쫓아가서 감사에게 아뢰었다. 감사는 일이 되어가는 꼴을 보고 모면하기가 어려움을 깨닫고 또한 어사가 누구인가를 알지 못했다.
 감사는 두세 명의 관노로 하여금 그 동정을 살펴 보고 또한 용모를 알아보게 했더니, 돌아와 아뢰기를,
 어사의 나이는 삼십 세 가량 되었고, 얼굴이나 거동이 흡사 전날의 이랑주(李郎主)와 같다고 했다.
 감사는 반신반의하여 정말 그런 것 같지 않아, 곧 오유란을 불러 분부하였다.
 "너는 이랑(李郎)과 다정하고도 친숙한 사이라 오늘의 어사또는 이랑과 흡사하다 하거니와, 그 진응(眞膺)을 알지 못하고 있으니, 너는 모름지기 잘 살펴 보고, 자세히 보고하라."

*승자(陞資)──정삼품 이상의 품계에 오름.

오유란이 선화당으로 불려 나와 몸을 숨기고 가만히 살펴 보니 오늘의 어사는 전날의 이랑이며, 전날의 이랑은 오늘의 어사가 아닌가? 때는 비록 다르나 사람인즉 같아서, 추호도 다름이 없고 조금도 의심할 바가 없었다. 곧 돌아와서 보고하기를,
"다시는 지나친 근심을 하지 마옵소서. 어사되는 사람은 곧 전날의 이랑주입니다."
감사는 기뻐서 얼굴빛을 고치며 말했다.
"내 이미 친구의 등과(登科)를 들었으나, 오늘의 어사임을 알지 못하였구나?"
이에 빼앗겼던 혼을 거두고 의관(衣冠)을 가다듬고, 한 통인(通引)으로 하여금 어사에게 명첩(名帖)을 올리게 하였다. 어사는 날카로운 소리로 거절하면서,
"내 본래 너를 알지 못하노라. 사또가 명첩을 올림은 무슨 까닭인고?"
하고는, 즉시 통인을 묶어 내려 놓고 종아리 삼십 대를 치라했다.
감사는 거절당했다는 까닭을 탐지하고는 친히 나아가 보고자 했으나, 다시는 명첩이 없기로 뛰어 들어가 뻣뻣이 서서 어사를 향하여 말했다.
"고인(故人)은 평안하셨는가?"
어사가 보고도 못 본 척하고 듣고도 못 들은 척하니 감사는 앞으로 나아가서 손목을 잡으며 말했다.
"형은 정말로 남아로서 뜻있는 사람이라고 말할 수 있으니, 자네 일은 드디어 이루어졌네. 오늘 동생이 경악하고 황급하고 곤경하였음은, 오히려 형의 옛날에 속임을 당한 것보다 못하지는 않을 것일세. 한 번 깊이 생각해 보게. 형이 별안간 영화의 길에 올랐음은 어찌 나의 한 정성의 소치로 말미암은 것이 아닌가? 이로써 말할진대 형이 안 졌다고 말할 수 있으나, 진 사람은 어사 자네일세."
이 말을 들은 어사는 풀이해서 생각해 보고 또 생각해 보니, 마음은 스스로 조용히 열리고 입에서는 스스로 웃음이 나와서,

"때도 이미 지났고 일도 오래 되어 할 수 없군."
하고는, 곧 술을 가져 오게 해서 감사와 즐겁게 마셨다.
 감사가 너무 지나치게 한 속임 장난을 책망하고, 용서를 받은 영광을 사례하니, 어사는 얼굴을 붉히고 웃으면서 말했다.
 "오늘은 소유문(蘇孺文)이 되어 친구와 더불어 술을 마시고, 내일은 겸주자사(兼州刺史)가 되어 일을 살핌은 마치 나를 두고 이름일세."
 이튿날 날이 밝자 어사는 공청(公廳)에 나아가 앉고, 여러 형장(刑杖)을 갖추어 놓고 오유란이란 여인을 묶어오게 해서, 거적자리에 앉혀 섬돌 아래에 엎드리게 하고는 문을 닫고 날카로운 소리로 문초를 했다.
 "너의 죄를 네가 스스로 알고 있으니, 매로써 죽이리라."
 오유란은 나지막한 소리로 간곡히 아뢰었다.
 "소녀가 어리석어 무슨 죄인지 알지 못하겠습니다."
 어사는 크게 노하여 문지방을 두드리며 꾸짖었다.
 "관청에 매어 있는 여자로서 장부를 속여 희롱하기를, 산 사람을 죽었다고 하고 사람을 가리켜 귀신이라 하였으니, 어찌 죄 없다고 하느냐? 빨리 처치하고 늦추지 말라."
 오유란은 다시 빌면서 말했다.
 "바라옵건대 어사께서는 잠시 문을 열고 한 번만 보아 주신즉, 소녀가 다만 한 말씀만 드린다면 회초리 아래 귀신이 된다 할지라도 다시는 원통함이 없겠습니다."
 어사는 일찍부터 인정이 없는 사람이 아닌지라, 그 말을 듣고야 낯익은 얼굴을 한 번 보니, 오유란이 몸을 나타내고 살짝 쳐다보고 생긋이 웃으며 말했다.
 "산 것을 보고 죽었다고 한 것은, 산 사람이 스스로 죽지 아니한 것을 판단 못함이요, 사람을 가리켜 귀신이라고 한 것은, 사람으로서 스스로 귀신이 아님을 깨닫지 못한 것이니, 속인 사람이 나쁩니까, 속임을 당한 사람이 나쁩니까? 너무 지나치게 속인 사람은 혹 있다고 할지라도, 속임을 당한 사람으로서는 차마 말할 수 없을 것입니다. 또한 저는 사졸(士卒)이 되어 오직 장군의 명령을 들을 따름입니다. 일을 주장한 사람에게 책임이 돌아가야 할 것이어늘, 어찌 사졸을 버리려 하십니까?"

어사 듣기를 마치고 보니, 사정이 또한 없을 수 없고 사실이 또한 그리하였으므로, 즉시 풀어 놓도록 명령하고, 당상(堂上)으로 올라오게 하고, 한 번 웃는 얼굴을 보여 주며,

"너는 묘기(妙妓)가 되고 나는 소년이 되어 일은 조금도 괴이함이 없으나 가운데서 일을 꾸민 사람이 매우 나쁘고 또 괴이하였으나, 지금에 와서 생각한들 어찌 말할 수 있겠는가?"

하고는, 술을 가져 오게 해서 잔치를 베풀고, 그 옛날의 정회를 다 털어 놓고 이야기했다.

어사는 수일을 묵으며 여러 송사(訟事)를 다스림에 있어서, 옳은 것은 옳은 대로 죄는 죄대로 처리하였고, 가는 고을 마다, 수령(守令)을 표창할 만한 자는 표창하고, 벌할 만한 자는 벌하면서, 일을 밝게 살피니 한 사람도 억울한 일이 없었다.

어언간 세월이 바뀌어 팔구월이 되었다. 어사는 다시 내직(內職)의 명령을 받으니 명성이 멀리까지 들렸다. 이 해에 감사도 또한 외직으로부터 벗어나 돌아오니, 두 사람의 정의는 평생토록 두터웠다. 서로 도우면서 진급하여 다같이 정승이 되었다. 서로 도와 주는 덕(德)과 서로 변통해 주는 공(功)은 한대(漢代)의 소조(蕭曹)와 같고, 당대(唐代)의 방두(房杜)와 같기를 사십여 년이나 그러했다 한다.

작 품 해 설

■ 금오신화(金鰲新話)

이《金鰲新話》는 이조(李朝) 단종(端宗) 때 생육신의 한 사람인 동봉(東峯) 김시습(金時習)의 작품이다. 원전은 한문소설이었으며, 모두 다섯 편으로 되어 있다.

1. 만복사저포기(萬福寺樗蒲記)

남원에 살고 있는 노총각 양생이 부처와 저포놀이를 하여, 이기면 아름다운 배필을 점지받기로 약속하고 소원을 성취한 이야기다.

2. 이생규장전(李生窺牆傳)

뜻을 잃은 대학생 이생이 유랑 끝에 처녀 최랑과 이연(異緣)을 맺은 풍류재자와 요조가랑(窈窕佳娘)의 이야기다.

3. 취유부벽정기(醉遊浮碧亭記)

개성에 살고 있는 부상(富商) 홍생이 고도(古都) 평양의 북벽루에서 물고(物故)한 지 오랜 고조선 때의 기녀(箕女)를 만나서 창수(唱酬)하던 이야기이다.

4. 남염부주기(南炎浮洲記)

불교의 속폐(俗弊)를 통척(痛斥)하던 서생(書生) 박생이 꿈에 염라국(閻羅國)에 가서 염마왕(閻魔王)과 문답을 마친 뒤에 선위(禪位)를 받은 이야기이다.

5. 용궁부연록(龍宮赴宴錄)

고려의 문사 한생이 용궁의 잔치에 초대를 받아 용녀(龍女)의 결혼을 장식하기 위한 가회각(佳會閣)의 상량문(上樑文)을 짓고, 윤필연(潤筆宴)을 마친 뒤 용궁의 모든 건물과 의기(儀器)를 구경하고 돌아온 이야기다.

이 《금오신화(金鰲新話)》는 낙척불우(落拓不遇)한 사상의 표현인 동시에 그 형식적인 면에 있어서는 중국 구우(瞿佑)의 《전등신화(剪燈新話)》를 모방하였으나 그 인물이나 지리적 배경은 모두 한국적이다. 한국의 소설은 비록 여말에 이미 가전체가 유행되었으나, 그 실에 있어서는 금오신화에 이르러 전기체의 소설이 명확히 성립되었으며, 또한 이로부터 우리 문학이 세계 문학의 무대 위에 오르게 된 것이다.

〈연세대교수 이가원〉

■금령전(金鈴傳)

갑오경장의 새로운 기운을 맞이하게 되어 개화사상과 함께 신문예 운동이 일어나 모든 문화면에 혁명의 기풍이 소용돌이치며, 소설문학도 신소설 단계에 연결되었다. 이에 따라 고대소설의 작품도 쇠퇴기로 접어들게 되었는데, 다만 고대의 그것을 되풀이함에 지나지 않았다. 이러한 시기에 그래도 약간의 특색을 가지고 세상에 나온 것이 역사 소설인 《금산사몽유록(金山寺夢遊錄)》, 가곡이 절반인 《채봉감별곡(彩鳳感別曲)》, 희곡적인 요소를 가진 《배비장전(裵裨將傳)》, 그리고 신괴(神怪)한 내용을 가진 이 작품 《금령전(金鈴傳)》 또는 《금방울전》이다.

이 작품의 작자는 미상이다. 그 내용은, 동해 용왕의 아들 해룡과 용녀인 금방울과의 애정을 줄거리로 하여 다분히 설화적인 이야기를 펼쳐 나아가며, 해룡의 입신양명과 함께 행복된 종결로써 끝맺는다.

등장인물들은 선한 자와 악한 자로 명백히 구분지어지며, 그 선한 자가 어떠한 위기에 부닥칠 때마다 금령의 도움을 받곤 한다.

이러한 좀 황당무계한 설화들은 중국의 《서유기(西遊記)》 등에서 모방한 듯한 감이 없지 않으며, 작자는 이러한 내용을 통하여 정의의 편에 서서 권선징악과 고진감래의 사상을 주장하고 있다.

  우리는 이러한 신괴소설(神怪小說)의 예를 통하여, 우리의 옛시대 사람들이 펴 보았던 꿈의 날개의 자취를 역력히 느낄 수 있으며, 현대인인 우리에게도 문득 찾아들곤 하는 동심의 세계가 있음을 상기할 때, 이 작품을 황당무계 이상의 그 무엇으로 이해할 수도 있을 것이다.

〈서울대교수 장덕순〉

■화사(花史)

  이 《화사(花史)》의 작자에 대해서는 임제설(林悌說)과 남성중설(南聖重說) 등이 없지 않으나, 이 현행본은 노긍(盧兢)의 작임이 최근에 와서 밝혀졌다. 홍(紅)·백(白)의 이당(二黨)은 혹시 선조 때의 동·서 이당을 일컬은 것인지 모르겠으나, 홍·백·소의 삼색은 임제로서는 말할 수 없을 만큼 틀림없이 영조·정조 때의 남(南)·노(老)·소(小)의 삼색을 이른 것이다.

  《화사(花史)》의 원전은 한문으로 표기되었으며, 그 내용은 실로 어느 꽃나라의 역사를 서술한 가전체의 소설이다. 춘·하·추의 삼시절에 피는 꽃들 중에서 매화·모란·부용의 삼자를 각기 한 나라의 임금으로 치고, 그때에 따라 한창 피는 화(花)·초(草)·목(木)과 그 세계를 국가·백성·신하로 삼아서 엮은 것이다. 매화가 왕이 된 나라는 도(陶)요, 모란이 왕이 된 나라는 하(夏)요, 부용이 왕이 된 나라는 당(唐)이다. 도에는 열왕(烈王)과 영왕(英王)이 있었고, 하에는 문왕(文王)이 있었으며, 당에는 명왕(明王)이 있었다. 그리고 도·하·당 삼대(三代)의 흥망성쇠와 네 왕의 정치에 시비, 또는 제신(諸臣)의 충(忠)·간(奸)을 기록하고는 사적(史的) 단정을 내렸다. 이는 물론 중국의 몇 가지 《화사》를 모방한 듯하나, 실제에 있어서는 설총의 《화왕계》에서 깊은 영향을 입었으며, 영왕은 곧 영조를, 문왕은 정조를 가리킨 것인 듯싶다. 그리고 그 세련된 문장이 결코 임제시대의 문체가 아니었음이 느껴진다.

역시 하나의 권징적(勸懲的)인 소설인 동시에 깊은 풍자가 스며들어 있다. 그렇다 해서 임제나 남성중이 《화사》를 쓸 수가 없다는 것은 아니다. 《화사》는 물론 누구라도 지을 수 있을 것이다. 그러나 현존하는 《화사》는 애절하기 짝이 없는 문장체를 지닌 노긍이 아니고는 결코 쓸 수 없었으리라 생각된다. 그리고 이는 이이순(李頤淳)의 《화왕전(花王傳)》과 함께 쌍벽을 이루는 작품임을 부기(附記)하여 둔다.

〈연세대교수 이가원〉

■오유란전(烏有蘭傳)

이 소설은 이조시대 도학자(道學者)들의 호색적(好色的)인 생활을 표현한 풍자소설이다. 모든 사건이 해학으로 일관되어 있다. 따라서 독자에게 끊임 없는 웃음을 불러 일으켜 준다. 판소리인 《배비장전》과 같은 주제성을 띠고 있다.

주인공 이생은 죽마고우로 평양감사가 된 김생을 따라 가서 감영 안에 있는 감당(監堂)에 거처하며, 오로지 독서에만 열중하고 여색을 멀리할 뿐만 아니라, 주연에도 참석하기를 꺼리는 완고한 도덕군자이다. 이러한 위인인 이생을, 오유란은 감사의 은밀한 명령을 받들고 갖은 수단으로 유혹하여 훼절(毁節)시키려 한다. 드디어 이생은 오유란의 유혹에 넘어가 여지 없는 망신을 당한다는 줄거리이다.

주인공 이생이 오유란의 유혹에 말려 살아있는 오유란을 죽은 줄로 알면서도 사랑을 속삭이는 것이라든가, 목동의 거짓말을 참말로 알고 오유란이 묻혔다고 하는 무덤에서 통곡하며 제사를 지내는 장면이라든가, 죽었다고 생각하는 이생이, 오유란의 말을 듣고 대낮에 벌거벗고 감영에 나아가서 감사의 밥상을 빼앗아 먹으려다가 감사가 담뱃대로 배를 찌르는 바람에 자기가 살아 있음을 깨닫고 어찌할 바를 모르는 장면 같은 것은 웃느라고 배가 아플 지경으로 해학의 미를 잘 표현해 놓았다.

특히 이 작품에 있어서의 특이한 플롯은 후반에 가서 감사로 인하여 당한 망신을 복수하는 것이다. 그 복수의 수법 역시 해학으로 일관되어 있다. 성적인 표현에 있어서 너무나 리얼하게 그려 놓아 풍자성이 약해진 흠도 있으나, 작자가 의도한 주제를 효과 있게 잘 묘사한 흥미진진한 소설이다.

〈동국대교수 김기동〉

한국고전문학 5	금오신화 外			

初版 1刷 發行●1994年	5月	25日
初版 2刷 發行●1995年	7月	10日
初版 3刷 發行●2006年	8月	18日

著　者●金 時 習 外
監　修●張 德 順
發行者●金 東 求
發行處●明 文 堂(1926. 10. 1 창립)
　　　서울특별시 종로구 안국동 17~8
　　　대체　010041-31-001194
　　　전화　(영) 733-3039, 734-4798
　　　　　　(편) 733-4748
　　　FAX 734-9209
　　　등록　1977. 11. 19. 제1~148호

●낙장 및 파본은 교환해 드립니다.
●불허복제·판권 본사 소유.

값 6,000원
ISBN 89-7270-815-1 04810
ISBN 89-7270-007-X (전12권)